Im Knaur Taschenbuch Verlag sind bereits
folgende Bücher der Autorin erschienen:
Glückskekse
Wunderkerzen
Sternschnuppen
Trostpflaster
Goldstück
Sahnehäubchen
Wunschkonzert

Als Knaur Paperback erschien außerdem die Anthologie »Junger Mann zum Mitreisen gesucht«, herausgegeben von Anne Hertz.

Über die Autorin:
Anne Hertz ist das Pseudonym der Hamburger Autorinnen Frauke Scheunemann und Wiebke Lorenz, die nicht nur gemeinsam schreiben, sondern als Schwestern auch einen Großteil ihres Lebens miteinander verbringen. Bevor Anne Hertz 2006 in Hamburg zur Welt kam, wurde sie 1969 und 1972 in Düsseldorf geboren. 50 Prozent von ihr studierten Jura, während die andere Hälfte sich der Anglistik widmete. Anschließend arbeiteten 100 Prozent als Journalistin. Anne Hertz hat im Schnitt 2,5 Kinder und mindestens 0,5 Männer. Mehr Informationen unter: www.anne-hertz.de

Anne Hertz

Flitterwochen

Roman

Besuchen Sie uns im Internet:
www.knaur.de

Wenn Ihnen dieser Roman gefallen hat und Sie auf der Suche sind nach ähnlichen Büchern, schreiben Sie uns unter Angabe des Titels FLITTERWOCHEN an: frauen@droemer-knaur.de

Vollständige Taschenbuchausgabe April 2014
Knaur Taschenbuch
Copyright © 2013 Knaur Paperback.
Ein Unternehmen der Droemerschen Verlagsanstalt
Th. Knaur Nachf. GmbH & Co. KG, München.
Alle Rechte vorbehalten. Das Werk darf – auch teilweise –
nur mit Genehmigung des Verlags wiedergegeben werden.
Redaktion: Dr. Nicole Seifert
Umschlaggestaltung: ZERO Werbeagentur, München
Umschlagabbildung: FinePic®, München
Satz: Adobe InDesign im Verlag
Druck und Bindung: CPI books GmbH, Leck
ISBN 978-3-426-50723-0

2 4 5 3 1

Für alle, die auf der Flucht sind.
Vor wem oder was auch immer.

»*Sieh's mal so:*
Alles, was wir zu verlieren hatten,
ist schon weg.«
aus: Thelma & Louise

Prolog

Manchmal hat man kein Glück – und dann kommt auch noch Pech dazu. Keine Ahnung, wer das mal gesagt hat, aber ich tippe auf Lothar Matthäus, der gibt ja ganz gern mal unsinnige Sachen von sich. Wobei der Spruch genau genommen gar nicht *so* unsinnig ist, zumindest trifft er auf mich gerade ziemlich genau zu. Ich sitze am Steuer eines lila-metallic lackierten Trabbis, habe soeben die polnische Grenze passiert und halte Kurs auf Kolberg – während sich neben mir auf dem Beifahrersitz ein gutaussehender junger Mann mit einer etwa neunzigjährigen Dame unterhält, die auf der Rückbank sitzt. Ach ja, bevor ich es vergesse: Im Kofferraum des Trabbis befindet sich eine Tüte mit circa zwanzigtausend Euro in bar. Ich habe angeblich eine Bank überfallen und bei meiner Flucht eine Geisel genommen, weshalb die Polizei gerade nach mir fahndet. Wer auch noch nach mir fahndet und alle zehn Minuten auf meinem Handy anruft, ist mein Verlobter Alex, den ich in wenigen Tagen heiraten werde; morgen geht unsere Maschine auf die Seychellen. Dumm nur, dass ich – wie gesagt – gerade in Polen bin. Aber was soll ich sagen? Statt einen hysterischen Anfall nach dem anderen zu kriegen, muss ich irgendwie die ganze Zeit lachen. Denn das hier ist so absurd, dass man es eigentlich nur mit Humor nehmen kann. Oder es wenigstens sollte. Denn: Spaß ist, was du selbst draus machst. Was jetzt nicht von Lothar Matthäus ist, aber unterm Strich ist das ja auch vollkommen egal. Hat der Lothar in letzter Zeit eigentlich mal wieder irgendwen geheiratet?

1. Kapitel

Frau Samstag, Sie müssen strenger zu der Bande sein. Greifen Sie mal durch! Und zwar schleunigst, sonst landen wir bald alle in Teufels Küche!«

Ich räuspere mich. »Na ja, ich meine, das sind doch alles noch kleine Kinder, also da finde ich nicht …«

Weiter komme ich mit meiner Verteidigungsrede nicht. Direktor Schubert schaut mich über den Rand seiner genau genommen randlosen Brille streng an.

»Bitte? Kleine Kinder? Das sind Verbrecher, jawoll! Einen Überfall gab es jetzt schon, was, bitte, muss denn noch passieren, damit Sie endlich aufwachen?«

»Äh, ich bin doch schon … was für ein Überfall überhaupt?«

»Na, auf die Bäckerei gestern! Schon vergessen?« Schubert wird lauter.

»Also, Überfall trifft es wohl nicht ganz. Die Jungs haben ein paar Wasserbomben ans Schaufenster geworfen, das ist nun wirklich kein …«

»In den Laden, Frau Samstag, sie haben die Bomben in den Laden geworfen!« Jetzt schreit er mich regelrecht an, und seine Gesichtsfarbe lässt darauf schließen, dass seine Blutdrucktabletten gegen die momentane Gefühlsaufwallung schlicht nicht anarbeiten können. Auweia. Ich hoffe, wir bekommen hier nicht gleich einen medizinischen Notfall. »Und sie haben die Bäckerei auch nicht das erste Mal besucht, sondern waren nach den Schilderungen von Bäckermeister Remper in den vergangenen zwei Wochen schätzungsweise dreiundfünfzig Mal da. Rein rechnerisch können die Knaben also kaum noch in Ihrem Unterricht gewesen sein, Frau Kollegin! Ich habe während meiner Mathestunde in Ihrer Klasse heute Morgen zwanzig Päckchen mit Wasserbomben konfisziert. Zwanzig Stück!«

In solchen Momenten vermisse ich unseren alten Schulleiter sehr. Der wäre zwar auch nicht begeistert gewesen, hätte den Vorfall aber mit einer gewissen Nonchalance ertragen – und aus der Welt geschafft. Wahrscheinlich hätte er dem Remper in seinem Büro erst einmal einen halben Liter Cognac eingetrichtert, zur Beruhigung. Also, nur im übertragenen Sinne natürlich – denn Alkohol ist in den Diensträumen unserer kleinen, beschaulichen Grundschule logischerweise streng verboten. Ich bin mir aber ziemlich sicher, dass Herr Lehmann zu den Zeiten, in denen Heinz Rühmann noch als Postbote über den Gartenzaun grüßte, immer eine Flasche Cognac und ein Kästchen Zigarren parat gehabt hätte. In der Hinsicht war Herr Lehmann ganz alte Schule – im Gegensatz zu seinen sehr innovativen Problemlösungsansätzen. Und erst recht im Gegensatz zu Schubert, der zwar immer einen auf total progressiv macht, mir jetzt aber eine ganz alte Kamelle andrehen will.

»Das nächste Mal lassen Sie diese Terroristen einfach zehn Mal die ›Bürgschaft‹ abschreiben. Sie werden sehen – das wirkt Wunder!«

»Die ›*Bürgschaft*‹?« Ich ziehe meine Augenbrauen so weit

hoch, wie es nur geht, und starre ihn an. »Sie wissen aber schon, dass wir hier an einer Grundschule sind, oder?«

Schubert starrt zurück. »Die Frage scheint mir eher, ob Sie das wissen. Was genau hatten Sie denn vor, um die Lage endlich wieder in den Griff zu bekommen?«

»Ich wollte, äh, also ich hatte mir überlegt, dass ... äh ...« Mist. Genau genommen habe ich mir noch gar nichts überlegt. Liegt aber auch daran, dass die Sache mit der Bäckerei Remper gewissermaßen gerade erst passiert ist. Okay, die Jungs waren offensichtlich schon häufiger da, aber die innere Sicherheit der Bundesrepublik Deutschland schien mir bisher noch nicht bedroht. Bei diesem Gedanken muss ich unwillkürlich lächeln. Mit einem Ruck stößt Schubert seinen Stuhl zurück und springt auf.

»Frau Samstag! Ich bin fassungslos! Nicht nur, dass Ihnen die ganze Angelegenheit offensichtlich völlig egal ist, nein, Sie finden das auch noch komisch. Ach was – wahrscheinlich sind Sie in Gedanken längst woanders. Und ich weiß auch, wo!« Och nö, jetzt geht das wieder los. »Also wenn Sie keine Lust mehr haben, hier überzeugende pädagogische Arbeit zu leisten, und sich stattdessen in Zukunft nur noch Ihrem Privatleben widmen wollen, dann sagen Sie einfach Bescheid.«

Jetzt ist es an mir, aufzuspringen. Ich lasse mir hier doch nicht sagen, dass ich meinen Job nicht ernst nehme! Ich *liebe* meine Arbeit! Ich habe nur etwas andere Vorstellungen als Schubert, wie sie zu gestalten ist. Schließlich will ich Kinder erziehen, nicht dressieren! Aber Schubert denkt anscheinend, ich hätte mich geistig schon in meine Flitterwochen verabschiedet. Frechheit!

»Das stimmt doch gar nicht! Gut, ich gebe zu, ich habe noch nicht optimal auf den kleinen Ausflug der Jungs reagiert, aber dass Sie mir hier gleich unterstellen, ich hätte nur noch meine Hochzeit im Kopf, das finde ich …«

»Frau Samstag, das habe ich mit keinem Wort gesagt. Allerdings wirken Sie momentan tatsächlich immer sehr abwesend. Aber wenn ich mir das alles einbilde – umso besser! Dann werden Sie die Zügel in der 4c sicher richtig straff in die Hand nehmen, sobald Sie aus den Osterferien zurückkehren.«

Ich hole tief Luft. »Genau! Das werde ich auch.« Ich schnappe mir den Stapel Hefte, den ich eben auf Schuberts Schreibtisch abgelegt habe, mache auf dem Absatz kehrt und rausche hinaus. Der wird mich noch kennenlernen!

Die große Pause ist schon seit drei Minuten vorbei, als ich in mein Klassenzimmer komme. Gerade noch rechtzeitig, um zu sehen, dass meine Jungs mittlerweile auf schärfere Waffen umgestiegen sind. Kein Wunder – die Wasserbomben hat ihnen Schubert ja abgeknöpft. Jan-Ole steht also auf seinem Tisch und zielt mit einer Spielzeugpistole auf Lukas, der einen über und über mit Farbe beschmierten Pullover trägt und markerschütternd schreit.

»Aaaah! Du hast mich getroffen, du Schwein – ich werde sterben, aber mein Clan wird mich rächen, aaaahhhh!«

»Egal – diese Kugeln hast du verdient – baaam, baaam, baaam!« Geschrei, Geknalle aus der Pistole, ohrenbetäubender Lärm. Irgendjemand wirft eine halbvolle Coladose durch die Luft, die nur knapp neben dem neuen Smartboard an der Wand landet. Der gesamte Teppich davor ist mit einem Mal klitschnass. Ich spüre, wie mir heiß wird.

»Jan-Ole, komm sofort von dem Tisch runter! SOFORT!«
Der Junge dreht sich zu mir um und lacht. »Oh, die liebe

Frau Samstag! Gut, dass du da bist – stell dir mal vor, der Schubert hat uns unsere Luftballons geklaut. Einfach so. Darf der das?«

Jetzt dreht sich auch Lukas um. »Ja, stell dir mal vor, Frau Samstag – die hatte ich gerade erst gekauft. Ich will die wieder haben!«

»Also, mein Vater ist Anwalt«, wirft Jan-Ole ein. »Der verklagt Herrn Schubert. Und dich. Und die Schule. Mein Papa macht euch fertig!«

Schubert hat recht. Das sind keine kleinen Kinder, das sind Terroristen. Wohlstandsverwahrloste Terroristen. Ja, ich muss endlich mal durchgreifen – ich war viel zu lange die liebe Frau Samstag. Damit ist jetzt Schluss!

Bevor Jan-Ole weiß, wie ihm geschieht, greife ich nach der Pistole und entwaffne ihn mit einem Handgriff. Verdattert schaut er mich an und protestiert auch nicht, als ich ihn mit der anderen Hand am Schlafittchen packe und vom Tisch ziehe. Freund Lukas schaltet da schon schneller, er springt seinem Kumpel zur Seite und schreit los.

»Hey, Frau Samstag, hast du nicht gehört? Sein Papa ist Anwalt, der macht dich platt. Lass ihn sofort los, sonst kommen gleich die Bullen! Das ist Belästigung!«

Ohne Jan-Ole loszulassen, wende ich mich Lukas zu und mustere ihn mit einem Blick, der hoffentlich nach *Zero Tolerance* und drakonischer Strafe aussieht.

»Wenn hier einer die Bullen ruft, dann bin ich es. Und ich weiß auch genau, wen sie dann mitnehmen. Ich freue mich schon, dir demnächst eine Postkarte ins Heim für Schwererziehbare zu schicken. Besuchen darf man dich da ja nicht.«

Lukas reißt die Augen auf. Verständlich – solche Töne ist er von mir schließlich nicht gewohnt. Und, ja, ich gebe zu, dass meine kleine Ansprache wahrscheinlich nicht Eingang ins *Handbuch für Grundschulpädagogik* finden würde, aber so kurz vor der eigenen Hochzeit darf man wohl mal ein wenig die Nerven verlieren.

»Tschuldigung, Frau Samstag«, stottert Lukas unsicher, »das war nicht so gemeint. Ich wollte Jan nur helfen.« Er trollt sich an seinen Platz am Nachbartisch und setzt sich. Na also, geht doch. Manche Sachen sind eben unpädagogisch – aber wirkungsvoll.

Ich gehe zum Lehrerpult, hole meine Handtasche darunter hervor und verstaue die Pistole darin. »So, Jan-Ole. Das Ding ist mindestens bis zum Ende der Osterferien konfisziert.« Jan-Ole sagt nichts, aber in seinem Gesicht sehe ich ein großes *Hä?*. »Also, die ist erst einmal beschlagnahmt. Die gebe ich dir erst wieder, wenn wir uns hier mal ganz grundsätzlich darüber einig sind, dass man seine Mitmenschen weder mit Wasserbomben noch mit Spielzeugpistolen oder sonstigen Wurfgeschossen terrorisiert. Und jetzt setzt sich jeder auf seinen Platz, und wir beginnen endlich mit dem Unterricht.«

Dreiundzwanzig Kinder huschen zu ihren Stühlen, und tatsächlich kehrt so etwas Ähnliches wie Ruhe ein. Das blondbezopfte Mädchen an dem Fünfertisch direkt vor mir hebt die Hand. Ich nicke ihr zu. »Ja, Luisa?«

»Stimmt es, dass Sie bald nicht mehr unsere Lehrerin sind?«

Ich runzle die Stirn. »Wer sagt denn so was?«

»Meine Mama. Die hat gesagt, wenn Sie erst mal Ihren reichen Typen geheiratet haben, dann wollen Sie bestimmt nicht mehr Lehrerin sein.«

Ich schüttle heftig den Kopf. »Das ist Unsinn. Es wird

sich gar nichts ändern. Nur mein Nachname, der ist nach den Osterferien nicht mehr der gleiche. Ich heiße dann nicht mehr Samstag, sondern Weltenstein, aber das habe ich euch ja schon erzählt.«

Luisa guckt immer noch skeptisch. Offensichtlich hat ihre Mama ihr nicht nur bereits beigebracht, dass man Erwachsene siezt, sondern auch, dass man ihnen grundsätzlich nicht trauen sollte. Ich seufze. Wenn schon mein Schulleiter es für möglich hält, dass ich mich gedanklich bereits aus dem Schuldienst verabschiedet habe, kann ich das meinen Schülern und deren Eltern wohl kaum übelnehmen.

»Luisa, mach dir keine Sorgen. Ich werde zumindest noch so lange eure Lehrerin sein, dass ich Jan-Ole und Lukas davon abhalten kann, weiter Wasserbomben in die Bäckerei Remper zu werfen.«

Die Jungs und Mädchen kichern, und ich nehme mir vor, für das restliche Schuljahr die beste Lehrerin zu sein, die ich je war. Na ja, zumindest bis zu den Pfingstferien.

»Na, Tine – schon aufgeregt?« Meine Freundin und Kollegin Svea tippt mir auf die Schulter, als ich kurz nach Unterrichtsschluss ins Lehrerzimmer komme. Ich schüttle den Kopf.

»Nee, ich muss noch so viel erledigen, ich komme gar nicht dazu, aufgeregt zu sein. Das Brautkleid hängt noch bei der Schneiderin, ich muss noch zur Apotheke, außerdem habe ich Bargeld bei der Bank bestellt, das muss ich nachher auch noch abholen. Na, und dann das Kofferpacken ...«

»Was denn für Bargeld?«

»Dollar und Seychellische Rupien. Damit wir schon mal ein bisschen was dabeihaben, wenn wir ankommen.«

Svea grinst. »Ich dachte, du heiratest einen Banker. Da

musst du doch in Zukunft wohl kein eigenes Geld mehr mitbringen.«

»Mann, jetzt fängst du auch noch so an!«, fahre ich Svea schärfer an, als ich eigentlich wollte.

Die hebt beschwichtigend die Hände. »Bitte keine Gewalt, Süße! Das sollte lediglich ein kleiner Scherz sein.«

»Tschuldigung. Ich bin da heute irgendwie empfindlich. Erst macht der Schubert so eine blöde Bemerkung, und dann fragen mich meine Kinder tatsächlich, ob ich noch mal wiederkomme, jetzt, wo ich so einen reichen Knacker heirate. Echt – wie im letzten Jahrhundert! Na ja, und dann bin ich eben wirklich gestresst.«

Svea zuckt mit den Schultern. »Was heiratest du auch auf einer fernen Insel? Wenn du Alex einfach in St. Jakobi dein Jawort geben würdest, müsstest du keine Koffer packen. Und Dollars bräuchtest du dann auch nicht. Aber so ist es eben, wenn man seinen Freunden kein rauschendes Fest gönnt und lieber allein feiert. Mein Mitleid hast du jedenfalls nicht.« Jetzt grinst sie wieder, und ich knuffe sie in die Seite.

»Gut. Dann sind wir ja quitt. Wenn ich nämlich bald bei achtundzwanzig Grad im Schatten und einer leichten Brise mit Blick auf den Indischen Ozean meinen ersten Cocktail schlürfe, werde ich auch kein Mitleid mit Menschen haben, die bei zwölf Grad und Nieselregen in Lübeck mit ihrem Hund spazieren gehen müssen.«

Wir müssen beide lachen, insgeheim denke ich allerdings nicht zum ersten Mal, dass ich mich mit Alexanders Wunsch, zu zweit an einem Strand auf La Digue zu heiraten, vielleicht etwas zu schnell einverstanden erklärt habe. Aber ich tröste mich mit dem Gedanken, dass wir dafür im nächsten Sommer eine riesige Party im Wochenendhaus von Alexanders

Eltern feiern werden. Wobei *Wochenendhaus* die Untertreibung des Jahres ist – *Landsitz* trifft es da schon eher. Mit dem Hinweis auf dieses rauschende Fest ließ sich am Ende auch meine Mutter wieder beruhigen, die die Nachricht von der Seychellen-Hochzeit am Anfang gar nicht gut aufgenommen hatte.

Mein Handy klingelt. Hektisch wühle ich in meiner Handtasche, die ich gerade auf dem Tisch abgestellt habe. Ich schiebe die Spielzeugpistole beiseite, bekomme das Handy aber erst in die Finger, als es schon aufgehört hat, zu klingeln. Ohne nachsehen zu müssen, weiß ich, dass es Alex war. Schließlich hat mein Schatz einen eigenen Klingelton, der nur für ihn reserviert ist. Mit einem Rückruf muss er sich aber noch gedulden, sonst komme ich hier nie los, um meine Liste abzuarbeiten.

Ich werfe einen kritischen Blick auf meinen Tisch samt dem darauf befindlichen Postkörbchen – liegt hier noch irgendetwas rum, das ich ganz dringend mitnehmen und erledigen müsste? Nein, sieht alles gut aus. Sobald ich also Medikamente, Kleid und Geld abgeholt und noch ein paar Kleinigkeiten eingekauft habe, muss ich morgen nur noch packen und Samstagmorgen heil zum Flughafen kommen. Dann beginnt mein neues Leben, mein Leben als Christine Weltenstein.

2. Kapitel

Na endlich! Ich habe schon mindestens fünfmal bei dir angerufen! Warum gehst du denn nie an dein Handy? Du bist echt schwerer zu erreichen als der Papst.«

Alexander klingt genervt. Er mag es gar nicht, wenn man ihn warten lässt. Bedenkt man allerdings, dass ich in den zwei Jahren, die wir nun zusammen sind, schon mehr Zeit damit verbracht habe, auf ihn zu warten, als ihn tatsächlich zu sehen, geschieht ihm das nur recht.

»Hallo, Schatz! Dein Vergleich hinkt schon deshalb, weil ich gar nicht katholisch bin. Ich hab das Klingeln einfach nicht gehört.«

»Kein Wunder, deine Handtasche ist ein echtes Massengrab. Wahrscheinlich liegt dein Telefon mal wieder unter mehreren Schichten von Make-up, Zeitschriften und Schülerheften«, mault Alexander.

»Als würdest du dich immer gleich melden, wenn ich anrufe.«

»Ja, aber wenn *ich* nicht rangehe, stecke ich meistens in einem Termin. Und meine Sekretärin erreichst du immer.«

»Ja, so ist das eben, wenn man richtig wichtig ist.« Ich muss kichern. »Aber gut zu wissen, dass ich ebenso gut alles mit Frau Weigand besprechen kann. Sollte ich also das nächste Mal den dringenden Wunsch nach animalischem Sex verspüren und dich nicht erreichen, treffe ich mich einfach mit der Weigand.«

»Haha, sehr lustig! Aber wann kommst du denn nun nach Hause? Ich hab mir heute extra den Nachmittag freigenommen, damit wir in Ruhe letzte Reisevorbereitungen treffen können. Ich könnte dich auch irgendwo einsammeln, wenn es dann schneller geht.«

»Bloß nicht! Ich habe mein Brautkleid dabei – das darfst du auf keinen Fall vor der Trauung sehen! Außerdem bin ich mit dem Auto unterwegs. Also, ich schätze mal … höchstens eine Stunde, dann bin ich da «

Alex seufzt noch ein letztes Mal, dann legt er auf. Ich stehe inzwischen vor der Drehtür meiner Bank. Meinen Nissan Micra habe ich ziemlich kriminell halb auf dem Bürgersteig direkt vor dem Eingang geparkt. Erstaunlicherweise habe ich tatsächlich schon fast alles erledigt, was es noch zu tun gab. Nur noch kurz das Geld abholen und in den Drogeriemarkt, dann bin ich fertig. Hoffentlich geht das hier flott.

In der Schalterhalle angekommen, stelle ich mich brav an der kurzen Schlange vor der Kasse an. Nur zwei Leute vor mir, länger als zehn Minuten wird es wohl nicht dauern. Ich atme tief durch und beginne, mich zu entspannen. Bald schon sitze ich im Flieger auf die Seychellen, neben mir der Mann, den ich liebe. Dort werde ich ihn heiraten, bin endlich seine Frau und verbringe meine Flitterwochen im Paradies.

Schon komisch, wie das Leben so läuft. Als ich Alex auf der Party von Svea kennengelernt habe, fand ich ihn total unsympathisch. Typische Heuschrecke. Also, so eine mit Geld, nicht mit sechs Beinen. Ich weiß gar nicht mehr, wer ihn mitgebracht hatte, jedenfalls stand er zwischen all den Lehrern, die im Wesentlichen Lehrerinnen waren, wie ein sperriges Möbelstück, das versehentlich an die falsche Adresse geliefert worden war. Wahrscheinlich hatte eins der anderen Mädels versucht, die Männerquote etwas nach oben zu treiben. Aus irgendeinem Grund fühlte er sich aber zu mir hingezogen und wich mir nicht mehr von der Seite, seit ich ihn gebeten hatte, mir auf dem Weg zum Buffet doch mal Platz zu machen. Richtig gewundert hat mich das nicht – schon zu meinen eigenen Schulzeiten war ich leider diejenige, die Sozialwaisen magisch anzog. Wahrscheinlich, weil ich es nie übers Herz bringe, Leute allein in der Ecke stehen zu lassen. Und, zack, kleben sie an mir, und ich werde sie nicht mehr los. Andererseits, Alexander war auf der Party zwar eindeutig der Außenseiter – auf dieser Veranstaltung, die optisch dem Gründungsparteitag der Grünen sehr nahkam, trug sonst niemand Sakko und Krawatte –, er war aber auch der einzig attraktive Mann weit und breit. Groß und sportlich, blaue Augen, dunkle Haare. Eine echte Sahneschnitte. Also beschloss ich, meine Ohren auf Durchzug zu stellen und mich auf seine äußeren Vorzüge zu konzentrieren. Ich nippte huldvoll an meinem Vino und ließ einen sehr langatmigen Vortrag über Firmenkäufe, Mergers and Acquisitions, Hedgefonds und was nicht alles über mich ergehen. Nach dem zweiten Glas Rotwein fing ich an, ketzerische Zwischenbemerkungen zu machen und mich als Sozialistin zu outen. Das entsprach zwar nicht ganz der Wahrheit, brachte aber ein bisschen Farbe ins Gespräch. Nach dem dritten Glas wechselten wir das Thema und sprachen über die größten Liebesfilme des amerikanischen Kinos der dreißiger und vierziger Jahre, und nach dem vierten Glas knutschten wir im Schummerlicht des kleinen Flurs vor Sveas Gästetoilette. Danach sahen wir uns fast jeden Tag. Ich lernte seine reichen Freunde kennen und mochte sie nicht, und er fand meine ebenfalls doof. Nach einem Jahr zogen wir trotzdem zusammen. Tja, und nun fliegen wir übermorgen unserem gemeinsamen Leben als Herr und Frau Weltenstein entgegen. Wer hätte das gedacht?

Apropos: Wer hätte gedacht, dass es in der Bank nun doch so lange dauert? Der erste Kunde war schnell fertig, aber die alte Dame vor mir scheint etwas ganz Kompliziertes zu wollen. Der Mann hinter dem Schalter schaut jedenfalls schon ganz angestrengt. Ich wiederum sehe kurz auf die Uhr in der Schalterhalle – tatsächlich stehe ich nun schon zwanzig Minuten hier rum. Mensch, Omi, gib Gas! Die Dame hinter mir scheint dasselbe zu denken und die Wartezeit durch besonders offensives Schlangestehen verkürzen zu wollen, jedenfalls kann ich ihren Atem in meinem Nacken spüren.

Weitere fünf Minuten vergehen. Hoffentlich habe ich nicht schon ein Knöllchen – mein Parkplatz ist wirklich nicht so doll. Oder noch schlimmer: Ein besonders gnadenloser Parküberwacher ruft den Abschleppdienst. Das könnte ich heute wirklich nicht gebrauchen. Dann müsste ich bis ganz an den Stadtrand fahren und mein Autochen für 150 Tacken auslösen. Und dann müsste Alex die restlichen Sachen allein besorgen, weil so eine Aktion natürlich Stunden dauert, ich erst nach Ladenschluss fertig werde und morgen Karfreitag ist. Und dann würde er mit Sicherheit die Hälfte vergessen, zum Beispiel meinen Damenrasierer, und ich müsste im Urlaub seinen benutzen, und sofort hätten wir Streit, weil seiner nämlich von meinen Beinhärchen angeblich stumpf wird. Und das ist nun wirklich kein Thema, über das ich mich in meinen Flitterwochen streiten möchte. Also muss das hier endlich mal schneller gehen!

Ein kurzer Blick an meiner Hinterfrau vorbei durch die Glastür: Der Micra steht noch genau dort, wo ich ihn abgestellt habe. In meiner Handtasche beginnt es zu klingeln. Alex. Klar, der wird wahrscheinlich auch langsam nervös. Von wegen selbst packen müssen und Damenrasierer. Ich lasse es klingeln. Bestimmt komme ich gleich dran. Die Omi gestikuliert mittlerweile wild. Ein bisschen schwerhörig scheint sie zu sein, jedenfalls redet sie sehr laut auf den Menschen hinter dem Kassenschalter ein, selbst aus zwei Metern Diskretionsabstand kann man sie noch ausgezeichnet verstehen.

»Junger Mann, ich muss Ihnen gar nichts glauben. Ich kenne Sie ja überhaupt nicht!«

Murmel, murmel – die Antwort des Bankangestellten kann ich höchstens erahnen, er steht schließlich hinter einer Glasscheibe. Ich glaube aber, es geht ein bisschen in Richtung »Regen Sie sich bitte nicht auf.«

»Jetzt beweisen Sie mir erst einmal, dass Sie mein Geld wirklich noch dahaben. Vorher bewege ich mich hier nicht vom Fleck.«

Murmel.

»Papperlapapp! Ihr steckt doch alle unter einer Decke – meine Söhne, die ganze Familie und die Bank. Ich weiß genau, dass ihr mich alle um mein mühsam Erspartes bringen wollt.«

O nein. Eine Grundsatzdiskussion mit einer offenbar leicht verwirrten Rentnerin. Das kann ja ewig dauern. Ich trete drei Schritte vor und spreche sie von der Seite an.

»Äh, ich will wirklich nicht unhöflich sein, aber wäre es denkbar, dass Sie mich kurz vorlassen?«

Keine Reaktion. Nur der Schaltermensch rollt mit den Augen.

»Frau Strelow, ich kann ja mal eben nachsehen, wie viel Bargeld ich Ihnen jetzt spontan schon mal mitgeben kann. Würde Sie das etwas beruhigen?«

»Wieso mitgeben *können* – das ist mein Geld! Ich will sofort sehen, wo es ist, Sie Verbrecher!«

Ich räuspere mich. »Also, wenn der Herr jetzt Ihr Geld suchen geht, vielleicht darf ich ihn dann ganz kurz bitten, meins auch gleich mitzubringen? Weil – mein Auto steht ganz blöd vor der Tür, und bestimmt kriege ich da bald Ärger.«

Die Omi beäugt mich misstrauisch, als würde sie überlegen, ob das ein Trick ist, den der Bankmensch mit mir verabredet hat. Letzterer hebt hilflos die Hände. Wahrscheinlich fürchtet er, dass nun die nächste Wahnsinnige mit irgendeinem Unsinn kommt, und ist in diesem Moment ganz froh, durch eine Panzerglasscheibe von uns getrennt zu sein. Ich beeile mich, ihm zu erklären, dass mein Anliegen ganz unkompliziert ist.

»Wissen Sie, ich habe Fremdwährungen vorbestellt. Könnten Sie die dann nicht auch gleich …«

Bevor ich den Satz zu Ende gesprochen habe, legt die Omi richtig los. »Moment mal, Kindchen. Ich bin noch nicht fertig hier. Ich will sofort sehen, was mit meinem Geld passiert ist, sonst rufe ich die Polizei.«

Der Bankmensch seufzt, wendet sich seinem Computer zu und tippt etwas ein. Kurze Zeit später rattert unter seinem Tresen etwas, er greift dorthin und zieht ein ganzes Bündel Geldscheine hervor.

»So, Frau Strelow. Wenn Sie mal mitzählen wollen: Eins, zwei, drei, vier, fünf, sechs, sieben, acht, neun …«

In diesem Moment klingelt mein Handy schon wieder. Alex. Der mittlerweile garantiert richtig sauer ist. Zu Recht. Hektisch wühle ich in meiner Handtasche. Wo, zum Geier, ist mein Telefon? Himmel, diese Tasche ist wirklich ein Massengrab! Bestimmt geht gleich die Mailbox ran. Da – ich bekomme etwas Flaches, Hartes zu fassen und ziehe es heraus. In diesem Moment passieren mehrere seltsame Dinge gleichzeitig: Der Kassierer glotzt mich an und verfällt erst in Schnappatmung, dann in Schreckstarre, die Oma unterbricht ihren Redefluss – und die Dame, die mir eben noch fast auf den Hacken stand, macht einen regelrechten Satz zurück. Was haben die denn alle? Rieche ich auf einmal irgendwie streng?

Bevor ich noch unauffällig an meiner eigenen Achselhöhle schnuppern kann, schmeißt sich die Oma plötzlich mit einem Hechtsprung direkt in meine Arme und reißt mich dabei fast um. Dann fängt sie an zu kreischen. »Hilfe! Ein Banküberfall! Bitte, bitte, tun Sie mir nichts! Sie bekommen all mein Geld, aber lassen Sie mir mein Leben!«

Wie aufs Stichwort erwacht der Kassierer aus seiner Schreckstarre und beginnt, die eben vorgezählten Geldscheine durch den Schlitz unter der Glasscheibe hindurchzustopfen. Was, zum Geier, ist hier los? Wieso Banküberfall? Die Oma wendet mir ihr Gesicht zu. Jetzt kreischt sie nicht mehr, sondern flüstert. »Los Kindchen, schnapp dir die Kohle. Das ist die Chance! Worauf wartest du? Lass uns abhauen. Bestimmt sind die Bullen gleich da!« Dann kreischt sie wieder. »Hilfe, ich bin eine Geisel, ich bin eine Geisel!«

Ich verstehe kein Wort. Die Oma ist offensichtlich völlig durchgedreht. Komisch nur, dass das außer mir niemand bemerkt. Im Gegenteil. Ich bilde mir ein, dass der Bankmensch in diesem Moment versucht, sich möglichst unauffällig zu bücken und unter seinen Schalter zu greifen. Der wird doch nicht tatsächlich den Alarmknopf drücken? Das darf doch nicht wahr sein!

Mein Handy beginnt wieder zu bimmeln. Allerdings klingt es so, als sei es immer noch in meiner Handtasche. Wie seltsam, was halte ich denn dann in meiner Hand? Ich sehe nach unten. Es ist die Spielzeugpistole von Jan-Ole.

3. Kapitel

Die letzten Schultage vor den Ferien verlaufen ja gern mal etwas hektischer als andere, aber dieser Donnerstag schlägt sie alle: Ich fahre gerade sehr hektisch kreuz und quer durch Lübeck, angeleitet von einer Rentnerin, die sonst wohl nur als Fußgängerin in der schönen Hansestadt unterwegs ist und eine dementsprechend krause Wegbeschreibung zu ihrem Haus gibt.

Während ich versuche, nicht zu viele Einbahnstraßen von der falschen Richtung aus zu befahren, rattern die Gedanken in meinem Hirn wie Kugeln in einer wild gewordenen Bingomaschine. Warum in aller Welt habe ich Frau Strelow nicht einfach aus dem Auto geschmissen und bin abgehauen? Okay, ich konnte aus der Ferne schon die Polizeisirene hören, es war also nicht viel Zeit für Diskussionen, und die alte Dame war einfach auf den Beifahrersitz gesprungen und wollte nicht wieder aussteigen. Aber trotzdem: Kann es sein, dass ich mich gerade nur noch tiefer in die Scheiße reite? Wie soll ich das alles Alexander erklären? Immerhin könnte es für den unvoreingenommenen Betrachter so aussehen, als hätte ich soeben eine Filiale seiner Bank überfallen. Am liebsten würde ich heulen!

Um Oma Strelows Gemütsverfassung scheint es hingegen

deutlich besser bestellt zu sein. Sie sitzt fröhlich grinsend neben mir, und wenn sie nicht gerade ein »Links, ach, nein, wohl doch rechts« von sich gibt, kichert sie und reibt sich die Hände. So auch jetzt wieder. »Heinzi, bald sind wir wieder daheim. Dann mache ich es genau so, wie du es dir gewünscht hast. Versprochen! In die alte Heimat, da bringe ich dich, mein Schatz!« Sie schweigt, grinst wieder in sich hinein und scheint auf die Antwort irgendeines imaginären Heinzis zu warten. Wie kann jemand, der offenbar so durch den Wind ist, eine aufgeweckte, toughe Frau wie mich zu einem vorgetäuschten Bankraub zwingen? Oder bin ich gar nicht aufgeweckt und tough, sondern fast so tüdelig wie Oma Strelow selbst? Oder noch tüdeliger? Mir wird schlecht, ich fahre an den Fahrbahnrand und halte an.

Oma Strelow schnaubt empört. »Nicht anhalten! Wir sind noch lange nicht da!«

Ich schüttle den Kopf. »Ehrlich, Frau Strelow, so geht das nicht. Ich will jetzt erst mal wissen, wo ich hier reingeraten bin. Ich meine, ich war eben leicht panisch und bin einfach losgefahren, aber je länger ich darüber nachdenke, desto schlechter erscheint mir diese Aktion.«

Oma seufzt. »Das mag ja sein, Kindchen, aber jetzt hängen Sie mit drin.«

»In gar nichts hänge ich mit drin. Ich glaube, ich fahre jetzt mit Ihnen zur nächsten Polizeidienststelle, und dann klären wir das ganze Missverständnis mal hübsch auf. Ich wollte keine Bank überfallen, und ich *habe* keine Bank überfallen. Ich bin nur aus Gründen, die mir selbst schleierhaft sind, an eine überdrehte ältere Dame geraten, nämlich an Sie, und die hat *nur so getan,* als habe es einen Bankraub gegeben. Und *genau das* werden wir den Damen und Herren von der

Polizei jetzt mal rasch zu Protokoll geben. Ich habe heute nämlich noch was Besseres zu tun.«

Jetzt kichert die alte Strelow wieder. »Was auch immer Sie zu tun haben, Sie sollten es verschieben. Denn Sie und ich, wir fahren jetzt nach Pommern.«

Okay. Sie ist nicht tüdelig. Sie ist komplett verrückt. Ich räuspere mich. »Frau Strelow, ich fahre ganz sicher nicht mit Ihnen nach Pommern. Im Gegenteil, ich fliege übermorgen auf die Seychellen, wo ich an Ostern heiraten werde. Und zwar am Strand von La Digue den Mann meiner Träume.«

»Aber bevor Sie am Strand von La Wieheißtdasnoch stehen«, sagt Oma dynamisch, »fahren Sie erst mal mit mir an den Strand von Kolberg und helfen mir dabei, die Asche *meines* Traummannes in die Ostsee zu streuen.«

Bitte?!

»Sie sind ja komplett verrückt! Los, steigen Sie aus! Dann fahre ich jetzt eben allein zur Polizei und kläre die ganze Angelegenheit auf.«

Obwohl ich für meine Verhältnisse bestimmt sehr energisch klang – selbst Direktor Schubert wäre mit dieser Ansprache wahrscheinlich zufrieden gewesen –, rührt sich Frau Strelow nicht von der Stelle. Stattdessen guckt sie grimmig und umklammert mit ihren kleinen, zarten Händen fest die Plastiktüte, in die sie eben in der Bank einen ziemlich großen Haufen Hunderteuroscheine gestopft hat. Und zwar mit nur einer dieser kleinen Hände. Die andere hielt sie sehr dramatisch hoch in die Luft gereckt, während sie die ganze Zeit laut jammerte: »*Tun Sie mir nichts, tun Sie mir nichts!*«

»Hallo? Haben Sie nicht gehört? Raus jetzt!«

»Wieso? Sie wollen doch zur Polizei. Und da will ich

auch hin, denn ich bin schließlich gerade von Ihnen als Geisel genommen worden und will eine entsprechende Aussage machen. Bankräuber wie Sie gehören schließlich hinter Gitter!«

»Was, bitte, soll das? Sie wissen doch ganz genau, dass ich keine Bank überfallen habe.«

»Ja, *ich* weiß das. Aber da bin ich auch die Einzige. Und somit bin ich momentan auch die Einzige, die Ihnen helfen kann. Denn wenn ich nicht sage, wie es wirklich war, werden Sie eine Menge Schwierigkeiten bekommen. Ich weiß gar nicht … wie viele Jahre Gefängnis bekommt man wohl für bewaffneten Banküberfall?«

Mir wird abwechselnd heiß und kalt. »Was, zum Teufel, wollen Sie eigentlich von mir?«

»Das habe ich doch schon gesagt. Ich will, dass Sie mit mir nach Pommern fahren. Ich will die Asche meines lieben Mannes Heinzi am Strand von Kolberg ins Meer streuen. Das habe ich ihm auf dem Sterbebett versprochen.«

»Ja, dann machen Sie das doch. Steigen Sie mit Heinzi, oder dem, was von ihm geblieben ist, in den Zug und fahren Sie in dieses Kolbad.«

»Kolberg!«

»Von mir aus auch Kolberg. Aber ohne mich. Und sagen Sie den Bullen gefälligst die Wahrheit!«

»Ich kann nicht einfach in den Zug steigen und allein dorthin fahren. Das schaffe ich in meinem Alter nicht mehr. Wahrscheinlich denken alle, dass ich das nicht bemerke, aber ich weiß durchaus, dass es Phasen gibt, in denen ich Aussetzer habe.«

»Stimmt auffallend. Zum Beispiel eben in der Bank.«

Oma Strelow schüttelt energisch den Kopf.

»Nein, das meine ich nicht. Die Idee, die ich in der Bank hatte, war brillant. Ich meine die Momente, in denen ich nicht ganz bei mir bin.«

»Ach, Sie werden tüdelig?« Na, den Verdacht hatte ich ja auch schon.

Nun wird Oma Strelow tatsächlich ein bisschen rot. Ein ganz zarter Hauch breitet sich über ihre ansonsten blassen Wangen aus. Dann flüstert sie so leise, dass ich sie fast nicht hören kann: »Von mir aus nennen Sie es *tüdelig*. Auch wenn ich dieses Wort verabscheue. Ich nenne es lieber *abwesend*. Jedenfalls kann ich eine so weite Reise nicht mehr allein machen, davor habe ich zu viel Angst.«

»Ja, sehr traurige Geschichte. Total einleuchtend, dass Sie mich da lieber als Geisel nehmen und dann so tun, als wäre es umgekehrt. Nur *eine* Frage hab ich noch: Wie sieht es denn mit Kindern aus? Haben Sie welche? Denn: Wenn ja, dann sollen *die* gefälligst mit Ihnen Papis Asche verstreuen. ICH MUSS NÄMLICH JETZT NACH HAUSE, UND ZWAR SOFORT!« Mittlerweile schreie ich, Oma Strelow zuckt zusammen und starrt mich aus aufgerissenen Augen an. Dann fängt sie an zu weinen.

»Aber das ist es ja gerade! Meine Kinder wollen nicht, dass ich verreise. Dann haben sie mich ja nicht mehr unter Kontrolle. Sie wollen mich in ein Heim verfrachten. Und dann verkaufen sie mein Haus und nehmen mir all mein Geld weg. Deswegen war ich heute auch bei der Bank – schließlich stecken die alle unter einer Decke!« Mittlerweile ist ihr Weinen in hemmungsloses Schluchzen übergegangen.

Nachdenklich betrachte ich sie, wie sie da sitzt, über die Plastiktüte gebeugt, und die gesamte Beute vollheult. Ob sie mit ihrem Verdacht recht hat? Warten ihre herzlosen Kinder tatsächlich auf die erstbeste Gelegenheit, Omi abzukassieren und einzusperren? Oder bildet sie sich das nur ein? Irgendwo habe ich mal gelesen, dass Verfolgungswahn typisch für eine beginnende Demenzerkrankung ist. Ich fische Tempotaschentücher aus der Mittelkonsole und gebe ihr eins. Sie schneuzt sich laut.

»Bitte, Sie müssen mir helfen, Heinzi in die alte Heimat zu bringen. Ich verspreche Ihnen, dass ich danach alles aufklären werde. Bestimmt!«

Ich seufze, dann lasse ich den Motor wieder an. »Dazu mal eine ganz praktische Frage: Wo wird denn Heinzi gerade aufbewahrt? Müssten wir nicht eher zum Friedhof als zu Ihnen nach Hause? Und darf man eine Urne einfach so ausbuddeln?«

Oma schüttelt den Kopf. »Nein, die Haupturne bleibt im Grab. Aber es gibt noch eine kleine Urne mit einem Teil der Asche. Die steht bei mir zu Hause. Das darf man so machen, ist völlig legal. Und diese Urne holen wir jetzt, und dann streuen wir die Asche in die Ostsee.«

Apropos völlig legal: Wo bin ich da bloß reingeraten? Noch interessanter: Wie komme ich da heil wieder raus? Und zwar, ohne eine langjährige Haftstrafe zu verbüßen?

Fünf Minuten später haben wir endlich das Haus von Frau Strelow erreicht. Wakenitzstraße, Wasserblick, noble Adresse. Ein hübsches weißes Haus, vermutlich Jugendstil, jedenfalls ranken sich links und rechts des Vordaches zarte Blumengirlanden aus Stuck empor. Also, wenn Omis Familie die Bude verkloppt, dann gibt es jedenfalls Zaster, so viel ist schon mal klar. Vielleicht ist ihr Verdacht doch nicht ganz von der Hand zu weisen.

Sie schließt die Haustür auf, und kurz darauf stehen wir im Flur. Links von uns ziert eine Bronzeskulptur einen Mauervorsprung, rechts hängt ein riesiger Ölschinken, der ein Paar im besten Alter zeigt. Oma und Opa Strelow? Falls es sich tatsächlich um Heinzi handelt, war er jedenfalls mal sehr schneidig.

»Jan, kommst du mal?«, ruft Oma in das Haus hinein.

Jan? Von dem war bisher nicht die Rede. Ich dachte, Oma wohnt allein. Ich hoffe nicht, dass ich mich jetzt noch der Diskussion mit den lieblosen Angehörigen stellen muss. Oma Strelow geht den Flur entlang, ich folge ihr.

»Jan, wo bist du denn?«

Ich fühle mich sehr, sehr unwohl. Am liebsten würde ich sofort abhauen. Nur die Tatsache, dass ich ohne Omas Aussage momentan richtig dumm dastehe, hält mich noch hier. Wie weit es wohl ist bis zu diesem Kolberg? Muss ja an der Ostsee liegen. Aber die meisten Ostseebäder in Meck-Pomm erreicht man von Lübeck aus recht schnell. Ich schiele auf meine Uhr. Kurz nach vier. Also, selbst wenn Kolberg irgendwo bei Rügen liegt, dann müssten wir es über die Ostseeautobahn in gut zwei Stunden schaffen. Schnell die Asche verstreuen, wieder retour – also, ich sach mal, bis neun könnte ich wieder zu Hause sein. Okay, vielleicht zehn – konservativ gerechnet und mit Sicherheitspuffer, da ist dann aber auch schon drin, dass Oma Strelow vielleicht noch eine Gedenkminute einlegen will. Alex wird zwar eine Mörderlaune haben, weil er Planänderungen dieser Art hasst, aber es wird in jedem Fall noch genug Zeit zum Kofferpacken sein. Ich zupfe Oma am Ärmel, die immer noch nach dem ominösen Jan Ausschau hält. »Äh, ich geh mal kurz telefonieren.«

Vor der Haustür krame ich mein Handy hervor. Einundzwanzig Anrufe in Abwesenheit, alle von Alexander. Okay, er *hat* bereits eine Mörderlaune.

»Tine, WO STECKST DU?« Alex kommt fast durch den Hörer gesprungen, bevor ich noch hallo sagen kann.

»Äh, Schatz, es tut mir so leid, es gab hier Probleme ... ich, hm ...«

»Was denn für Probleme? Und warum gehst du nicht an dein beschissenes Telefon? Ich sitze hier seit Stunden und warte auf dich. Ich habe mir heute Nachmittag extra freigenommen!«

»Tschuldige, ich verstehe ja, dass du sauer bist, aber ... aber ...« Mist, die Wahrheit kann ich Alex kaum erzählen. Ich kann mir nicht vorstellen, dass er es gut aufnimmt, dass ich gewissermaßen aus Versehen eine Filiale seiner Bank überfallen habe. Wie erkläre ich ihm also, dass es noch ein paar Stunden dauern wird?

»Was *aber*?«, faucht Alex ungeduldig ins Telefon.

»Ich musste noch ... *mein Brautkleid!*« Da isser, der Geistesblitz! »Mein Brautkleid passt nicht. Also, ich habe es anprobiert, und es sitzt leider überhaupt nicht.«

»Dein Brautkleid passt nicht?«

»Ja, die reinste Katastrophe. Da komme ich nicht rein, keine Chance. Kann man auch nicht einfach ändern, ich brauche ein neues. Und das kaufe ich gerade.«

Alex schnauft wie ein asthmatisches Walross. »Das glaube ich jetzt nicht! Du kaufst ein neues Brautkleid? Mal eben so?«

»Nein, nicht *mal eben so.* Was bleibt mir denn anderes übrig? Ich habe sogar schon ein tolles gefunden, allerdings haben sie es hier in Lübeck nicht in meiner Größe, deshalb ... muss ich mal schnell nach Hamburg fahren.«

»Du kannst doch jetzt nicht extra nach Hamburg fahren. Wir haben doch auch nur noch heute, um alles zu erledigen!« Ich höre Alex atmen. Wahrscheinlich überlegt er, ob es eigentlich eine gute Idee war, mir einen Antrag zu machen. »Hm, was hältst du davon, wenn ich mitkomme?«, fragt er. »Dann kann ich noch schnell ein paar Unterlagen beim Anwalt abgeben. Wollte ich eigentlich in die Post tun, aber wenn du jetzt sowieso fährst …«

Och nö, der ist doch sonst nicht so anhänglich! Aber es gibt ja zum Glück einen guten offiziellen Grund, Alexander hierzulassen.

»Nein, das geht auf keinen Fall, Schatz. Du darfst mein Kleid doch vorher nicht sehen! Das bringt Unglück.«

Jetzt lacht Alexander. Na, wenigstens hat er wieder bessere Laune.

»Na gut, Süße, wenn du meinst, dass du noch dringend ein Kleid kaufen musst, dann mach das. Wäre nur schön, wenn du rechtzeitig zurück bist, um mit mir in den Flieger zu steigen.«

Ich lache auch.

»Bis der abhebt, bin ich dreimal wieder da. Schließlich will ich nur nach Hamburg.«

4. Kapitel

Wieder im Haus, stolpere ich fast über einen jungen Mann, der genau in diesem Moment die Treppe aus dem oberen Stockwerk herunterkommt. Das wird wohl der ominöse Jan sein. Hübsches Kerlchen – braune, lockige Haare, dazu grüne Augen, vielleicht Mitte, Ende zwanzig. Vom Alter her also eher der Enkel als der Sohn von Oma Strelow. Um nicht über mich zu fallen, legt er eine Vollbremsung hin und mustert mich neugierig.

»Hallo. Wer sind Sie?«

Melodische Stimme, klingt allerdings ein bisschen ungewöhnlich, als ob der Typ kein Muttersprachler ist.

»Das Gleiche wollte ich Sie auch gerade fragen. Sind Sie vielleicht ein Enkel von Frau Strelow?«, frage ich hoffnungsvoll. Denn wenn dem so ist und man mit dem Typen vernünftig reden kann, dann könnte ich die ganze Angelegenheit unter Umständen jetzt unglaublich abkürzen. Ich könnte ihn überzeugen, mit seiner Omi zur Polizei zu marschieren und Opa Heinzi anschließend selbst in die Ostsee zu streuen. Doch leider schüttelt Grünauge den Kopf. Wäre ja auch zu schön gewesen, wenn heute mal irgendwas klappen würde.

»Nein, ich bin Jan. Jan Majewski. Ein … äh … Freund der Familie.«

»Ach so. Ich bin Tine Samstag und habe Frau Strelow nur ganz zufällig getroffen und …« Bevor ich mit meiner Erklärung noch weiterkomme, taucht Frau Strelow neben uns auf. Unter ihrem Arm klemmt etwas, das wie eine kleine, bauchige Vase mit Deckel aussieht. Das wird doch nicht etwa die Urne sein?

»So, Heinzi habe ich schon mal. Dann kann es jetzt losgehen. Jan, wir fahren nach Pommern. Du kommst mit.«

Falls der Typ jetzt überrascht sein sollte, kann er es gut verbergen, denn er verzieht keine Miene. »Gut, ich hole nur eben meine Jacke.«

»Aber beeil dich, die Polizei ist hinter uns her.«

Jan nickt und verschwindet. Seine Gelassenheit lässt mich vermuten, dass er im Hauptberuf Fluchtwagenfahrer ist, oder irgendwas in der Richtung. Eine Minute später steht er wieder neben mir, und tatsächlich hat er sich eine Jacke über sein schwarzes T-Shirt gezogen.

»Okay, kann losgehen.«

Ich seufze, gehe vor und öffne, beim Micra angekommen, die Türen. Jan hilft Oma Strelow, mitsamt den Überresten von Opa Heinzi in den Fond einzusteigen. Dann setzt er sich neben mich auf den Beifahrersitz. Ich lasse den Motor an.

»Also, erst mal Richtung Rostock, oder?« Ich sehe Jan auffordernd an. Schließlich scheint er in den Plan von Oma Strelow ansatzweise eingeweiht zu sein.

Er nickt. »Genau.«

In den nächsten zehn Minuten sagt niemand ein Wort. Im Rückspiegel kann ich sehen, wie Oma gedankenverloren die Urne streichelt. Sie wirkt völlig abwesend. Ich räuspere mich, sie reagiert nicht. Okay, vielleicht eine gute Gelegenheit, diesem Jan mal etwas auf den Zahn zu fühlen.

»Sagen Sie mal, wundern Sie sich gar nicht über unseren spontanen Ausflug?«

Er guckt mich an und grinst. »Ach, Frau Strelow hat manchmal seltsame Ideen. Kennen Sie sie näher?«

Ich schüttele den Kopf. »Nein. Ich bin ihr heute zum ersten Mal begegnet.«

»Ach so. Wissen Sie, sie ist eben sehr alt und hat ab und zu solche … äh …« Er scheint nach einem Wort zu suchen. »Anfälle. Genau, sie hat manchmal Anfälle. Da darf man sich nichts bei denken. Das mit der Polizei zum Beispiel ist typisch. Frau Strelow denkt oft, dass sie verfolgt wird. Man darf dann nicht widersprechen, sonst regt sie sich furchtbar auf. Deswegen habe ich auch nichts gesagt. Besser, wir fahren einfach eine Runde mit Opa spazieren, dann beruhigt sie sich schon wieder.«

Eine schöne Idee. Sie hat nur einen Haken.

»Wir werden tatsächlich von der Polizei verfolgt.«

Jan macht große Augen. »Oh! Wirklich? Warum?«

»Frau Strelow hat eine Bank überfallen. Gewissermaßen. Sehen Sie die Plastiktüte zu Ihren Füßen?«

Jan nickt. »Klar. Warum?«

»Da dürften ungefähr zwanzigtausend Euro drin sein. Grob geschätzt. Es war jedenfalls ein ziemlicher Haufen.«

Jan beugt sich vor, hebt die Tüte hoch und lugt vorsichtig hinein. »Wow! Und Sie haben ihr dabei geholfen?«

»Ja. Äh, ich meine: Nein. Also, na ja, irgendwie schon.«

Jan pfeift. Es klingt anerkennend. »Also, ihr beiden Mädchen habt eine Bank überfallen.«

»Nein. Haben wir nicht. Ich jedenfalls nicht. Und Frau Strelow auch nicht. Das Geld gehört schließlich ihr. Aber es sah so aus, weil ich eine Waffe dabeihatte.«

»Sie hatten eine Waffe dabei?«

»Ja, aber keine echte. Nur die Spielzeugpistole von Jan-Ole.«

»Wer ist denn Jan-Ole? Ein weiterer Komplize? Respekt, dann war das ja ein richtig großes Ding! Das hätte ich ihr gar nicht zugetraut.«

»Haben Sie mir nicht zugehört? Es war eben *kein* großes Ding. Es war gar kein Ding. Es war ein ganz blöder Zufall. Oma Strelow kann das bestätigen. Und das wird sie auch tun, sobald wir Opa Heinzi in die Ostsee gestreut haben. Danach fahren wir nämlich flugs wieder nach Lübeck, marschieren in die nächste Polizeidienststelle, Oma macht ihre Aussage, und ich fliege auf die Seychellen.«

Jan lacht. »Wer will denn in die Südsee, wenn er die polnische Ostsee haben kann?«

Ich werfe ihm einen kurzen Blick zu, dann schüttle ich den Kopf. »Erstens: Die Seychellen liegen nicht in der Südsee, sondern im Indischen Ozean. Und zweitens – wieso Polen?«

»Na, ich dachte, wir wollen nach Kolberg.«

Langsam beschleicht mich ein ganz dummes Gefühl. Ich räuspere mich. »Also, Frau Strelow sagte Pommern. Liegt Kolberg denn nicht in Mecklenburg-Vorpommern?«

Jetzt lacht Jan wieder. »Nein. Kolberg heißt mittlerweile Kołobrzeg und liegt in Polen. Ist aber, ehrlich gesagt, schon seit ein paar Jahren so.«

»Scheiße!«, entfährt es mir sehr laut.

»Ungewöhnlich, dass Ihnen das so nahegeht«, sagt Jan. »Soweit ich weiß, wird diese Grenze von der deutschen Außenpolitik voll und ganz akzeptiert.«

Ich sehe ihn kurz an. Er grinst, und ich gucke wieder nach

vorn und sage: »Dieses Kolberg oder Kołobrzeg, oder wie auch immer das heißt, kann von mir aus sonst wo liegen. Solange ich da nicht hinfahren muss. Ich dachte, wir kriegen das hier locker in zwei, drei Stunden über die Bühne. Aber daraus wird dann wohl nichts. Scheiße, Scheiße, Scheiße!« Ich schlage mit der Hand auf das Lenkrad.

»Okay, also, wir brauchen wahrscheinlich so ungefähr fünf Stunden. Bis wir angekommen sind, ist es dunkel – wird heute also schwierig mit unserer Seebestattung.«

»Nein!«, rufe ich. »Das geht nicht! Ich *muss* heute zurück nach Lübeck. Mein Verlobter wartet doch auf mich, wir haben noch nicht mal gepackt, und übermorgen früh geht unser Flieger. Und der fliegt nicht nur auf die Seychellen, sondern auch in meine Zukunft. Wenn ich den verpasse, dann geht meine Welt unter. Dann kann ich Ostern nicht am Strand von La Digue heiraten. Und dann verpasse ich den Mann meines Lebens.« Ich fange an zu weinen. Plötzlich kann ich vor lauter Tränen kaum noch etwas sehen. Ich bremse, fahre auf den Seitenstreifen und halte an. Jan legt eine Hand auf meine Schulter.

»Schh, schh, nicht weinen! Wir finden bestimmt eine Lösung. Ich habe eine Tante in der Nähe von Kolberg, da können wir sicher übernachten. Wenn wir morgen dann gleich ganz früh loslegen, könnten wir mittags schon wieder in Lübeck sein. Dann kriegen Sie Ihr Flugzeug noch.«

Ich schniefe laut. »Und wenn nicht?«

Jan zuckt mit den Schultern. »Also, schlimmstenfalls heiraten Sie Ihren Traummann dann ganz normal in Deutschland. Davon wird das Glück Ihrer Ehe schon nicht abhängen. Hm, was meinen Sie?«

Ob mich Jan für völlig gaga hält, wenn ich ihm nach der

43

Geschichte mit dem Bankraub jetzt noch erzähle, dass die Hochzeit unbedingt zur Osterzeit im Ausland stattfinden muss, weil mir das so geweissagt wurde? Dass ich nur so den Mann fürs Leben heiraten kann? Wobei – vielleicht sind Polen ja generell abergläubisch, und Jan hätte großes Verständnis für mein Problem. Ich wische mir noch einmal die Tränen von den Wangen und mustere ihn verstohlen. Nein, Jan sieht aus wie ein ganz normaler junger Mann, also kann ich ihm die Geschichte unmöglich erzählen. Nicht einmal Alexander weiß etwas davon. Dass die Sache mit den Seychellen trotzdem seine Idee war, beweist, dass die Karten nicht lügen. Hoffe ich jedenfalls.

Jan räuspert sich. »Hallo? Haben Sie gehört, was ich gesagt habe?«

»Äh, ja, ja. Ich hoffe, Sie haben recht.«

»Na ja, die andere Möglichkeit ist, dass wir zurückfahren und gucken, ob sich das Missverständnis nicht auch so aufklären lässt.« Jan dreht sich um und guckt über seine Schulter. »Oma schläft gerade ein bisschen, aber wenn sie wieder wach ist, können Sie doch noch einmal mit ihr darüber sprechen. Wenn sie sich etwas ausgeruht hat, ist sie immer viel klarer im Kopf. Vielleicht werden Sie beide auch gar nicht verfolgt. Wenn es gar kein echter Bankraub war, hat die Polizei das bestimmt schon gemerkt. Ich meine, die haben doch auch Besseres zu tun.«

Ja, das wäre schön, wenn die Besseres zu tun hätten. Mein Telefon klingelt. Alex. Jan reicht mir meine Handtasche, die ich neben die Tüte mit dem Geld gestellt habe. Diesmal finde ich das Teil sofort. Ich atme tief durch und hoffe, dass ich nicht allzu verheult klinge.

»Hallo, Schatz! Du, ich stehe gerade in der Umkleidekabine, das passt jetzt nicht so. Ich melde mich, wenn ich auf dem Rückweg bin, okay?«

Tiefes Einatmen. »Tine, die Polizei war eben hier.«

Hmpf. Offenbar hat die Polizei doch nichts Besseres zu tun. »Echt? Und wieso?«

»Tine! Verkauf mich nicht für blöd! Das kannst du dir doch wohl denken! Weil du eine Bank überfallen hast!«

»Das ist ein Missverständnis, ich habe keine …« Weiter komme ich nicht, Alexander bellt jetzt so laut in den Hörer, dass mir fast das Ohr abfällt und Jan wahrscheinlich jedes Wort mitbekommt.

»Du überfällst eine Bank – und nicht nur das: eine Filiale *meiner* Bank! Du fliehst und behauptest mir gegenüber, du wollest mal schnell ein Brautkleid in Hamburg kaufen! Bist du jetzt völlig übergeschnappt? Nimmst du Drogen? Tine, was ist los mit dir? Weißt du eigentlich, was das für meine Stellung bedeutet?«

Wieder schießen mir Tränen in die Augen. Mein eigener Freund glaubt mir nicht. Alexander hält es tatsächlich für möglich, dass ich eine Bank überfalle. Und mehr noch: Am meisten scheint ihn daran zu beschäftigen, dass es eine Filiale der Fargo-Bank war. Das ist eindeutig zu viel für meine Nerven. Ich lege auf und versuche, nicht mehr zu weinen. Jan legt eine Hand auf meinen Arm. »Ihr Freund?«

Ich nicke. Jan klopft auf meinem Unterarm herum. »Das wird sich alles aufklären, bestimmt! Und Ihr Freund ist einfach nervös, der beruhigt sich wieder.« Er reicht mir ein Taschentuch, und ich tröte los wie Benjamin Blümchen. Als ich fertig bin, schniefe ich: »Meinen Sie?«

»Ganz sicher. Die übliche Hochzeitspanik. Völlig normal.«

Ich hoffe inständig, dass Jan recht hat. Obwohl die Worte *üblich* und *völlig normal* irgendwie nicht ganz zu meiner Situation zu passen scheinen. Trotzdem versuche ich ein schiefes Lächeln, das Jan erwidert. Dann runzelt er nachdenklich die Stirn.

»Vielleicht sollten Sie aber jetzt trotzdem Ihr Handy ausschalten.«

»Aber dann kann mich Alex doch gar nicht mehr erreichen. Ich bin mir sicher, in einer Stunde tut es ihm leid, und er ruft noch mal an.«

»Bestimmt. Aber wenn er, was ich natürlich nicht glaube, der Polizei Ihre Handynummer gegeben hat, dann bekommen wir vielleicht bald Besuch. Ich habe am Sonntag mit Oma Strelow eine Sendung namens *Tatort* gesehen, da haben sie als Allererstes versucht, das Handy zu orten.«

Ich schlucke und schalte hektisch mein Handy aus.

»Eine Frage noch: Ist das Ihr Auto?«

»Gefällt es Ihnen nicht? Okay, es ist nicht besonders groß, aber bis Polen kommen wir damit auf jeden Fall.«

Jan schüttelt den Kopf. »Nein, gleiches Problem wie beim Handy. Ich frage mich, ob die Polizei schon danach sucht. Es wäre eigentlich logisch, immerhin sind Sie mit einer Geisel unterwegs.«

Ich überlege kurz. Wo der Mann recht hat, hat er recht …

»Also brauchen wir einen anderen Wagen? Wo sollen wir den denn jetzt so schnell herkriegen?« Ich drehe mich um, weil ich Oma Strelow jetzt am liebsten mal so richtig die Meinung sagen würde, aber die schläft immer noch, und genau genommen würden weder ein kleiner noch ein großer Wutausbruch irgendetwas an meiner Lage ändern.

Jan zuckt mit den Schultern. »Naa«, sagt er gedehnt, »in

dieser Tüte ist doch sehr viel Geld, ich würde sagen, wir kaufen schnell einen.«

Nun gehöre ich persönlich ja zu den Leuten, die für große Investitionsentscheidungen ein bisschen Zeit brauchen. Ich würde mir unter normalen Umständen niemals *schnell* ein Auto kaufen. Aber selbst unter ungewöhnlichen Umständen kann ich mir nicht vorstellen, wie man, sagen wir mal, *innerhalb einer Stunde* ein Auto kaufen soll. Wie, zum Teufel, soll das gehen? Ich scheine eine gewisse zweifelnde Grundhaltung auszustrahlen, denn Jan klopft mir aufmunternd auf die Schulter.

»Keine Sorge, Autokauf ist Männersache. Ich mach das schon.«

Eigentlich wären jetzt fünf Euro für die Chauvi-Kasse fällig, aber gerade jetzt gefällt mir dieser Spruch ausgezeichnet. Ich seufze. »Okay, wo soll ich hinfahren?«

»In die nächste größere Stadt. Wir sollten nicht länger als nötig mit diesem Auto durch die Gegend fahren.«

»Wir kommen gleich an Wismar vorbei. Da vielleicht?«

Jan nickt. »Ja, am Stadtrand gibt's bestimmt ein paar Autohändler.«

Und tatsächlich. Kaum von der Autobahn abgefahren, sind wir mitten in einem Gewerbegebiet und kommen auch schon an einem Autohaus vorbei. Ich fahre auf den Hof. Als ich den Motor abstelle, wacht Oma Strelow auf.

»Sind wir schon da?«

Jan dreht sich um. »Nein, Frau Strelow. Noch nicht. Wir müssen uns erst mal ein neues Auto besorgen. Nicht dass wir noch vor der Grenze Ärger mit der Polizei bekommen.«

Oma kichert.

Haha, sehr witzig! Der wird das Lachen noch vergehen,

wenn wir übers Osterwochenende erst mal mit dreißig Klein- und Großkriminellen aus der mecklenburgischen Provinz in einer hübschen Gemeinschaftszelle sitzen. Da ist dann nix mehr mit Wasserblick, und zum Diner gibt's vermutlich Hafergrütze. Wobei man die mit dritten Zähnen bestimmt besonders gut essen kann.

Ich stapfe gemeinsam mit Jan zur Eingangstür des glaswürfelartigen Baus. Es gibt hier anscheinend vor allem deutsche Fabrikate der gehobenen Mittelklasse, und ich bin mir nicht sicher, ob das wirklich die richtige Adresse für uns ist. Jan sind solche Grübeleien offenbar fremd. Schwungvoll reißt er die Tür auf, um mich dann gentlemanlike vorgehen zu lassen. Kaum haben wir die Halle betreten, stürmt er auch schon an mir vorbei.

»Guten Tag, wir brauchen ein Auto!«

Die Blondine hinter dem Tresen zieht die Augenbrauen hoch. Allerdings nur kurz, dann lächelt sie und streicht mit einer schnellen Geste an ihrer aufwendigen Hochsteckfrisur entlang.

»Natürlich, der Herr. Da sind Sie bei uns an der richtigen Adresse. Wir führen nicht nur Neuwagen, wir haben auch ein exzellentes Jahres- und Gebrauchtwagensortiment. An was hatten Sie denn gedacht?«

Jan hebt die Hände. »Ach, egal. Hauptsache, schnell.«

Blondie strahlt. »Da haben wir auf alle Fälle das Richtige für Sie! Gerade erst reingekommen: ein Audi A6. Fährt locker 250 km, danach riegelt er allerdings ab. Ein richtiges Geschoss, ich habe ihn gestern mal Probe gefahren. Und das Ganze zu einem Spitzenpreis von nur 18 000 Euro. Wollen wir uns den gleich mal ansehen, der Herr?«

Entgegen meiner Erwartung klärt Jan das Missverständnis

nicht auf, sondern nickt freundlich und murmelt etwas, das die Blondine wohl als Zustimmung deutet. Jedenfalls kramt sie unter dem Tresen einen Autoschlüssel hervor. Grrr, frag einen Mann, ob er ein schnelles Auto fahren will! Okay, ich gebe zu, ich wollte mich in das Verkaufsgespräch nicht einmischen, und ich bin mir auch nicht sicher, wie viel Geld genau in Omas Plastiktüte ist – es geht mich, genau genommen, auch gar nichts an. Trotzdem bin ich entschieden dagegen, den gesamten Inhalt der Tüte hier und jetzt auf den Kopf zu hauen. So wie sich die Dinge momentan entwickeln, könnte es schließlich sein, dass wir später noch mal sehr glücklich sein werden über ein bisschen Bargeld. Ich räuspere mich.

»Nein, ich glaube, da haben Sie meinen Bekannten falsch verstanden. Wir suchen kein schnelles Auto, wir suchen schnell ein Auto.«

Irritiert wendet sich die Verkäuferin mir zu. »Wie meinen Sie das?«

»So wie ich es sage: schnell. Im Sinne von: sofort. Ein Auto, das wir gleich mitnehmen können.«

Ein Anliegen, das hier anscheinend selten vorgetragen wird, jedenfalls legt sich Blondies Stirn jetzt in ziemlich tiefe Falten.

»Aber … Sie wollen es doch sicherlich erst mal Probe fahren. Und dann muss ich noch Kennzeichen für die Überführung besorgen – ich glaube nicht, dass ich das heute noch schaffe. Also, ein bisschen Geduld müssten Sie da schon haben. So ein Autokauf will doch auch überlegt sein. Ich meine, ich freue mich ja, wenn Kunden so spontan …«

Offenbar findet Jan, dass es an der Zeit ist für ein männliches Machtwort. Jedenfalls schiebt er mich einfach zur Seite und lehnt sich an den Tresen.

»Vielleicht haben Sie ein Auto, das schon ein Kennzeichen hat? Als Gebrauchtwagen?«

Die Verkäuferin schüttelt energisch den Kopf.

»Nein, also, wir melden die Wagen natürlich immer gleich ab, wenn wir sie bekommen. Vielleicht dauert das auch ein, zwei Tage, aber so einen Wagen darf ich Ihnen jetzt gar nicht mitgeben, der wäre ja noch auf den alten Besitzer zugelassen – also, das geht auf keinen Fall.«

»Auch nicht für, sagen wir, 500 Euro mehr? Der Besitzer muss es doch gar nicht erfahren. Wir könnten das Auto sogar morgen wieder zurückbringen.«

Die Blondine schnappt nach Luft.

»1000 Euro?«, fragt Jan.

»Bedaure. Da kann ich Ihnen nicht helfen. Vielleicht versuchen Sie es mal mit einem Leihwagen. Die führen wir allerdings nicht. Ich wünsche Ihnen noch einen schönen Tag.« Sie bedenkt uns mit einem eisigen Blick und dreht sich um.

Als wir wieder im Auto sitzen, macht Jan seinem Ärger Luft. »Also, in Deutschland wird man als Pole echt schnell behandelt, als hätte man eine Bank überfallen. Dabei sind Sie die Bankräuberin, nicht ich.«

»ICH HABE KEINE BANK ÜBERFALLEN!!!«

»Von mir aus. Ich aber auch nicht. Aber genau so hat sie mich behandelt. Blöde Kuh. Dabei hatte ich nur eine kleine Bitte. Ach, ihr Deutschen seid einfach zu bürokratisch.«

Jetzt muss ich kichern.

»Klar. Genau, wie ihr alle Ganoven seid. Und Autoschieber.«

Jan schluckt kurz, dann grinst er. »Okay, wir sind quitt!«

Oma Strelow beugt sich nach vorne. »Haben wir denn nun ein neues Auto oder nicht?«

»Noch nicht ganz. Wir arbeiten dran.«

Interessant. Wenn Jan mit Oma spricht, bekommt seine Stimme einen ganz warmen Klang. Er scheint sie wirklich zu mögen. Die beiden sind ein seltsames Gespann. Ich lasse den Motor an.

»So, und wo suchen wir jetzt?«

»Hm, vielleicht fahren wir einfach mal diese Straße lang. Es muss hier doch auch so was geben wie einen Platz für alte Autos.«

»Sie meinen einen Schrottplatz?«

Er nickt. »Genau. Danke. Mir fiel das Wort nicht ein. Schrottplatz. Richtig. Vielleicht sind die da nicht ganz so streng.«

»Ihr Deutsch ist übrigens phänomenal.«

»Oh, danke! Ich habe Germanistik studiert und unterrichte als Dozent an der Uni. Also, eigentlich. Momentan passe ich ja auf Frau Strelow auf. Und was machst du … äh, ich meine, was machen Sie so?«

Ich muss grinsen. »Kannst ruhig beim Du bleiben. Wer gemeinsam auf der Flucht ist, kann sich Förmlichkeiten auch schenken. Ich bin Lehrerin.« Ich will das gerade näher ausführen, als Jan plötzlich »Halt!« schreit. Vor Schreck trete ich auf die Bremse, und der Micra kommt mit quietschenden Reifen zum Stehen.

»Was'n los?«

»Da drüben!«

Er zeigt nach schräg links. Tatsächlich. Ein Band mit bunten Wimpeln flattert in der Luft. Darunter ein Schild: *Auto Sultani. An- und Verkauf. Bargeld sofort.*

5. Kapitel

Ich schaue in den Rückspiegel. Oma Strelow hängt schief auf ihrem Sitz und schläft schon wieder. Kein Wunder, das war ja auch ein aufregender Tag für eine alte Dame. Da kann man schon mal müde werden. Wenn sie mich nicht so in die Pfanne gehauen hätte, könnte ich sie jetzt fast niedlich finden, wie sie da mit verwuschelten grauen Löckchen sitzt und schnarcht, und zwar gar nicht so leise. Ich sehe wieder auf die Fahrbahn und schüttele über mich selbst den Kopf. Die und niedlich, ha! Faustdick hinter den Ohren hat sie es! Schließlich werde ich wegen Oma Strelow polizeilich gesucht. Außerdem werde ich wegen der ganzen Sache einen Riesenstress mit Alex bekommen, und das so kurz vor unseren Flitterwochen! Unwillkürlich muss ich laut schnauben.

Jan schaut mich erstaunt an. »Ist irgendwas? Geht's dir nicht gut?«

»Mir geht's super, danke der Nachfrage. Könnte gar nicht bessergehen.«

»Dann ist ja gut.« Er wirkt erleichtert.

Meine Ironie scheint hier völlig fehl am Platz zu sein. Schweigend zuckeln wir mit unserem neuen alten Golf über die Landstraße. Spritzig ist nicht gerade der Zweitname dieser Karre, aber immerhin hat sie ein gültiges Kfz-Kennzeichen, und Herr Sultani war so gütig, sie uns sofort zu überlassen. Hat deswegen auch *nur* dreitausend Euro gekostet, ein echter Schnapper also. Ich schätze, der Vorbesitzer des Wagens ist Frittenkoch gewesen, denn der Kofferraum stinkt so nach ranzigem Fett, dass ich mein Brautkleid neben Oma Strelow gelegt habe. Gepflegt hat er sein Autochen auch nicht – ich hoffe, wir kommen mit der Gurke überhaupt noch bis Polen.

Wir fahren schon seit längerer Zeit durch ein menschenleeres Dorf nach dem anderem. Die Häuser sind fast alle in einem flotten Grau gestrichen viele Gebäude sehen aus, als könnten sie mal wieder renoviert werden. Von wem, ist allerdings unklar, denn sie scheinen unbewohnt zu sein. Keine Frage, die haben hier ein echtes Nachwuchsproblem.

»Wie weit ist es denn noch bis zur Grenze?«, frage ich, um irgendeine Art von Gespräch in Gang zu bringen.

»Keine Ahnung.« Jan zuckt ratlos mit den Schultern. »Vielleicht so sechzig, siebzig Kilometer?«

Na, dann haben wir's ja bald geschafft. Noch während ich das denke, gibt der Golf auf einmal komische Geräusche von sich. Er keucht und sprotzt, und aus der Kühlerhaube quillt weißlicher Rauch.

»Was ist das denn jetzt?« Ich stöhne genervt und lasse den Wagen langsam ausrollen.

Jan zuckt wieder mit den Schultern, macht aber keine Anstalten, auszusteigen und nachzusehen.

»Willst du nicht mal gucken, was da los ist?«

»Nö. Wie ich schon sagte: Ich bin Dozent für Germanistik. Also kein Kfz-Mechaniker.«

Ach, so ist das also. Der Herr Dozent will sich nicht die Finger schmutzig machen! Wütend steige ich aus und reiße die Motorhaube auf. Der heiße Qualm schießt mir ins Gesicht, meine Augen tränen, und ich muss husten. Während ich den Rauch wegwedele und mit dem Erstickungstod ringe, sehe ich, wie Jan beherzt auf das nächstbeste Haus zutrabt und klingelt. Kein Schwein öffnet, aber ich sehe, dass sich eine Gardine bewegt. Erst beim fünften Haus hat er Erfolg. Die Tür öffnet sich, und ein Mann mit einem gewaltigen Bierbauch mustert ihn misstrauisch von oben bis unten. Die beiden unterhalten sich, Jan macht große Gesten und deutet auf unser Auto. Der Mann schüttelt den Kopf, zeigt in die andere Richtung und knallt die Tür wieder zu.

»Und?«, frage ich hoffnungsvoll, als Jan zurückkommt.

»Vorletztes Haus vorm Ortsschild, da wohnt ein Schrauber. Wenn wir Glück haben, ist der sogar zu Hause. Los, komm!«

»Aber wir können Oma Strelow doch nicht einfach hier im Wagen allein lassen!«

»Ach was, wenn die schläft, dann schläft sie. Das kenn ich schon.«

»Und das ganze Geld?«

»Willst du hier etwa mit einer Plastiktüte voller Scheine durchs Dorf marschieren? Auffälliger geht's wohl kaum. Das legen wir jetzt einfach in den Kofferraum.«

Wo er recht hat, hat er recht. Während sich Jan eine Zigarette anzündet, schließe ich den Wagen sorgfältig ab, dann laufen wir los. Das vorletzte Haus ist ein halbverfallener Hof. Überall auf dem Grundstück sind alte Autoreifen übereinandergestapelt, aus einer Scheune ist Hämmern und Bohren zu hören.

»Halloho«, ruft Jan. »Jemand zu Hause?«

Hinter einem Reifenberg schießt ein räudiger Schäferhund

hervor und bellt wie verrückt. Zum Glück liegt er an der Kette, so dass er seinen Angriff einen knappen Meter vor uns unfreiwillig abbrechen muss.

»Nett hier«, murmele ich. »Freundliche Menschen, freundliche Tiere.«

Vorsichtshalber stelle ich mich hinter Jan – vielleicht kennt der Herr Dozent sich ja wenigstens mit Hunden aus. Aus der Scheune schlendert uns ein junger Kerl in einem dreckigen Blaumann entgegen. »Na, was kann ich für euch tun?«, fragt er gar nicht unnett und streichelt seiner Bestie beruhigend über den Kopf. Jan erklärt ihm umständlich, dass unser Auto liegen geblieben ist und ein Nachbar uns zu ihm geschickt hat.

»Sie müssen uns helfen«, unterbreche ich seine weitschweifige Rede. »Wir müssen heute noch nach Polen. Dringende Familienangelegenheit.«

»Na, dann wollen wir mal gucken, was wir da machen können. Ich bin übrigens Kevin«, sagt der Kfz-Mechaniker unseres Vertrauens und streckt uns seine ölverschmierte Pranke entgegen.

Als wir wieder beim Wagen ankommen, schläft Oma Strelow tatsächlich noch tief und fest. Ich werfe unauffällig einen Blick in den Kofferraum. Das Geld ist auch noch da.

»Ohauahauaha«, sagt Kevin, über den Motor gebeugt. Er ruckelt hier ein bisschen, zerrt dort ein wenig und hält plötzlich einen verrotteten Schlauch in der Hand. »Da haben wir den Übeltäter. Der Kühlerschlauch ist gerissen. Mann, Mann, Mann, dass die Kiste überhaupt noch fährt! Habt ihr den Wagen schon lange?«

»Gerade erst gekauft«, antwortet Jan nicht ohne Stolz.

»Na, da haben sie euch aber echt über den Tisch gezogen.

Da ist nicht nur der Kühler kaputt, die ganze Karre sieht total schrottig aus.«

»Kannst du das reparieren?«, will ich von ihm wissen.

»Klar, reparieren kann man alles. Aber das dauert ein bisschen. Muss ja auch erst mal die Teile besorgen.«

»Wie lange?«

»Hmmm …« Kevin streicht sich nachdenklich über seinen nicht vorhandenen Bart. »Bis morgen Vormittag müsste ich das eigentlich hinkriegen.«

Morgen Vormittag? Der spinnt wohl! Da wollte ich längst auf dem Rückweg nach Lübeck sein. Ich kämpfe mit den Tränen – jetzt bloß nicht wieder heulen! Wenn wir heute nicht mehr nach Polen kommen, dann wird das hier aber langsam ein ganz knappes Höschen! Nach Polen fahren, Opa Heinzi verstreuen, nach Lübeck zurückfahren, Oma zur Polizei schleifen, mit Alex vertragen UND meine Sachen packen – wie soll ich das denn alles noch rechtzeitig schaffen? Ich bekomme Ohrenrauschen, und zwar kräftiges!

»Alles in Ordnung?« Jan und Kevin mustern mich besorgt.

»Ja«, piepse ich kläglich. »Warum?«

»Na, du zitterst ja richtig. Nicht dass du mir hier noch zusammenklappst. Ich meine, ich werde mich echt bemühen, die Karre wieder flottzukriegen, aber Wunder kann ich auch nicht vollbringen. Tut mir leid!« Kevin hebt bedauernd die Hände, und Jan zuckt wieder einmal mit den Schultern, das scheint eine polnische Sitte zu sein.

»Nützt ja nichts«, sagt er dann. »Gibt es hier irgendwo ein Hotel, in dem wir übernachten können?«

»Ein Hotel?« Kevin sieht ihn an, als hätte Jan ihn gefragt, ob das nicht das Kaff ist, in dem George Clooney wohnt.

»Nee, natürlich nicht. Aber ein paar Kilometer weiter ist, äh, so eine Art, äh, Pension. Die vermieten auch Zimmer an Monteure. Ich kann euch hinbringen, wenn ihr wollt.«

Da uns nichts anderes übrigbleibt, nehmen wir sein Angebot dankend an. Kevin schleppt unseren Eins-a-Gebrauchtwagen mit einem riesigen amerikanischen Pick-up auf seinen Hof. Vom Kläffen seines Wachhundes wird auch endlich Oma Strelow wach. Verwirrt schaut sie sich um.

»Sind wir schon da? Mein Gott, hat sich das hier verändert. Ich erkenn gar nichts wieder ...«

»Wir sind noch nicht da«, erklärt Jan und hilft ihr ganz behutsam aus dem Auto. »Wir haben eine Panne. Aber das macht nichts. Es gibt in der Nähe eine ganz zauberhafte Pension, in der wir für diese Nacht bestimmt ein Zimmer bekommen.«

Die ganz zauberhafte Pension liegt einsam mitten im Wald und trägt den ebenso malerischen wie originellen Namen *Waldschlösschen*. An der Vorderseite des heruntergekommenen Fachwerkhauses prangt eine leuchtende Neonreklame: *Tabledance* blinkt es uns verheißungsvoll in Grün und Rot entgegen. An der fest verschlossenen Tür klebt ein Zettel: Wenn von Baustelle, Schuhe aus!

Kevin brüllt noch: »Tschüss, bis morgen!«, dann braust er davon und überlässt uns unserem ungewissen Schicksal. Ich rüttele an der Tür und klopfe, Jan brüllt: »Huhu!«, Oma Strelow steht etwas verschüchtert unter einer riesigen Tanne. Wirklich vertrauenerweckend sieht das Etablissement ja nicht gerade aus. Die Tür fliegt auf, und eine leicht verlebte Mittvierzigerin in einem schreiend pinkfarbenen Frottee-Bademantel mit dazu passenden Puschen schaut uns verschlafen an. »Wat jibbet denn?«, gähnt sie. Offenbar haben wir sie aus ihrem Schönheitsschlaf gerissen.

»Entschuldigen Sie bitte vielmals die Störung«, sagt Jan formvollendet. »Wir sind auf der Durchreise mit unserem Auto liegen geblieben, und nun brauchen wir eine Übernachtungsmöglichkeit. Haben Sie zufällig noch zwei Zimmer frei?«

»Drei Zimmer«, falle ich ihm ins Wort. Ich werde weder mit einem wildfremden Mann noch mit einer durchgedrehten Seniorin zusammen in einem Raum schlafen. So weit kommt das noch!

»Ach so, Sie brauchen ein Zimmer.« Die Dame des Hauses wirkt erleichtert. »Ich dachte schon, Sie wären die Neue ...« Sie zeigt auf mich.

Die Neue? Die neue was?

»Da hab ich aber grade einen Schreck gekriegt. Sie sind ja schon viel zu alt für den Job. Ich hab nämlich dem Gerd extra gesagt: Schick mir nicht wieder son Auslaufmodell, mit denen haste nur Probleme. Lieber wat Blutjunges, auch ohne Erfahrung. Die zicken wenigstens nicht rum.«

Gerd? Auslaufmodell? Blutjung? Wo sind wir denn hier gelandet? Aber bevor ich noch Gelegenheit habe nachzufragen, redet die Frau einfach weiter.

»Zimmer hab ich ohne Ende, kein Problem. Kommse mal mit.«

Wir folgen ihr ins Innere des Hauses, das ziemlich muffig und feucht riecht. Unsere Gastgeberin watschelt eine knarzende Holztreppe hoch und öffnet mit großer Geste drei Türen.

»Bitte schön! Is jetzt nicht das Ritz, aber sauber und ordentlich. Klo und Dusche sind den Flur runter, hinten links. Ein Zimmer kostet zwanzig Euro pro Nacht, ohne Frühstück. n Kaffee kann ich Ihnen aber morgen früh machen.«

Mein Magen knurrt laut und deutlich. Wann habe ich eigentlich das letzte Mal was gegessen? Ach ja, heute Morgen. Und jetzt wird es draußen schon langsam dunkel.

»Gibt es hier irgendwo ein Restaurant, das wir zu Fuß erreichen können?«, frage ich vorwitzig.

»Ein Restaurant? Hier?« Die Frau lacht schallend. Anscheinend habe ich einen guten Witz gemacht.

»Nä, 'n Restaurang ham wa nich. Aber ich mach Ihnen ma 'n paar Würstchen aus der Büchse heiß. Senf is auch noch da.« Damit wackelt sie davon.

Oma Strelow, Jan und ich inspizieren unsere Zimmer. Die sind so weit tatsächlich ganz in Ordnung, jedenfalls kann ich nirgendwo Kakerlaken oder sonstiges Ungeziefer entdecken, auch nicht unter meinem Bett, das laut quietscht, als ich mich draufsetze. Jan ist mit unserer Unterkunft ebenfalls zufrieden.

»Für eine Nacht wird das schon gehen«, sagt er zuversichtlich.

Nur Oma Strelow macht keinen guten Eindruck. Sie zittert ein bisschen und blickt ängstlich hin und her. Jetzt gerade tut sie mir ein bisschen leid.

»Was hat sie denn?«, flüstere ich Jan zu.

Das obligatorische Schulterzucken. »Weiß nicht. Vielleicht ist sie unterzuckert oder braucht etwas zu trinken. Wir sollten uns schleunigst auf die Suche nach unseren Würstchen machen.«

Das finde ich auch, und so haken wir Oma unter und irren etwas orientierungslos durch das große Haus. Von irgendwoher hören wir Musik, na ja, es sind mehr wummernde Bässe, aber immerhin ein Zeichen von Leben. Wir tapsen im Erdgeschoss durch einen stockdunklen Flur, die Bässe werden lauter und lauter, und plötzlich stehen wir in einem großen, schummrig rot beleuchteten Raum.

Links ist eine Bühne, auf der sich eine halbnackte, falsche Blondine gelangweilt um eine Stange wickelt. Vor ihr sitzt an einem der wenigen Tische ein einsamer Mann, der von der künstlerischen Darbietung so fasziniert zu sein scheint, dass er uns überhaupt nicht bemerkt. Rechts befindet sich eine Bar, hinter der unsere Wirtin steht. Die hat sich inzwischen umgezogen und trägt eine knallrote Korsage nebst schwarzen Strapsen, vermutlich ihre Arbeitskleidung. Sie winkt uns zu und bedeutet uns, an einem der Tische Platz zu nehmen. Dann bringt sie uns einen großen Teller mit heißen Würstchen und knallt noch ein Glas Senf auf den Tisch. »Lassense sich's schmecken. Noch wat zu trinken?«

Jan bestellt, ohne mich zu fragen, drei Bier und eine Flasche Wasser. Mir soll's recht sein, ich habe einen Mordshunger und im Moment eh nur Augen für die Würstchen. Auch Oma Strelow hat einen gesegneten Appetit. Schweigend mümmeln wir vor uns hin – die Musik ist so laut, dass sich eine Unterhaltung erübrigt – und beobachten die Darbietung auf der Bühne. Nur Jan schaut angestrengt in die Gegenrichtung.

»Das arme Kind«, ruft Oma Strelow unvermittelt. »Sie friert doch bestimmt. Wir haben ja erst April.«

Nach den Würstchen und zwei weiteren Bieren bin ich hundemüde.

»Wir sollten schlafen gehen«, entscheide ich. »Morgen wird bestimmt auch ein langer Tag.«

Jan nickt, so richtig fit sieht er auch nicht mehr aus.

Also verlassen wir die Bar, die sich inzwischen etwas gefüllt hat, und bringen Oma ins Bett, der es nach dem Essen wieder sichtlich bessergeht. Jan zieht ihr fürsorglich die Schuhe aus und deckt sie zu.

»Was es nicht alles gibt«, murmelt sie und krallt sich beim Einschlafen fest an ihre Plastiktüte, in der mittlerweile auch die kleine Urne gelandet ist. »Was es nicht alles gibt. Wenn das mein Heinzi wüsste …«

Als wir die Tür hinter uns geschlossen haben, stehen Jan und ich uns im Flur etwas unbeholfen gegenüber.

»Gute Nacht«, sage ich kurz entschlossen. »Schlaf schön.« Und bevor er antworten kann, schlüpfe ich in mein Zimmer. Keine fünf Minuten später schmeiße ich mich in Unterwäsche aufs Bett. Ein Vermögen würde ich jetzt für eine Zahnbürste geben. Und für Zahnpasta. Und Seife. Und meine Gesichtscreme. Ein Deo wäre auch nicht schlecht.

In diesem Moment vermisse ich Alex ganz schrecklich. Vielleicht rufe ich ihn doch mal an. Auch wenn er vorhin so doof reagiert hat. Aber bestimmt stand er unter Schock und wusste gar nicht, was er sagt. Ist ja auch nicht schön, wenn die eigene Frau plötzlich zur Fahndung ausgeschrieben ist. Der Ärmste! Es wäre sicher nicht schlecht, ihn schon mal behutsam darauf vorzubereiten, dass sich der Beginn unserer Flitterwochen unter Umständen geringfügig verzögern wird. Vielleicht sollte Alex sicherheitshalber schon mal nach einem anderen Flug Ausschau halten? Ich würde jetzt so gerne seine Stimme hören, traue mich aber nicht, mein Handy einzuschalten, weil das *Waldschlösschen* dann bestimmt heute Nacht von einem Sondereinsatzkommando umstellt wird und ich von vermummten Gestalten aus dem Bett gezerrt und auf den Boden geworfen werde, und das fehlte gerade noch.

Während ich das grün-rote Blinken an der schäbigen Ta-

pete beobachte – mein Zimmer liegt direkt über der Leucht-
reklame – und noch denke, dass ich bei diesem Licht garantiert nicht schlafen kann, bin ich auch schon eingeschlum-
mert.

»Gerda ist weg!«

Krachend knallt meine Zimmertür gegen die Wand, und
Jan stürzt herein.

Eben noch hatte ich geträumt, wie ich Hand in Hand mit
Alex einen schneeweißen Strand entlanglaufe und das türkis-
farbene Meer unsere Füße umspielt, jetzt sitze ich kerzengerade im Bett. Hallo wach!

»Wer um Himmels willen ist Gerda?«

»Mensch, Oma Strelow! Die heißt mit Vornamen Gerda«,
keucht Jan völlig außer Atem.

»Und was heißt weg?«

»In ihrem Zimmer ist sie nicht, und ich hab schon das ganze Haus nach ihr abgesucht. Die ist weg, einfach weg!« Jan
macht einen ziemlich verzweifelten Eindruck, er scheint sich
wirklich Sorgen zu machen. Tatsächlich wäre es nicht gut,
wenn Oma weg ist, überlege ich. Keine Oma, kein Alibi.

»Gib mir fünf Minuten.« Ich springe aus dem Bett und
vergesse in der Aufregung, dass ich weiter nichts anhabe.
Hupsa, plötzlich stehe ich in Schlüpfer und Hemdchen vor
Jan. Der läuft prompt rot an und betrachtet interessiert die
Decke.

»Ich, äh, warte draußen, äh, auf dich«, stammelt er, wen-
det sich zum Gehen und stolpert auf dem kurzen Weg zur
Tür über seine eigenen Füße. Unwillkürlich muss ich kichern.
Wahrscheinlich ist er katholisch.

Zusammen laufen Jan und ich durch die sperrangelweit

offen stehende Haustür nach draußen. Sieht tatsächlich aus, als hätte Oma das Weite gesucht.

»O Gott, wenn die sich im Wald verirrt«, ruft Jan und stürzt mit einem »Du links, ich rechts« davon.

Also gehe ich nach links und hüpfe dabei ein wenig auf und ab, es ist nämlich saukalt. Ich schaue auf meine Uhr – sechs Uhr dreißig. Ich finde das viel zu früh für eine konzertierte Suchaktion.

Glück muss der Mensch haben, denke ich, als ich nach etwa hundert Metern Oma Strelow entdecke. Sie sitzt vergnügt auf einem Baumstumpf und wippt mit den Beinen. »Frau Strelow, was machen Sie denn hier?«

»Pssst«, flüstert sie und zeigt nach vorne auf eine Lichtung. Dort äsen friedlich vier Rehe. »Ist das nicht schön?«, fragt sie mich. »Früher auf unserem Gutshof hatten wir jeden Morgen Besuch – Rehe, Hasen, Eichhörnchen, Fasane. Und jeden Morgen haben mein Heinzi und ich auf unserer Bank gesessen und so den Tag begrüßt. Was war das schön!«

Bevor sie noch weiter in andere Welten abtauchen kann, nehme ich sie sanft am Arm. »Nun kommen Sie mal mit. Es ist noch ganz schön frisch. Nicht dass Sie sich was wegholen!« Anstandslos lässt sie sich von dem Baumstumpf helfen und folgt mir.

Jan stößt einen Freudenschrei aus, als wir ihm entgegenkommen. »Gerda, was machst du denn für Sachen?«

»Wieso? Ich war doch nur ein wenig spazieren. So ein herrlicher Morgen! Da muss man an die frische Luft.«

»Du hättest dich verlaufen können.«

»Verlaufen? Ich?« Oma Strelow gibt ein entrüstetes Schnauben von sich. »Ein echter Pommer verläuft sich nicht. Der findet sich überall zurecht.«

Ich beschließe, dass wir uns jetzt alle erst mal einen anständigen Kaffee verdient haben. Im Haus ist es mucksmäuschenstill. Falls es außer uns noch andere Bewohner gibt, schlafen sie noch. Auch unsere Wirtin ist nirgendwo zu sehen. Entschlossen entern wir die Küche, finden nach einigem Suchen alles, was wir brauchen, und machen uns unseren Kaffee selbst.

Als wir nach dieser kleinen Kaffeepause mit unseren Siebensachen samt Urne aus dem Haus kommen, steht Kevins Pick-up schon auf dem Parkplatz.

»Da seid ihr ja endlich!«

»Und?« Jan schaut ihn fragend an. »Alles wieder heil?«

Kevin macht ein betrübtes Gesicht. »Es ist schlimmer, als ich dachte. Der ganze Kühler ist im Arsch, nicht nur der Schlauch. Da brauche ich eine spezielle Dichtungsmasse für, und die krieg ich nicht so schnell. Am besten wär sowieso ein ganz neuer Kühler.«

»Und wie lange brauchst du dafür?«, frage ich ungeduldig.

»Da ich die Sachen nicht einfach über den Großhandel bestellen kann, sondern zu einem Kumpel fahren und gucken muss, ob er die Sachen dahat … und dann so kurz vor Ostern … also, selbst wenn ich ganz schnell bin – einen Tag müsst ihr mindestens noch rechnen.«

Ich bekomme gleich einen Schreikrampf. Das kann doch wohl alles nicht wahr sein! Sitzen wir jetzt hier fest, mitten in der Pampa, oder was? Wahrscheinlich werde ich nie wieder nach Hause kommen, und heiraten werde ich schon gar nicht.

Kevin mustert mich besorgt, wahrscheinlich hyperventiliere ich bereits. »Alles gut bei dir?«

»Nichts ist gut«, brülle ich ihn an. »Wir müssen nach Polen. Heute noch! Jetzt! Sofort!«

»Genau«, sagt Oma Strelow und nickt. Jan sagt lieber nichts. Wahrscheinlich hat er Angst, mich noch weiter zu reizen.

»Lass mal überlegen …«, sagt Kevin und krault sein Kinn. »Mir kommt da gerade eine Idee …«

»Jaaa?«, fragen Jan und ich unisono.

»Also, der Cousin meines Schwagers hat einen Trabbi-Verleih. Läuft nicht mehr so gut, will ja keiner mehr haben, die alten Dinger. Den könnt ich mal fragen, ob er euch bis morgen einen Wagen gibt. Sollte eigentlich kein Problem sein. Und in der Zeit schau ich mal, dass ich eure Karre zumindest so hinkriege, dass ihr damit dann wieder nach Hause kommt.«

»O ja, ja, mach! Frag deinen Schwager oder Cousin oder was auch immer, bitte, bitte«, bettele ich.

Kevin zückt sein Handy, entfernt sich ein paar Schritte und telefoniert kurz. Als er zurückkommt, grinst er.

»Sag ich doch. Kein Problem. Eure Karre lasst ihr einfach bei mir in der Scheune stehen. Vielleicht krieg ich die wirklich flott, bis ihr wieder da seid.«

»Super«, sage ich höchst erfreut. »Ich müsste nur noch was aus dem Auto holen, bevor wir zu diesem Cousin fahren.« Mein Hochzeitskleid lasse ich nämlich lieber nicht hier in der Scheune.

»Na klar«, sagt Kevin. »Kein Problem.«

Da die Gastgeberin aus dem *Waldschlösschen* nicht aufzutreiben ist, greife ich in Omas Wundertüte und lege hundert Euro in die Küche. Soll mir keiner nachsagen, dass ich die Zeche prelle. Ich bin schließlich eine anständige Bankräuberin.

Dann bringt Kevin uns zu seinem Verwandten, der zwei Dörfer weiter wohnt und bereits voller Vorfreude auf uns wartet. Das Geschäft scheint wirklich schlecht zu laufen.

»Eine gute Wahl, sich für einen Trabant zu entscheiden«, schwadroniert er. »Der Trabant an sich wird ja oft unterschätzt. Dabei ist er ein ganz zuverlässiges Auto, ganz zuverlässig. Der fährt und fährt. Wie lange, sagten Sie, möchten Sie den Wagen leihen?«

»Einen Tag«, antworte ich.

»Besser zwei«, wirft Jan ein, und bevor ich Einspruch erheben kann, fragt unser Retter: »Der Herr fährt?«

»Die Dame fährt«, erklärt Jan.

»Ah, eine Frau am Steuer! Macht nichts, ich hab da weiter keine Vorurteile. Wenn Sie mir kurz Ihre Ausweispapiere und Ihren Führerschein zeigen könnten …«

Au Backe, meine Papiere! Die zeige ich ihm besser nicht. Vielleicht läuft im Fernsehen schon ein Fahndungsaufruf, oder es steht irgendwas über mich in der Zeitung. Wenn der mich erkennt, ruft er bestimmt sofort die Polizei.

»Äh, da gibt es ein kleines Problem. Ich habe meine Papiere zu Hause vergessen. In der ganzen Eile …«, schwindele ich.

»So ist es. Wir mussten ganz spontan und plötzlich aufbrechen. Dringende Familienangelegenheit«, bekräftigt Jan, und Oma Strelow nickt eifrig. Der Autoverleiher guckt ein bisschen komisch, dann nimmt er Kevin beiseite und flüstert mit ihm.

»Na ja«, sagt er dann gedehnt, »damit bringen Sie mich aber in Teufels Küche. Ich kann nicht so einfach, Sie verstehen …«

»Wenn wir Ihnen vielleicht finanziell ein wenig entgegenkommen?«, fragt Jan. Oma nickt und nickt.

»Na ja«, der Mann streicht sich über den Bauch, »Sie sehen nun wirklich nicht aus wie Verbrecher. Und Kevin sagt auch, dass man Ihnen vertrauen kann. Ich denke mal, da kommen wir irgendwie zusammen …«

Na also, her mit der Wundertüte!

Nachdem Jan unserem Retter finanziell erheblich entgegengekommen ist, verabschieden wir uns von Kevin und bedanken uns überschwenglich für seine Hilfe. Dann folgen wir dem Autoverleiher zu unserem neuen Fluchtwagen. Voller Stolz präsentiert er uns sein Prachtstück – einen knall-lila-metallic-farbenen Trabbi. Wir quetschen uns in die Blechbüchse und rattern los. Mit rasanten siebzig Stundenkilometern ruckeln und zuckeln wir Richtung Polen. Und überall, wo Menschen auf der Straße sind, bleiben sie stehen und schauen unserem leuchtenden Knattergefährt hinterher. Unauffällig geht irgendwie anders.

6. Kapitel

Langsam, aber sicher nähern wir uns mit unserem Bling-Bling-Gefährt der polnischen Grenze. Bestimmt werden wir angehalten. Mir bricht der Schweiß aus. Was mache ich denn, wenn die meinen Ausweis sehen wollen? O Gott, o Gott, das war's dann wohl. Im Geiste höre ich schon die Handschellen klicken. Nervös reibe ich mein Handgelenk.

»Alles klar?«, fragt Jan, dem meine Unruhe nicht entgeht.

»Nee, nichts ist klar. Es ist nur noch ein Kilometer bis zum Grenzübergang. Ich hab echt Schiss!«

»Warum das denn? Kann doch überhaupt nichts passieren. Schließlich gehören wir Polen zur Europäischen Union, da gibt's keine Kontrollen mehr«, sagt Jan.

Natürlich behält er recht. Wir knattern an einem verwaisten Grenzposten vorbei und – zack – sind wir in Swinemünde. Dass wir Deutschland verlassen haben und in einem anderen Land sind, sieht man allerdings sofort. Statt über Asphalt holpert der Trabbi jetzt über Kopfsteinpflaster, am Straßenrand reiht sich Bretterbude an Bretterbude, und Schilder versprechen: *Billig!!! Zigaretten!!!* Dahinter stehen etwas heruntergekommen wirkende Plattenbauten.

»Na, das ist ja hübsch hier«, frotzele ich.

Oma Gerda starrt angestrengt aus dem Fenster und mur-

69

melt: »Das hat sich aber verändert. Und nicht zum Besten, nicht zum Besten …«

Jan ist sofort beleidigt, offenbar haben wir ihn in seiner Nationalehre gekränkt.

»Ich weiß gar nicht, was ihr habt«, sagt er ungewöhnlich polterig für seine Verhältnisse. »In Deutschland gibt's Gegenden, da sieht's schlimmer aus. Und die ganzen Kioske stehen hier doch nur, weil die Zigaretten bei euch so teuer sind!«

»War doch nicht so gemeint«, sage ich versöhnlich, und Jan grummelt etwas Unverständliches.

Wir lassen den Ort hinter uns und fahren durch ein Waldstück. Hinter einer langgestreckten Kurve, die der Trabbi fast nimmt wie ein Ferrari, muss ich voll in die Eisen gehen – die Straße endet abrupt am Wasser.

»Was ist das denn?«, entfährt es mir.

»Die Swine«, entgegnet Jan trocken. »Da müssen wir rüber.«

»Aha. Und wie? Schwimmen?«

»Nee, mit der Fähre.«

Tatsächlich, schräg rechts von uns liegt ein kleines Fährschiff am Kai, vor dem schon etwa zehn Autos warten. Wir reihen uns in die Schlange ein und vertreten uns etwas die Beine. Auch hier steht ein Kiosk, der zwar keine Zigaretten, dafür aber Getränke und verschiedene Snacks anbietet.

»Möchtet ihr ein paar Würstchen?«, fragt Jan generös.

»Nee danke, hab keinen Hunger«, antworte ich.

Auch Oma Strelow winkt ab, sie ist etwas blass um die Nase, wahrscheinlich hat ihr meine Vollbremsung zugesetzt.

»Die sind aber lecker, die Würstchen«, beharrt Jan, »wir Polen sind berühmt für unsere gute Wurst!«

»Später esse ich bestimmt eine Wurst. Und Frau Strelow

sicher auch. Aber jetzt müssen wir los, guck mal«, sage ich und deute auf die Autos, die begonnen haben, auf die Fähre zu fahren.

Wir tuckern auf das Schiff, und ein Mann in orangefarbener Sicherheitsweste dirigiert uns mit wichtiger Miene und ausladenden Gesten an unseren Platz. Dabei führt er sich auf, als hätte er auf einem amerikanischen Flugzeugträger gelernt, obwohl auf diese Fähre maximal vierzig Wagen passen. Dann müssen wir warten. Einen regulären Fahrplan scheint es nicht zu geben, denn das Schiff setzt sich erst in Bewegung, als das Deck voll ist.

Gemächlich schiebt sich der Kahn über die ruhige Swine. Am gegenüberliegenden Ufer stehen riesige Bäume.

»Ganz schön viel Natur hier«, bemerke ich und halte meine Nase in den Wind.

»Jaha, Polen ist ein wunderschönes Land!«, sagt Jan.

Da ist einer aber wirklich stolz auf seine Heimat.

»Pommern«, verbessert ihn Oma Strelow. »Wir sind in Pommern!«

Dazu sagt Jan offenbar lieber nichts.

Als wir nach einer Viertelstunde anlegen und wieder von der Fähre rollen, frage ich: »Und wo geht's jetzt lang?«

»Am besten fahren wir direkt an der Küste hoch nach Kolberg«, antwortet Jan. »Wir sollten die großen Straßen meiden, immerhin sind wir auf der Flucht.« Als er meinen griesgrämigen Gesichtsausdruck bemerkt, fügt er hinzu: »Kleiner Scherz. In Polen suchen die uns bestimmt nicht. Das ist einfach landschaftlich die schönere Strecke. Also ras nicht wieder so!«

Ich und rasen? Mit einem Trabbi? Der hat sie doch nicht alle! Landschaftlich schön ist es aber wirklich. Wir durchqueren ein großes Schilfgebiet, dann folgt Wald, Wald und noch mal Wald. Und dann landen wir in einem kleinen Seebad, irgendwas mit »M«, völlig unaussprechlich.

»Międzyzdroje«, ruft Jan fröhlich. »Zeit für eine Kaffeepause!«

Dafür haben wir streng genommen keine Zeit, und eigentlich wollte ich ohne Zwischenstopp durchfahren, aber ein Kaffee, vielleicht noch mit einem Stückchen Kuchen, wäre jetzt wirklich nicht schlecht. Von mir aus auch gerne eine von den berühmten polnischen Würsten. Schließlich gab es schon kein Frühstück – jetzt auch noch das Mittagessen wegzulassen ist wahrscheinlich keine gute Idee. Immerhin haben wir eine Seniorin im Schlepptau, die braucht bestimmt regelmäßig etwas auf die Gabel. Also, ran an die Buletten!

Jan gibt den Weg vor, ich fahre durch enge, verwinkelte Straßen und staune. Überall stehen alte Jugendstilvillen, aufwendig restauriert und tipptopp gepflegt.

»Das ist ja zauberhaft hier!«, entfährt es mir.

»Tja, ich hab doch gesagt, Polen ist wunderschön!«

Vom Rücksitz kommt ein lautes Schnauben. »Das war hier schon wunderschön, als es noch Misdroy hieß! Im Sommer waren wir oft hier, Heinzi und ich. Wenn wir nicht in Kolberg am Strand waren, sind wir hierhin gefahren. Seine Schwägerin hatte ein kleines Café gleich an der Promenade. Dort haben wir gesessen, Brause getrunken und Händchen gehalten. So war das damals. Herrlich. Pommersche Seebäder sind einfach die allerschönsten.«

»Polnische Bäder!«, korrigiert Jan sie sofort.

Ich seufze. Schwer zu sagen, wer von meinen beiden Mitreisenden mir mit seiner Heimatliebe mehr auf die Nerven geht. Ich brauche jetzt auf alle Fälle erst mal eine große Portion Kohlehydrate.

Wir parken in der Nähe der Promenade und beschließen, ein paar Schritte zu laufen. Der Trabbi fährt zwar prima, aber wirklich bequem sitzt man darin nicht. Etwas Bewegung wird uns jetzt ganz guttun. Wir nehmen Oma Strelow in die Mitte, haken sie unter und gehen los. Hinter der Promenade entdecken wir eine lange Seebrücke mit einem überdachten Teil, in dem sich Restaurants und Nippesläden befinden. Weiter hinten gibt es zahlreiche Buden, in denen man Eis und heiße Waffeln in sämtlichen Variationen essen kann – mit Sahne, mit Schoko-, Frucht- oder Karamellsoße, mit Streuseln, und, und, und. Lecker!

Wir schlendern die Brücke entlang, betrachten die bewaldete Steilküste und atmen tief die würzige Ostseeluft ein. Ganz glatt liegt das Meer da, und der breite, weiße Strand ist menschenleer. Klar, um diese Jahreszeit ist hier noch tote Hose.

»Guck mal!«, macht mich Jan auf Hunderte von Vorhängeschlössern in allen Größen und Farben aufmerksam, die am Geländer der Brücke baumeln.

Was haben die denn hier zu suchen? Ich nehme eins in die Hand. *Aneta & Jakub, 28. 8. 2008* ist darauf eingraviert.

»Das sind Liebesschlösser«, erklärt Jan. »Die hängen verliebte Pärchen hier auf, als Zeichen ihrer Verbundenheit.«

»Ach, das ist ja romantisch«, rufe ich und muss sofort an Alexander denken. Was der wohl gerade macht? Wahrscheinlich dreht er seit gestern durchgehend am Rad. Ich schaue auf meine Uhr – morgen früh hebt unser Flieger ab. Hoffentlich klappt das noch alles, sonst spricht Alexander bestimmt kein Wort mehr mit mir.

Meine Augen füllen sich schon wieder mit Tränen, zurzeit bin ich echt nah am Wasser gebaut.

Jan schaut mich betroffen an, dann klopft er mir etwas unbeholfen auf die Schulter. »Das wird schon wieder«, sagt er aufmunternd. »Wenn wir aus Kolberg zurück sind, dann erklärst du deinem Alexander alles, und dann kann er dir bestimmt nicht mehr böse sein.«

»Dein Wort in Gottes Ohr«, schniefe ich.

»Sicher, der liebt dich doch, oder?«

»'türlich«, murmele ich, bin mir da im Moment aber gar nicht so sicher.

»Na also«, sagt Jan, wirft sich in eine übertriebene Pose und ruft theatralisch: »Ein liebender Mann verzeiht alles!«

Er sieht so komisch aus, dass ich lachen muss.

Jan grinst – genau das hat er wohl beabsichtigt. »Und weißt du was? Wenn das alles ausgestanden ist, dann kommst du mit ihm hierher, und ihr hängt euer eigenes Schloss auf!«

Das ist gar keine schlechte Idee, es gefällt mir nämlich richtig gut hier. In diesem Badeörtchen könnte man glatt mal Urlaub machen. Versonnen blicke ich Richtung Küste und sehe gerade noch, wie Oma Strelow entschlossen Richtung Promenade wackelt. Mensch, auf die alte Dame muss man aufpassen wie ein Schießhund!

»Ooooma!«, schreien Jan und ich gleichzeitig und rennen hinter ihr her.

Als wir sie eingeholt haben, nimmt Jan sie fest an die Hand. »So, und jetzt suchen wir uns ein nettes Café«, befiehlt er. Oma Strelow nickt ergeben.

Wir können uns erst gar nicht entscheiden, so viele Cafés, Restaurants und Bars gibt es an der Promenade, dazwischen schicke Boutiquen und erstaunlicherweise jede Menge Friseure. Hier steppt im Sommer bestimmt der Bär.

Schließlich landen wir in einem nostalgisch verplüschten Etablissement, das zu einem großen Hotel gehört. In der großen saalähnlichen Gaststube hängen riesige Kronleuchter, überall stehen alte Holzmöbel, und auf dem Boden liegen dicke Teppiche. Ich komme mir ein bisschen vor wie in einer anderen Zeit, und es würde mich nicht wundern, wenn gleich ein befrackter Kellner an unseren Tisch geeilt käme.

Der Kellner ist zwar nicht befrackt, aber außerordentlich beflissen und serviert uns nach kurzer Zeit Kaffee und heiße Waffeln, die genauso köstlich sind, wie ich es mir vorgestellt habe. Jan und ich hauen ordentlich rein, nur Oma Strelow stochert gedankenverloren in ihrer geschlagenen Sahne.

»Gerda, geht's dir gut?«, fragt Jan.

Ihr Blick flackert und umwölkt sich, plötzlich wird sie ganz steif, greift nach seinem Arm und krallt sich daran fest. »Fritz«, zischt sie, »Fritz, wir müssen den Schmuck vergraben. Der Russe kommt!«

Hä? Wer ist denn Fritz? Und welcher Russe überhaupt? Wovon redet die denn?

Jan senkt beschwörend seine Stimme: »Du hast recht, Gerda. Es wird höchste Zeit. Ich hole die Kiste aus dem Keller, und dann schleichen wir uns in den Belgarder Park und verbuddeln die Sachen am Bach. Da findet sie keiner!«

Ich will mich gerade in das absurde Gespräch einmischen und fragen, ob die beiden für irgendein Theaterstück üben müssen, da fixiert Jan mich eindringlich, schüttelt den Kopf und legt den Finger auf die Lippen. Also halte ich meine Klappe und lausche verwirrt ihrem Dialog.

»Ach Fritz, ich hab so Angst. Ich will hier nicht weg! Und was wird nur aus unseren Tieren?«

»Schsch«, macht Jan, »du musst keine Angst haben. Ich pass schon auf dich auf, Gerda. Ich bin doch dein Bruder, ich beschütze dich.«

»Aber die Tiere …«

»Oleg wird sich gut um die Tiere kümmern. Wir können ihm vertrauen.«

»Und wenn sie ihn in ein Lager stecken?«

»Die Polen lassen sie in Ruhe, das weißt du doch. Und wenn der Krieg endlich vorbei ist, dann fahren wir alle zusammen nach Misdroy, in die Sommerfrische. Weißt du noch, wie viel Spaß wir da immer hatten?«

Gerdas Gesicht hellt sich auf. »Ja, an den Strand. Wenn der Wind nicht so stark ist, können wir Federball spielen.«

»Genau, Gerda, so machen wir es.«

Oma Strelows Augen werden wieder klar, sie sackt ein bisschen in sich zusammen und blickt um sich. Sie wirkt sehr erschöpft. »Was tun wir hier?«, fragt sie verwirrt. »Wir müssen doch nach Kolberg. Heinzis Asche …«

Jan streichelt beruhigend ihre Hand. »Nur eine kurze Kaffeepause. Wir zahlen jetzt und fahren weiter.«

Als wir zurück zum Auto gehen, flüstere ich Jan ins Ohr: »Was war das denn eben?«

»Erklär ich dir später«, raunt er zurück.

Oma Strelow quetscht sich wieder auf ihre Rückbank und kuschelt sich an mein Brautkleid. Als unser Trabbi Misdroy-Międzyzdroje verlässt, sind uns die verwunderten Blicke der wenigen Passanten wieder sicher.

Und wieder wartet jede Menge Wald auf uns. Jan beginnt zu dozieren: »Polens Flora und Fauna ist einzigartig. Hier leben sogar noch Wölfe! Und östlich von Warschau liegt der Białowieża-Nationalpark, der letzte Tiefland-Urwald Europas.«

»Ein Urwald? In Europa?«

»Tja, da staunst du, was?«

Das tue ich tatsächlich. Angestrengt starre ich während der Fahrt nach rechts und links ins Dickicht, in der Hoffnung, Meister Isegrim zu entdecken.

»Ich muss mal«, kommt es auf einmal von hinten.

»Ach, Gerda«, seufzt Jan. »Warum bist du denn nicht eben im Café gegangen?«

»Da musste ich noch nicht.«

»Tine, rechts ran! Das muss jetzt schnell gehen, ich kenn das schon …«

Ich verdrehe die Augen. Das ist ja, als ob man ein Kleinkind dabeihätte! So kommen wir nie nach Kolberg. Aber mir bleibt wohl nichts anderes übrig, als zu halten. An einem Waldweg steigen wir aus.

»Wer kommt mit?« Oma Strelow guckt uns auffordernd an. »Ich komm doch alleine nicht wieder aus der Hocke hoch.«

Jan hüstelt. »Tine, könntest du …«

Och nö, das nicht auch noch! Genervt stapfe ich hinter Oma ins Gebüsch.

»Und passt auf die Wölfe auf!«, ruft Jan uns noch hinterher.

Ha, ha, sehr witzig. Oma läuft und läuft. Wo will die bloß hin?

»Frau Strelow, stopp!«

»Kindchen, ich möchte nicht von der Straße aus gesehen werden. Da bin ich empfindlich.«

»Hier sieht Sie kein Mensch!«

»Sicher?«

»Sicher!«

Ächzend geht sie in die Knie und versucht, das Gleichgewicht zu halten. Bevor sie umkippt, halte ich sie schnell fest. Im Unterholz raschelt und knackt es.

»Wölfe!«, wispert Oma und pinkelt sich vor Schreck ein wenig auf die Schuhe.

»Ach Quatsch«, beruhige ich sie, »hier gibt's keine Wölfe. Das hat Jan doch nur so erzählt. Das ist bestimmt ein Hase ...«

»Natürlich gibt's in Pommern Wölfe, Kindchen!« Oma Strelow ist entrüstet. »Als Kind durfte ich unseren Gutshof nach Einbruch der Dunkelheit nicht mehr verlassen. Wegen der Wölfe. Zu gefährlich!«

Wieder knackt es. Ziemlich laut sogar. Das muss ein verdammt großer Hase sein. Jetzt wird mir auch ein bisschen mulmig. »Okay«, sage ich, »vielleicht sollten wir uns beeilen.«

Im Schweinsgalopp preschen wir zurück zum Auto. »Wölfe«, keucht Oma und schmeißt sich in den Fond.

»Sag ich doch«, grinst Jan.

Diese letzte Aufregung war eindeutig zu viel für unsere Seniorin – kaum knattert unser Zweitakter wieder, ist sie auch schon eingeschlafen. Jan und ich schweigen uns ein bisschen an, dann siegt meine Neugier.

»Jetzt sag doch mal, vorhin im Café – was hatte das zu bedeuten?«

»Also, pass auf ...« Jan räuspert sich. »Gerda hat ja manchmal ihre, na ja, ihre Aussetzer. Dann reist sie im Kopf irgendwie in die Vergangenheit und denkt, sie ist noch in Pommern. Da kommt ganz viel hoch bei ihr, Erinnerungen an den alten Hof, an den Krieg, die Flucht und so. Und das regt sie immer fürchterlich auf. Um sie zu beruhigen, tue ich dann so, als wäre ich ihr Bruder Fritz, und rede mit ihr über die alten Zeiten. Das hilft.«

»Aha. Woher weißt du denn so viel über diese Zeit?«

»Ich hab in Gerdas Keller Bücher über Pommern entdeckt. Und alte Familiendokumente. Da habe ich mich ein bisschen schlaugelesen. Ich pass ja gerade auf sie auf, da muss ich doch Bescheid wissen.« Jetzt ist Jan ganz verlegen, als hätte ich ihn beim Rumschnüffeln erwischt.

»Schon okay. Aber was heißt das eigentlich: Du passt gerade auf sie auf? Ich denke, du bist Dozent an der Uni? Wer passt denn sonst auf Gerda auf? Die kann man ja wirklich nicht mehr alleine lassen!«

»Also, das ist so: Meine Mutter ist Altenpflegerin und wurde von Gerdas Familie engagiert. In der Woche wohnt sie bei Gerda und kümmert sich um sie. Am Wochenende fährt sie zu uns nach Hause. Wir wohnen in Stettin. Deswegen war meine Mutter auch so glücklich, einen Job in Lübeck gefunden zu haben. Ist ja nicht mehr so weit, seit die Autobahn fertig ist, so kann sie freitagnachmittags immer nach Hause pendeln. Da kommen dann die Söhne von Gerda und schauen nach ihr.«

»Jetzt ist aber gerade kein Wochenende. Wo ist denn deine Mutter?«

»Meine kleine Schwester hat ihr erstes Kind bekommen. Und da wollte Mama natürlich vor Ort sein und ihr helfen. Man wird ja nicht alle Tage Oma. Ich bin sozusagen der Aushilfspfleger. Dieses Jahr gebe ich an der Uni nur zwei Blockseminare, ich habe also Zeit.«

»Kennst du dich denn mit Altenpflege aus?«

»Na ja, nicht wirklich … Ich habe meiner Mutter allerdings im letzten Jahr schon zweimal geholfen und war jeweils eine Woche bei Gerda. Wir kannten uns also schon und wussten, dass wir uns mögen. Und das ist doch auch wichtig, vielleicht sogar wichtiger als die richtige Ausbildung.«

Ich lasse das mal so stehen, denke aber, dass eine examinierte Kraft dazu eine andere Meinung haben dürfte.

»Und was sagt Gerdas Familie dazu?«

»Äh, keine Ahnung. Die wissen das gar nicht.«

»Wie, die wissen das gar nicht?«

»Mama hatte so eine Angst, diesen Job zu verlieren, deswegen haben wir das für uns behalten. Ist ja nicht so lange, merkt doch keiner.«

»Ja, aber wenn nun einer von den Söhnen plötzlich vor der Tür steht?«

»Ha«, Jan lacht verächtlich. »Die stehen nicht plötzlich vor der Tür. Die sind froh, wenn sie so wenig wie möglich mit ihrer Mutter zu tun haben. In Deutschland steht die Pflege der eigenen Eltern ja offenbar nicht so hoch im Kurs.«

Ich schweige betroffen. Möglicherweise hat er recht.

»Du, Tine?«

»Hmm?«

»Das bleibt aber unter uns, okay?«

»Klar«, verspreche ich, »du machst das gar nicht schlecht mit Gerda, finde ich. Und wir sind ja schließlich Komplizen.«

Die Strecke nimmt irgendwie überhaupt kein Ende, wir fahren und fahren. Könnte allerdings daran liegen, dass ich mich auf diesen kleinen polnischen Straßen nicht traue, schneller als sechzig Stundenkilometer zu fahren. Jan hat ja schließlich gesagt, ich soll nicht so rasen. Dafür werde ich andauernd von hupenden Einheimischen überholt, die in halsbrecherischer Fahrt an uns vorbeischießen.

Irgendwann wird Oma Strelow wieder wach und muss schon wieder. Kaffee kriegt die so schnell keinen mehr.

»Diesmal gehe ich aber nicht in den Wald«, kräht sie. »Ich will eine ordentliche Toilette!«

Die hätte ich langsam auch gern mal. So richtig scharf bin ich nicht darauf, Jans Behauptung, es gebe in polnischen Wäldern wieder Wölfe, persönlich zu überprüfen. Kurz darauf fahren wir an einem riesigen Golfplatz vorbei. Auf einer Anhöhe thront ein imposantes Gebäude, und bestimmt handelt es sich dabei um das Clubhaus. Und bestimmt gibt es dort ein Klo!

Ich biege so plötzlich links in eine gepflegte Kiesauffahrt, dass die Steinchen nur so spritzen.

»Ey«, ruft Jan, der sich an der Tür festklammert. »Was soll das denn?«

»Du hast doch gehört: Oma muss mal.«

Oben am Clubhaus – Clubschloss trifft es allerdings eher – prangt ein gediegenes Messingschild: *Lukecin Golf & Relax Resort.* Relax klingt prima.

»Also echt«, meckert Jan, »du glaubst doch nicht, dass die hier eine öffentliche Toilette haben. Wir Polen sind gastfreundlich, klar, aber diese Schickimicki Bude könnte da eine Ausnahme bilden.«

»Und du findest: Lieber pieschert Oma auf die Rückbank, als dass wir mal nachfragen?«

Ohne ihn eines weiteren Blickes zu würdigen, parke ich und helfe Oma aus dem Fond. Jetzt bequemt sich auch Freund Jan aus dem Wagen. Wir gehen gerade gemeinsam die geschwungene Freitreppe hinauf, als sich auch schon die Tür öffnet und ein Mann in karierter Hose und dunkelblauem Blazer mit aufgesticktem goldenem Emblem herauslugt. Erstaunt mustert er erst uns und dann den Trabbi. Dann legt sich seine Stirn in Falten. Jan sagt etwas auf Polnisch. Der Mann macht abwehrende Handbewegungen und sagt auch etwas.

»Was hat er gesagt?«, will ich wissen.

»Nur für Mitglieder …«

»Mensch, Oma muss mal. Das ist ein Notfall. Der wird doch so eine alte Dame nicht vom Hof jagen! Hat der denn kein Benehmen?«

»Natürlich habe ich Benehmen«, antwortet der Karierte indigniert und in einwandfreiem Deutsch. »Wenn Sie mir bitte folgen mögen.«

Er führt Oma und mich durch einen langen Flur, kostbare Perserteppiche schlucken unsere Schritte, und öffnet eine Tür.

»Die Damentoilette«, sagt er knapp und entschwindet.

Toilette ist untertrieben. Überall Marmor, geschliffene Spiegel – und sind die Wasserhähne etwa vergoldet? Vielleicht sollte ich schnell mal einen abschrauben, nur für den unwahrscheinlichen Fall, dass die Bank später noch zwanzigtausend Schleifen von mir haben will. Wenn ich den Wirtschaftsteil der *Lübecker Nachrichten* richtig interpretiert habe, müsste das bei dem momentanen Goldpreis eine ausgezeichnete Idee sein. Andererseits – ab dem wievielten Verbrechen wird man wohl über Interpol zur Fahndung ausgeschrieben? Und reicht ein Bankraub plus Geiselnahme plus schwerer Diebstahl wohl aus, um einen eigenen Einspielfilm bei *Aktenzeichen XY ungelöst …* zu bekommen?

Oma und ich gehen unseren Geschäften nach und treffen uns an den Waschbecken wieder. Ich gucke in den Spiegel, dann mustere ich Frau Strelow. Kein Wunder, dass der Typ eben so verhalten reagiert hat. Richtig taufrisch sehen wir nicht mehr aus, unsere Klamotten haben ganz schön gelitten. Oma streichelt fast zärtlich über einen der Wasserhähne. Ob sie vielleicht den gleichen Gedanken hat wie ich vorhin? Mittlerweile würde ich davon aber eher abraten, wahrscheinlich sind in dem Schuppen hier sogar die Waschräume videoüberwacht, jedenfalls fühle ich mich irgendwie beobachtet.

Als wir vorsichtig zum Ausgang schleichen, ist niemand mehr zu sehen. Der Butler hat uns offensichtlich vergessen. Kein Wunder: dass wir eine Goldmitgliedschaft im Club beantragen, war schließlich nicht zu erwarten.

»Schnell raus hier«, flüstere ich. Oma nickt. Wir sind fast schon durch die Tür, als der Butler doch noch auftaucht und gemessenen Schrittes auf uns zusteuert. Mist, hat Oma doch was geklaut? Die darf man keinen Moment aus den Augen lassen!

»Moment mal, die Damen!«

Gottergeben bleibe ich stehen.

»Ja, bitte?«

»Ich habe eine Kleinigkeit für Sie. Ihre Mutter sah so erschöpft aus. Ich habe mir erlaubt, ein kleines Lunchpaket mit einigen Erfrischungen für Sie zu richten.«

Er reicht mir eine braune Papiertüte, aus der es verführerisch duftet. Völlig perplex nehme ich sie entgegen und murmele ein verschüchtertes »Danke«, bevor ich Oma schnell aus der Tür schiebe.

Wieder im Auto, gucke ich verstohlen in die Tüte: Zwei Riesensandwiches, die nach frisch gebratenem Speck duften, dazu eine Flasche Mineralwasser, Becher und Servietten. Donnerknispel. Auch Jan guckt neugierig.

»Was ist das denn?«

»Ein Geschenk des Hauses«, kläre ich ihn auf. »Etwas zu essen und zu trinken. Belegte Brote und Wasser. Oma tat ihm leid.«

Jan nickt wichtigtuerisch. »Tja, sag ich ja. Polnische Gastfreundschaft.«

»Komisch, ich dachte, du hättest etwas von Schickimicki-Bude gesagt«, höhne ich – den kleinen Seitenhieb kann ich mir nicht verkneifen.

»Ja? Daran kann ich mich gar nicht mehr erinnern. Hm, riecht das lecker! Gib mir mal eins von den Broten!«

Ich ziehe die Tüte weg. »Nichts da! Die sind für Oma und mich.«

In jeglicher Hinsicht erleichtert und gestärkt, setzen wir unsere Fahrt fort. Jan hat schließlich doch noch ein Sandwich abgestaubt und pfeift ein fröhliches Lied, und auch Oma summt gut gelaunt vor sich hin. Wir kurven durch beschauliche Küstenorte mit kuriosen Namen – erst kommen gefühlte sechsundzwanzig Konsonanten und dann ein Vokal. Ich versuche, das, was ich auf den vorüberziehenden Schildern sehe, laut vorzulesen. Jan lacht sich schlapp.

»Okay, Tine, ich geb dir jetzt mal eine kleine Polnischstunde. Sprich mir nach: W Szczebrzeszynie chrząszcz brzmi w trzcinie.«

Ich versuche es und komme gerade bis »W Strz«.

»Los, Tine, konzentrier dich, so schwer ist das gar nicht. Also noch mal: W Szczebrzeszynie chrząszcz brzmi w trzcinie.«

Oma kichert auf ihrer Rückbank.

»W Schschebrzlllpfffmmm«, mache ich und kapituliere.

Oma lacht jetzt lauthals, Jan wischt sich die Tränen aus den Augen.

»Was heißt das eigentlich?«, will ich wissen.

»Ganz einfach: In Szczebrzeszyn zirpt ein Käfer im Schilf. Ganz berühmter polnischer Zungenbrecher.«

Jan unterhält uns noch mit weiteren lustigen Sprachbeispielen, bis endlich, endlich ein Ortsschild vor uns auftaucht: Kołobrzeg. Das kann sogar ich übersetzen: Kolberg. Uff, geschafft. Der Rest ist jetzt ja wohl nur noch ein Klacks. Ab mit der Asche in die Ostsee und dann sofort retour!

7. Kapitel

Etwas planlos kurven wir durch den Ort. »Rechts, nein, links«, ruft Jan.

»Was denn nun?«, frage ich verwirrt. »Ich denke, du kennst dich hier aus? Deine Tante wohnt doch in Kolberg!«

»Ja, schon, aber die hab ich seit Ewigkeiten nicht mehr besucht. Und dann dieses vertrackte Einbahnstraßensystem. Mist«, flucht Jan.

Kreuz und quer schrauben wir uns durch das beschauliche Städtchen. Wir sind auf der Suche nach dem Hafen, denn Oma hatte die glorreiche Idee, ein Ruderboot zu entern, damit wir Opa Heinzis Asche in die Ostsee streuen können.

Ich halte diese Idee für ausgemachten Schwachsinn. Denn erstens: Wo sollen wir dieses Ruderboot überhaupt herkriegen? Jan, der Omas Plan offensichtlich ganz toll findet, erklärt aufgeräumt: »Dann klauen wir halt eins. Das macht den Kohl jetzt auch nicht mehr fett …« Und fügt lächelnd hinzu: »Ich liebe deutsche Sprichwörter!«

Ich kapituliere vor der geballten kriminellen Energie hier im Wagen und schenke mir mein Zweitens: Schon beim bloßen Anblick eines Bootes wird mir schlecht, ich werde nämlich sehr leicht seekrank. Aber was soll's, auf mich hört ja sowieso keiner.

Irgendwie schafft Jan es, mich zum Hafen zu dirigieren. Und der ist ganz schön schön. Oben auf der Promenade sind jede Menge kleine Cafés, unten am Kai reihen sich lauter Lädchen aneinander, in denen man Souvenirs kaufen kann. Und über allem thront ein imposanter Turm.

»Reste der alten Wehranlage«, erklärt Jan. »Der größte Teil wurde während des Zweiten Weltkriegs zerstört.« Sein Orientierungssinn lässt zwar zu wünschen übrig, aber geschichtlich ist er auf Zack.

Richtig viel los ist aber nicht, ich kann unter den Herumbummelnden nur wenige Touris ausmachen. Stimmt! Es ist ja Karfreitag. Aber warum haben dann die Geschäfte geöffnet? Als ich Jan danach frage, erklärt er mir: »Das ist in Polen kein gesetzlicher Feiertag. Aber sollst mal sehen: Ab morgen geht's hier rund! Ostern ist nämlich ein superwichtiges Fest für uns.«

»Nee, nee«, antworte ich, »ich seh gar nix. Morgen bin ich schließlich schon längst wieder zu Hause!«

»Schade!« Jan grinst etwas schief.

Zu Hause ist mein Stichwort. Ich treibe Jan und Oma zur Eile an, denn ich will unbedingt so schnell wie möglich nach Deutschland zurück. Jan zieht mich etwas zur Seite und wird auf einmal ganz ernst: »Tine, ich versteh dich ja. Aber denk jetzt mal an Gerda. Das ist wirklich wichtig für sie. Darauf hat sie jahrelang gewartet. Also verdirb ihr diesen Moment nicht, bitte!«

Na gut, na gut. Von mir aus könnten wir Opa Heinzi schnell von der Mole ins Wasser kippen und noch kurz winken, aber ich sehe ein, dass das nicht geht. Aus den Augenwinkeln beobachte ich, wie Frau Strelow sich an die Urne klammert, hektische rote Flecken im Gesicht. Nein, das geht wirklich nicht.

Während ich mich wegen meiner Pietätlosigkeit etwas schäme, läuft Jan zum Kai und inspiziert die Schiffe, die dort vertäut liegen. Es sind lauter bunt bemalte Nachbauten historischer Kähne. Ich erkenne eine Galeere, einen Piratensegler und sogar ein riesiges Wikingerschiff. Genau auf das steuert Jan jetzt zu. Er klettert an Bord und verschwindet aus unserem Sichtfeld. Das will er doch wohl nicht ernsthaft stehlen? Das ist doch viel zu groß!

Ein paar Minuten später taucht sein Kopf an Deck auf, und er wedelt aufgeregt mit den Armen. Etwas zögerlich setzen Oma und ich uns in Bewegung.

»Nimm mich mit, Kapitän, auf die Reise!«, schmettert er, als wir über eine breite Planke auf das Schiff eiern. O Gott, das schwankt ja mächtig.

»Mensch, haben wir ein Glück«, freut sich Jan, als er uns in Empfang nimmt. »Stellt euch vor: Der Käpt'n ist über drei Ecken mit mir verwandt. Er erwartet gleich noch eine deutsche Reisegruppe, die einen kleinen Törn machen will. Und wenn die nichts dagegen hat, dann nimmt er uns mit. Fantastisch, oder?« Jan ist so ausgelassen wie ein Kind und hüpft auf und ab.

Auch Oma Strelow ist begeistert und küsst die Urne. »Ach Heinzi, jetzt bist du wieder daheim!«

»Wie lange soll denn dieser Törn dauern?«, hake ich vorsichtig nach.

»Nicht lang, nur 'ne knappe Stunde.«

Eine Stunde? Ich, auf See? Mir wird spontan übel, dabei hat sich der Kutter noch nicht mal in Bewegung gesetzt. Verkniffen nicke ich und hoffe insgeheim, dass die Reisegruppe ihr Veto einlegt. Schließlich haben die das Schiff für sich gebucht, man will ja auch mal unter sich sein.

Die Reisegruppe, eine Meute von neun quietschfidelen Berliner Rentnern, hat leider überhaupt gar nichts dagegen, uns mitzunehmen. Ganz im Gegenteil: Als Jan ihnen Omas Geschichte erzählt, sind sie sofort gerührt, umringen Frau Strelow und klopfen ihr auf die Schulter. »Det is uns 'n Verjnüjen!«, krakeelt einer.

Eine Dame mit leicht ins Lila gehenden, perfekt ondulierten Löckchen hakt sich vertraulich bei Oma ein. »Ich kann Sie so gut verstehen«, zwitschert sie, »meine Familie ist damals auch der Heimat beraubt worden. Wir kommen nämlich aus Schlesien.«

»Sagen Sie bloß!« Oma Strelow ist hocherfreut, auf eine Gleichgesinnte zu treffen. Die beiden ziehen sich angeregt plaudernd auf eine der Holzbänke zurück und stecken die Köpfe zusammen.

Jetzt erscheint der Kapitän auf der Bildfläche, ein kleiner dicker Mensch mit einem albernen Wikingerhelm auf dem Kopf, an dem rechts und links zwei falsche rote Zöpfe baumeln. Er sagt etwas auf Polnisch – »Es geht los«, erklärt Jan – und beginnt, die Taue zu lösen, dann lichten wir den Anker. Rudern müssen wir zum Glück nicht selber, der Kahn ist motorisiert.

Alle laufen zur Reling und rufen »Ah!« und »Oh!«, dabei passiert gar nichts Aufregendes, außer dass wir langsam den Hafen verlassen und auf das offene Meer zusteuern. Mir ist nicht gut, mir ist gar nicht gut. Ich wanke zu Oma und ihrer neuen Freundin und lasse mich neben sie auf die Bank plumpsen.

»Kindchen, geht's Ihnen nicht gut?« fragt Frau Strelow mich besorgt, »Sie sind ja so blass. Und um die Nase sind Sie ganz grün.«

»Geht schon«, ächze ich, »ich fahre nur nicht so gerne mit dem Schiff.«

»Warten Sie, das haben wir gleich«, sagt Oma resolut und winkt Jan herbei.

»Jan, deiner Freundin geht's nicht gut. Die braucht mal einen Schnaps!«, bestimmt sie.

»Schnaps hilft immer«, souffliert die Schlesierin aus Berlin.

Wieso eigentlich *deiner Freundin?* Wie meint sie das? Hat sie wieder einen ihrer Aussetzer? Aber mir ist im Moment viel zu schlecht, um nachzufragen. Jan nickt derweil verständnisvoll und entschwindet Richtung Kapitänskajüte. Kurz darauf kommt er mit einer Flasche Wodka und einem Wasserglas zurück.

»Hier, trink das. Dann geht's dir besser.« Entschlossen kippt er das Wasserglas halb voll und hält es mir fordernd unter die Nase.

Dieser Geruch! Ich würge ein bisschen und röchle: »Nee danke, ganz lieb gemeint. Aber ich muss doch noch fahren ...«

»Na, dann geben Sie mal her«, sagt die rustikale Rentnerin, nimmt Jan das Glas aus der Hand und kippt den Inhalt in einem Zug herunter. »Ah, das tut gut!«

Jan guckt sie irritiert an, dann wendet er sich wieder mir zu. »Vielleicht solltest du etwas essen. Miroslav, also der Käpt'n, hat bestimmt polnische Wurst an Bord.«

Essen? Ist der verrückt? Schon bei dem Gedanken verknoten sich meine Eingeweide. Der soll mich in Ruhe lassen mit seiner bekloppten polnischen Wurst. Ich winke ab. »Nee, lasst mich einfach mal einen Augenblick hier sitzen. Wird bestimmt gleich besser.«

»Wenn du meinst.« Jan zuckt die Achseln und gesellt sich zu seinem entfernten Verwandten.

Ich bleibe ermattet neben den beiden Seniorinnen sitzen und schließe für einen Moment die Augen. Keine gute Idee, überhaupt keine gute Idee, Augen schnell wieder auf. Ich suche einen Punkt am Horizont, auf den ich starren kann, versuche tief und langsam zu atmen und lausche dem Gespräch von Oma Strelow und der Ex-Schlesierin.

»Wir wohnten auf dem Land, bei Belgard. Das ist nur einen Katzensprung von Kolberg entfernt. Am Wochenende ist Vater mit uns Kindern immer mit der Kutsche zum Markt gefahren …«

»Mein Großvater hatte einen Hof zwischen Liegnitz und Breslau. Den kenne ich aber nur noch von alten Fotos und den Erzählungen meiner Mutter. Ich war ja noch ein Baby, als wir vertrieben wurden.«

»Ja, ja, die Flucht, fürchterlich. Aber vorher waren es herrliche Zeiten, wir lebten wie im Paradies.«

»Man darf gar nicht darüber nachdenken, dass das hier früher einmal alles uns gehörte!« Dabei macht die Rentnerin eine weit ausholende Armbewegung, die mindestens ganz Polen, Bornholm und Teile Südschwedens einschließt. Nur gut, dass Jan das nicht hört.

Ich merke, dass das Boot langsamer wird. Der Käpt'n hat die Maschine gestoppt und redet auf Jan ein. Der eilt zu uns.

»So, Gerda, der große Moment ist da. Jetzt kannst du deinen Heinzi endlich dem Meer übergeben – so wie er es sich immer gewünscht hat.« Jan schluckt, er hat sichtlich einen Kloß im Hals.

Oma Gerda steht mit zittrigen Beinen auf und schließt die Urne ganz fest in ihre Arme. Dann geht sie langsam auf die

Reling zu. Miroslav läutet feierlich eine Schiffsglocke, die Rentner-Gang stellt sich im Halbkreis um Oma herum. Jan nimmt meine Hand, hilft mir auf und zieht mich zu den anderen.

Ganz still liegt das Schiff jetzt auf der ruhigen Ostsee und dümpelt vor sich hin.

»Woll'n wa ma dit Vaterunser uffsajen?«, schlägt einer der Berliner vor.

Alle falten die Hände und beten. Dann senkt sich eine andächtige Stille auf uns herab. Oma streichelt die Urne, öffnet vorsichtig den Deckel und sagt mit einem kleinen Schluchzer: »So, mein Schatz, jetzt bist du da, wo du hingehörst. Ich liebe dich, das weißt du ja. Und unser Herrgott wird dafür sorgen, dass wir bald wieder vereint sind.« Dann nimmt sie die Urne und schüttet ihren Inhalt vorsichtig ins Wasser.

Ich sehe, dass mehrere Berliner und Kapitän Miroslav sich verstohlen ein paar Tränchen aus den Augen wischen. Jan dagegen heult so laut wie ein Schlosshund. Und ich merke, dass auch ich trotz meiner Übelkeit ganz schön ergriffen bin.

»Los, Fritz, und jetzt singen wir das Pommernlied, die ersten drei Strophen«, befiehlt Oma.

Aha, es ist wieder so weit, Jan ist wieder zu Fritz geworden.

Jan räuspert sich etwas umständlich, und dann schmettern die beiden:

Wenn in stiller Stunde Träume mich umwehn,
bringen frohe Kunde Geister ungesehn.
Reden von dem Lande meiner Heimat mir,
hellem Meeresstrande, düstem Waldrevier.

Weiße Segel fliegen auf der blauen See.
Weiße Möwen wiegen sich in blauer Höh.
Blaue Wälder krönen weißer Dünen Sand,
Pommernland, mein Sehnen ist dir zugewandt.

Aus der Ferne wendet sich zu dir mein Sinn,
aus der Ferne sendet trauten Gruß er hin.
Traget, laue Winde, meinen Gruß und Sang,
wehet leis und linde treuer Liebe Klang.

Jan hat einen sehr schönen Tenor, und auch wenn er eben noch wie nichts Gutes geflennt hat, ist seine Stimme fest und klar.

In dem Moment, als der letzte Ton verklingt und ich noch ganz melancholisch bin, treffen mehrere größere Wellen unser Schiff und schaukeln uns richtig durch. Das ist echt zu viel für mich. Mit einem Sprung hechte ich zur Reling, beuge in letzter Sekunde meinen Kopf darüber und kotze einen langen Strahl Waffeln mit Schlagsahne in die Ostsee. Zum Glück bin ich immerhin so geistesgegenwärtig, Heinzis Überreste knapp zu verfehlen.

»O Gott, o Gott«, stammle ich und rutsche an der Bordwand Richtung Boden, »tut mir leid.«

»Tine, du Ärmste!« Fürsorglich beugt sich Jan über mich, zieht ein nicht mehr ganz blütenreines Taschentuch aus der Hose und wischt mir das Gesicht ab.

»Wenn Sie vorhin den Schnaps getrunken hätten, wäre das nicht passiert«, sagt die schlesische Berlinerin vorwurfsvoll.

»Macht doch nichts, Kindchen«, meint Oma Gerda milde. »Was rausmuss, muss raus.« Ihr kleiner Aussetzer scheint schon wieder vorbei zu sein.

Unser Kapitän hat in der Zwischenzeit den Motor wieder angeworfen und stolpert nun, den einen Arm voller Wodkaflaschen, an dem anderen baumelt ein Picknickkorb, aus seiner Kajüte. Dann baut er sich vor uns auf und hält eine Ansprache, die Jan simultan übersetzt.

»Ja, äh, in Polen wird nach einer Trauerfeier immer anständig getrunken und gegessen. Miroslav war nun auf ein derartiges Ereignis nicht vorbereitet. Aber er bittet uns, das wenige, was er hat, mit ihm zu teilen und seine Gäste zu sein.«

Alle außer mir applaudieren stürmisch und setzen sich dann erwartungsvoll auf die Holzbänke. Ich bleibe einfach noch ein bisschen auf den Planken liegen, da fühle ich mich im Moment gerade ganz wohl.

In Ermangelung weiterer Gläser werden die Flaschen von einem zum andern gereicht. Miroslav wühlt in seinem Korb, und da sind sie endlich, die vielbeschworenen polnischen Würste. Jan geht zwischen den alten Herrschaften hin und her und preist die landestypische Spezialität an: »Müssen Sie probieren. Die ist lecker! Nur beste Zutaten! Schmeckt gut, nicht?«

Dann blickt er fragend zu mir und wedelt mit einem Wurstzipfel. Ich schüttele nur stumm den Kopf. Der Anblick schmatzender Menschen trägt nicht gerade zur Besserung meines Allgemeinbefindens bei, von dem durchdringenden Wurstgeruch ganz zu schweigen.

Die geriatrische Runde wird immer lauter und lustiger, und auch Frau Strelow schluckt ordentlich Wodka. Ich bin mir nicht sicher, ob das so gut ist – nach der ganzen Aufregung der letzten beiden Tage. Aber mir ist immer noch viel zu mulmig, als dass ich sie davon abhalten könnte.

Stattdessen zerren die Berliner Oma in ihre Mitte und bilden eine Polonaise.

»Und dann geht sie los, mit ganz großen Schritten, und Heinzi fasst der Gerda von hinten an die … Schultern …«

Herrjemine, schlimmer geht's nimmer. Aber Gerda scheint's zu gefallen. In einem Zustand irgendwo zwischen ziemlich willenlos und völlig enthemmt macht sie mit. Sogar Jan reiht sich ein!

Eine gefühlte Ewigkeit später hat die lustige Seefahrt schließlich doch ein Ende. Wir schippern in den Kolberger Hafen und legen mit einem satten Rums an – offenbar hat der Käpt'n auch etwas zu tief in die Flasche geschaut. Selbstredend bin ich die Erste, die von Bord geht, und kurz bin ich versucht, auf die Knie zu fallen und den Boden zu küssen, als wäre ich der Papst.

Die Verabschiedung von unserer spontanen Trauergesellschaft gerät recht rührselig. Es werden wahllos feuchte Küsse verteilt, und Oma bekommt sogar zahlreiche Telefonnummern zugesteckt. »Gerda, meld dich, wenn du wieder zu Hause bist. Und komm uns mal in Berlin besuchen!« Dann müssen sich die Rentner Gott sei Dank sputen, sie haben noch Programm.

Ich gucke auf die Uhr. Kurz nach halb fünf. Okay, wenn wir jetzt sofort losfahren und der Trabbi nicht schlappmacht, sind wir zwischen neun und zehn in Lübeck. Dann, zack, sofort mit Frau Strelow zur Polizei, länger als eine Stunde brauchen wir bestimmt nicht, um das Missverständnis aufzuklären. Dann werde ich Alexander alles erklären, er wird verstehen, wegen seiner vollkommen unangebrachten Reaktion fürchterlich zerknirscht sein und mich um Verzeihung bitten. Und dann schaffen wir Samstagfrüh auch noch unseren Flieger und können Ostern heiraten. Wie es die Weissagung prophezeit hat. Perfekt!

Aber vorher brauche ich unbedingt ein Klo. Ich möchte mir ein wenig die Kotze vom Pulli waschen. Der Gestank ist wirklich widerlich. Ich weihe Jan und Oma in meinen genialen Zeitplan ein, und die beiden nicken ergeben.

Ich marschiere los, die zwei in meinem Windschatten immer hinter mir her. Vor einem Hafen-Café drücke ich Oma Strelow in einen Stuhl.

»So, ich mach mich schnell frisch. Sie bleiben jetzt schön hier sitzen. Jan, du bleibst bei ihr, klar?« Klar!

Kaltes Wasser kann ja Wunder wirken. Nach der Katzenwäsche bin ich ein neuer Mensch, meine Lebensgeister sind zurückgekehrt, und ich könnte Bäume ausreißen.

»Nach Hause, nach Hause, jetzt fahr ich nach Hause«, summe ich vergnügt vor mich hin, als ich aus dem Café komme.

Mein lustiges Liedchen bleibt mir im Hals stecken, denn da draußen ist keine Sau. Na ja, eine Möwe glubscht mich misstrauisch an, aber von Jan und Oma keine Spur. Bevor ich mich aufregen kann, biegt Jan fröhlich pfeifend um die Ecke.

»Mensch, ich wollte gerade ausflippen! Hast du Frau Strelow schon zum Auto gebracht?«, will ich wissen.

»Nö«, sagt Jan, »ich war nur schnell Zigaretten holen. In Deutschland wird's ja wieder sauteuer, da muss ich den Ausflug in die Heimat nutzen.« Dann stutzt er. »Wo ist denn Gerda?«

»Wie, wo ist Gerda? Du solltest doch auf sie aufpassen!«

»Sie hat mir versprochen, hier sitzen zu bleiben. Ich war nur zwei Minuten weg, ehrlich«, stottert er.

»Nur zwei Minuten!«, schreie ich ihn an. »Na prima! Und wie du siehst, hat sie wunderbar auf dich gehört!«

»Tine, reg dich nicht auf …«

»Ich will mich aber aufregen, verdammt noch mal!«

»Vielleicht ist sie nur mal kurz auf die Toilette. Der ganze Wodka …«, versucht Jan mich zu beruhigen.

»Außer mir war da niemand auf dem Klo. Da gab's nämlich nur eins!«

»Okay, okay, sie kann ja noch nicht weit sein. Du kennst das doch schon. Wir suchen sie schnell – dann fahren wir los, und in zwei Stunden sind wir in Deutschland.«

»Dein Wort in Gottes Ohr«, knurre ich. Und füge noch hinzu: »Und wenn wir sie nicht finden, dann gnade dir Gott!«

8. Kapitel

Wir suchen uns den Wolf, klappern am Hafen sämtliche Cafés, Kneipen und Restaurants ab, ernten aber überall nur Kopfschütteln, wenn wir nach Oma fragen. Niemand hat auch nur den Schatten der alten Dame gesehen. Jan läuft noch mal zum Kai und klettert auf sämtliche Schiffe. Aber auch da: Fehlanzeige!

»Hoffentlich ist Gerda nicht ins Wasser gefallen«, jammert er.

»Verdient hätte sie's«, keife ich.

»Denk dran, eine tote Oma heißt: kein Alibi für dich«, giftet Jan zurück.

»Und denk du dran, wem wir den Schlamassel hier zu verdanken haben! Wer musste denn unbedingt Zigaretten kaufen? Du weißt doch, dass man diese Irre nicht einfach allein lassen kann!«, zicke ich weiter.

Unsere Stimmung ist auf dem absoluten Tiefpunkt angelangt, als wir uns mit gesenkten Köpfen wieder auf den Weg zum Trabbi machen. Schlimmer kann es wirklich nicht mehr kommen, denke ich, aber im selben Moment bleiben wir beide abrupt stehen und starren das Auto an. Alle Türen inklusive Kofferraumklappe stehen sperrangelweit offen.

»Mein Gott, das Geld!«, keuche ich und hechte zum Wagen. Keine Spur von der Plastiktüte. Kaum in Polen, schon gestohlen, schießt es mir absurderweise durch den Kopf. Mein Brautkleid liegt allerdings nach wie vor völlig unversehrt auf der Rückbank.

Jan begutachtet die Türen und murmelt: »Komisch, aufgebrochen wurden die nicht …« Dann wird er ganz blass, fummelt an seiner Hosentasche herum und brüllt: »Scheiße, der Schlüssel!«

»Den Schlüssel hab doch ich«, sage ich verwirrt.

»Nee, der Ersatzschlüssel! Den hatte mir der Autoverleiher noch schnell in die Hand gedrückt. Von wegen Frau am Steuer, da wüsste man ja nie. Und den Schlüssel habe ich Gerda gegeben …«

»Warum das denn, um Himmels willen?«

»Weil ich ein Loch in der Hosentasche habe und Angst hatte, ihn zu verlieren, deshalb!«

»Das heißt: Oma Strelow war am Auto, hat sich das Geld geholt und eiert nun mit gut 15 000 Euro in einer Tüte durch Kolberg? Na klasse!«

Jan ist völlig runter mit den Nerven, das kann ich sehen. Auf seiner Stirn stehen kleine Schweißperlen, und er fährt sich ständig mit einer Hand über den Kopf, so dass seine Haare inzwischen aussehen, als hätte er einen Stromschlag bekommen.

Ich kann es trotzdem nicht lassen und muss noch einen obendrauf setzen: »Mann, Mann, Mann, die liegt doch bestimmt schon mit eingeschlagenem Schädel auf irgendeinem dunklen Hinterhof. Weiß man doch, wie das in Osteuropa läuft …«

Jetzt ist Jan ernsthaft sauer, auch das kann ich sehen. »Erstens sind wir hier in Polen und nicht in Osteuropa. Und zweitens gehst du mir mit deinen Vorurteilen tierisch auf die Nerven! Du bist ja schlimmer als Gerda mit ihrem Pommern-Wahn«, schreit er mich an.

Ich beschließe, jetzt lieber nix mehr zu sagen. Schweigend setzen wir uns ins Auto und brüten ein bisschen vor uns hin. In meinem Kopf rasen die Gedanken nur so durcheinander. Wir müssen Oma jetzt unbedingt finden, sonst bricht mein mittlerweile sowieso schon sehr wackeliger Hochzeitsplan endgültig in sich zusammen. Und so süß Gerda auch sein mag – wenn ich ihretwegen nicht mit Alexander vor den Altar trete, dann gnade ihr Gott! Ich weiß nicht, ob mich der Respekt vor dem Alter dann noch von irgendetwas abhält! Ich muss unwillkürlich stöhnen, und auch Jan atmet tief durch.

»Tine, wenn wir uns jetzt gegenseitig zerfleischen, bringt uns das auch nicht weiter. Ich schlage vor, wir fahren in die Stadt und suchen dort nach Gerda. Okay?«

»Okay«, antworte ich und füge kleinlaut hinzu: »Tut mir leid wegen eben. War nicht so gemeint. Aber das wächst mir hier alles langsam über den Kopf ...«

»Ich weiß«, seufzt Jan. »Mir auch.«

In der City angekommen, stellen wir den Trabbi an einem kleinen, menschenleeren Park ab und hetzen los. Wir klappern alle größeren und kleineren Straßen ab. Auch wenn mir gerade nicht der Sinn nach Sehenswürdigkeiten steht, registriere ich doch, dass Kolberg ein ausnehmend hübsches Städtchen ist. Die Altstadt ist liebevoll restauriert, alles wirkt sehr gepflegt und aufgeräumt. Plötzlich stehen wir vor einer riesigen Kirche.

»Wow!«, entfährt es mir.

»Der Kolberger Dom. Wird heute auch Marienbasilika

genannt«, beginnt Jan zu referieren. »Ungefähr um 1300 wurde mit dem Bau begonnen. Weißt du, ich habe als Student in den Ferien häufiger als Fremdenführer gejobbt. Wusstest du, dass …«

»Jan«, unterbreche ich ihn, »das kannst du mir auch später noch erzählen. Wenn wir Oma gefunden haben.«

Doch wir finden Oma einfach nicht. Sie ist wie vom Erdboden verschluckt. Kolberg ist zwar eine Kleinstadt, aber dann doch zu groß, um jemanden aufzuspüren, der vermutlich gar nicht aufgespürt werden will.

Langsam wird es dunkel, was unsere Chancen auf einen Zufallstreffer nicht gerade erhöht. Mein Magen krampft sich zusammen und knurrt auf einmal so laut, dass Jan herumfährt. »Hunger?«, fragt er mitfühlend.

Hunger ist untertrieben. Ich hatte heute nur ein halbes Sandwich, und meine heißen Waffeln schwimmen irgendwo in der Ostsee. Durch die frische Meeresluft und das ganze Rumgerenne verbraucht man auch nicht gerade weniger Kalorien – ich habe einen Mörder-Kohldampf.

»Wie wär's dann jetzt mit 'ner polnischen Wurst?«

Vor dieser Hartnäckigkeit kann ich nur die Waffen strecken. »Eine polnische Wurst wär jetzt super!«

Jan führt mich zielsicher zu einem kleinen Laden, der irgendwas zwischen Imbiss und Restaurant darstellt. »Ich bestell für dich mit«, sagt er und kommt kurz darauf mit einem Tablett voller Leckereien zurück. Trotzdem guckt er etwas enttäuscht.

»Keine Wurst«, sagt er bedauernd.

»Och, wie schade. Warum denn nicht? Ausverkauft?«

»Nee, heute ist doch Karfreitag. Da bekommst du nirgendwo in Polen Fleisch.«

»Aber dein Verwandter – wie hieß er noch? –, der hatte doch vorhin Würste mit.«

»Miroslav ist auch ein gottloser Geselle, wie meine Tante immer sagt.«

»Na gut. Was gibt's denn stattdessen?«

»Also, pass auf«, beginnt Jan und deutet auf die unbekannten Speisen. »Das ist Barszcz, eine klare Rote-Bete-Suppe. Dazu isst du die hier, Kolaczyki, Hefeteilchen mit Sauerkraut gefüllt. Wenn du Fisch magst, probierst du diesen Tatar sledziowy, einen Heringssalat mit Zwiebeln, und hier habe ich noch Pierogi mit Kartoffeln, Zwiebeln und Käse. Los, hau rein!«

Das lasse ich mir nicht zweimal sagen. Und ich muss ehrlich zugeben: Alle Sachen sind total lecker. Besonders diese Kola-Dingsbums schmecken einfach super.

»Und?«, fragt Jan erwartungsvoll.

»Mmmmh, mmmh«, ist alles, was ich herausbringe, mein Mund ist viel zu voll.

Als der letzte Krümel verputzt ist, sage ich befriedigt: »Das hat jetzt gutgetan! An die polnische Küche könnte ich mich echt gewöhnen.«

»Und das waren nur Kleinigkeiten. Wart mal ab, bis du die richtigen Hauptgerichte probiert hast – und die Würste!« Der Stolz tropft Jan schon wieder aus jeder Pore.

»Schon gut, schon gut«, wehre ich grinsend ab, »du hast mich längst überzeugt. Aber wie geht's denn jetzt weiter? Wie finden wir Oma?«

Jan zündet sich eine Zigarette an, stößt den Rauch aus und sieht ihm nachdenklich hinterher. »Im Dunkeln hat die Rumlauferei einfach keinen Sinn. Eigentlich sollten wir jetzt zur Polizei gehen. Ich meine – es wird Oma schon nichts passiert sein, sie ist ja sehr mobil und hat Bargeld dabei. Aber besser ist es vielleicht doch, wenn ab jetzt die Profis übernehmen, oder?«

Ich schüttle den Kopf.

»Jan, wenn wir jetzt zur Polizei gehen, war der ganze Zirkus für mich umsonst. Denn dann lochen sie zumindest mich gleich ein. Bitte lass uns weitersuchen!«

»Na gut. Am besten, wir nehmen uns erst mal ein Zimmer. Im Kurviertel gibt's ganz viele Hotels, und da waren wir auch noch nicht. Dann können wir morgen früh gleich weitersuchen.«

Schlagartig sackt mir der Heringssalat bis in die Füße.

»Ein Zimmer nehmen? Hier übernachten? Bist du irre? Ich muss heute noch nach Hause. Verstehst du? Heute noch!«

Jan zuckt mit den Schultern. »Tine, wir werden sie heute nicht finden. Lass uns morgen weitersuchen.«

»Neihein!!!«

Irgendjemand schreit ziemlich laut. Ups, ich glaube, das bin ich. Meine Mutter sagt immer, wer schreit, hat unrecht – aber das ist mir jetzt wirklich egal. »Jan, wenn ich nicht bald nach Hause komme, dann verpasse ich meinen Flug, und dann muss ich meine Hochzeit womöglich komplett verschieben, weil wir dann in diesen Ferien vielleicht gar keinen Flug mehr auf die Seychellen kriegen. Und dann kann ich Ostern nicht heiraten, und dann wird Alexander stinksauer sein. Noch saurer, als er es jetzt schon ist. Und dann will er vielleicht gar nicht mehr heiraten. Und dann verpasse ich meinen Traummann. Und dann werde ich nie wieder glücklich werden. Und dann …«

»Tine!« Jan wirft seine Zigarette weg, packt mich an den

Schultern und schüttelt mich. »Jetzt beruhige dich mal – du bist ja völlig außer dir! Atme mal tief durch, sonst fällst du als Nächstes noch in Ohnmacht.«

Wahrscheinlich hat Jan recht. Ein bisschen schwindelig ist mir schon. Ich atme also tief durch, besser gesagt: Ich versuche es. Denn jetzt laufen mir die Tränen nur so über die Wangen, und wenn ich weine, kann ich erst recht nicht tief durchatmen. Ich fühle mich furchtbar!

»Hey, Tine«, Jans Stimme klingt jetzt ganz sanft, »ich verspreche dir, dass ich alles tun werde, damit die ganze Angelegenheit wieder in Ordnung kommt. Und wenn ich persönlich einen Flug auf die Seychellen chartere. Aber Panik-Aktionen bringen nichts. Wir brauchen Oma, sonst hat es keinen Sinn, nach Lübeck zurückzufahren. Wer soll dich denn bei der Polizei raushauen? Morgen, wenn es hell ist, finden wir sie bestimmt. Und jetzt suchen wir mal ein nettes Hotel, in dem wir uns aufs Ohr hauen und ein bisschen ausruhen können.«

Ich zwinge mich dazu, ruhig zu atmen, und trockne meine Tränen mit dem Taschentuch, das Jan mir gibt.

»Okay, aber dann muss ich Alex wenigstens anrufen. Er muss ja wissen, dass ich es nicht mehr rechtzeitig schaffe.« Ich wühle das Handy aus meiner Tasche und will es gerade anschalten, als Jan mir ein anderes unter die Nase hält.

»Hier, nimm meins. Nicht dass wir gleich noch Besuch von der Polizei bekommen. Ich hab die Nummer schon unterdrückt, kannst loslegen.« Er grinst und macht keinerlei Anstalten, einen Schritt zur Seite zu gehen, als ich anfange zu telefonieren. Privatsphäre war offensichtlich gestern.

Es klingelt vier Mal, dann springt die Mailbox an. Bin ich enttäuscht, Alex die schlechte Nachricht nicht persönlich überbringen zu können? Oder vielleicht sogar erleichtert? Ich weiß es momentan selbst nicht – Hauptsache, ich bringe es jetzt überhaupt mal hinter mich.

»Hallo, Alex, hier ist Tine. Es tut mir furchtbar leid, aber ich schaffe es morgen nicht rechtzeitig zum Flughafen. Bitte sei nicht böse. Ich kann dir alles erklären. Ich liebe dich!«

Als ich auflege und Jan sein Handy zurückgebe, zittern meine Hände. Jan drückt sie kurz und lächelt mir aufmunternd zu. Offensichtlich ist er ein unverwüstlicher Optimist. Aber es geht ja auch nicht um seine Hochzeit.

Wir tuckern ins Kurviertel und versuchen es zuerst im *Hotel Leda Spa,* dann im *Aquarius Spa,* im *Marine Hotel* und noch in drei weiteren Häusern. Zimmer gibt's zwar zur Genüge, doch alle Empfangsdamen bitten beim Check-in sehr freundlich, aber bestimmt um meinen Ausweis.

Die fadenscheinige Ausrede, dass ich den in der Reise-Aufregung zu Hause vergessen habe, nimmt mir niemand ab. Wir haben ja nicht mal Gepäck dabei, außerdem sehen wir mittlerweile ziemlich heruntergekommen aus. Und ich befürchte, dass mich immer noch ein Hauch von Eau de Kotz umweht.

Meinen Perso einfach auf den Tresen zu knallen traue ich mich nicht. Auch Jan hält das für keine gute Idee. »Du bist bestimmt zur Fahndung ausgeschrieben. Und wer weiß, wie die hier vernetzt sind …«, orakelt er.

»Aber was machen wir denn jetzt?«, quake ich weinerlich. »Wir können doch schlecht im Auto oder am Strand pennen. Es ist viel zu kalt!«

»Ach, am Strand wär doch ganz romantisch …« Jan grinst frech. Dann zückt er sein Handy. »Ich ruf jetzt einfach meine Tante an und frag, ob wir bei ihr schlafen können. Die will garantiert nicht deinen Ausweis sehen!«

»Ist es nicht schon ein bisschen zu spät, um deine Tante anzurufen?«

»Quatsch«, Jan winkt lässig ab. »Wenn jemand Hilfe braucht, ist die Familie bei uns rund um die Uhr einsatzbereit. Alte polnische Tradition.«

Jan telefoniert einen Augenblick, dann zieht er mich zum Auto. »Komm, Tante Małgorzata macht schon die Gästebetten fertig.«

»Oh, das ist ja unkompliziert«, freue ich mich. »Was hast du ihr denn erzählt, wer ich bin und was wir hier überhaupt machen?«

»Äh, noch gar nichts. Ich werde da gleich ein bisschen improvisieren …«

Wir knattern durch das nächtliche Kolberg und halten vor einem Plattenbau, der sehr malerisch direkt an den Bahngleisen liegt. Das ganze Haus ist schon stockdunkel, nur im dritten Stock glimmt ein kleines Lichtchen. Jan klingelt, und sofort ertönt der Summer. Wir gehen durch das Treppenhaus nach oben, als auch schon krachend die Tür aufliegt. Eine Frau in den Fünfzigern stürzt sich mit einem Aufschrei in Jans Arme und redet ohne Punkt und Komma auf ihn ein. Jan klopft ihr beruhigend auf den Rücken und versucht, sich aus ihrer Umklammerung zu befreien.

Dann entdeckt die Tante mich und mustert mich von oben bis unten. An ihrem Blick sehe ich, dass ich in meinem derzeitigen Zustand nicht den besten Eindruck hinterlasse. Ich strecke ihr die Hand hin. »Guten Abend, bitte entschuldigen Sie die späte Störung. Äh, es ist sehr nett von Ihnen …«

»Das kannst du dir sparen«, lacht Jan. »Tante Małgorzata spricht kein Deutsch. So, jetzt lass uns erst mal reingehen.«

Tante Małgorzata führt uns durch einen langen Flur, von

dem diverse Türen abgehen. Die Wohnung scheint ganz schön geräumig zu sein. Wir landen in der Küche, und unsere Gastgeberin serviert uns heißen schwarzen Tee mit viel Zucker.

Dann klärt Jan seine Tante offensichtlich über unser nächtliches Erscheinen auf und erzählt und erzählt. Es muss eine tolle Geschichte sein, denn Tante Małgorzata reißt abwechselnd den Mund und die Augen auf, schlägt die Hände vors Gesicht und sagt: »Oioioioioi!«

Anschließend bekommt Jan die Couch im Wohnzimmer zugewiesen, mich führt sie in ein Gästezimmer, drückt mir ein sauberes Handtuch und ein mintfarbenes Nachthemd in die Hände und deutet auf eine Tür am Ende des Flurs. Aha, das ist wahrscheinlich das Bad. Ich bedanke mich artig bei ihr und nehme mir fest vor, morgen mit Jan ein paar polnische Vokabeln zu pauken. So essenzielle Sachen wie *Guten Tag, Bitte, Danke* und, am wichtigsten: *WO IST OMA?!?*

Im Badezimmer überlege ich ganz kurz, ob es für hiesige Verhältnisse schon zu spät ist für eine heiße Dusche. Aber ich kann einfach nicht widerstehen, und nach der ausgiebigen Körperhygiene mit Tante Małgorzatas nach Pfirsich duftendem Duschgel fühle ich mich sofort viel besser.

Das Einzige, was jetzt zu meinem Glück noch fehlt, ist eine Zahnbürste. Na gut, man kann nicht alles haben. Dann werde ich eben gleich morgen früh in der Stadt eine kaufen. Als ich in den Spiegel gucken will, sehe ich, dass er verhängt ist. Komisch. Aber vielleicht will Jans Tante ja die Wände streichen.

Bevor ich ins Bett gehe, schleiche ich noch einmal leise zu Jan, der schon auf seiner Couch schnarcht. Ich will unbedingt wissen, was er seiner Tante erzählt hat. Damit ich mich nicht aus Versehen verplappere. Obwohl das ja eigentlich nicht passieren kann, weil sie mich gar nicht versteht. Trotzdem, ich bin neugierig.

Gerade als ich Jan wecken will, räuspert sich hinter mir jemand energisch. Wie ein Racheengel steht Tante Małgorzata im Türrahmen und guckt mich streng an. »Gute Nahacht«, flöte ich und husche schnell in mein Bettchen. Offenbar ist das hier ein ganz anständiges Haus. Kein Damenbesuch nach zweiundzwanzig Uhr!

Ich werde von Vogelgezwitscher wach und brauche einen Augenblick, bis ich weiß, wo ich bin. Irgendwo klappert es. Da ist also schon jemand außer mir wach.

Als ich nach meinen Sachen suche, entdecke ich einen Wandspiegel, der ebenfalls mit einem Laken abgedeckt ist. Wahrscheinlich soll die ganze Wohnung renoviert werden. Obwohl ich eigentlich finde, dass hier alles tipptopp aussieht. Meine Sachen kann ich allerdings nirgendwo entdecken – ob Małgorzata die schon in den Sondermüll gesteckt hat?

Also muss ich wohl oder übel in meinem mintfarbenen Ungetüm von einem Nachthemd auf Entdeckungsreise gehen. Die Geräusche kommen aus der Küche, und von dort zieht auch ein unwiderstehlicher Duft durch die Wohnung. Mmmh, da wird wohl gebacken. Mein Magen rumpelt auffordernd. Vielleicht krieg ich ja was ab.

Mit einem fröhlichen »Guten Morgen! Was riecht hier denn so gut?« trete ich zu Tante Małgorzata, die sich tatsächlich gerade am Ofen zu schaffen macht.

»Das ist Babka, den gibt es aber erst morgen nach der Osterweihe«, kommt es aus einer Ecke in einwandfreiem, wenn auch mit starkem Akzent gesprochenem Deutsch.

Ich erschrecke mich fast zu Tode und fahre herum. Auf der Küchenbank sitzt eine sehr gepflegte, falsche Blondine und schaut mich kühl an.

»Oh, hallo«, stottere ich unbeholfen. »Was ist denn Babka?«

»Dafür, dass Sie sich so für unser Land interessieren, kennen Sie sich aber mit polnischen Osterbräuchen nicht gut aus«, entgegnet die Blondine und bedenkt mich mit einem weiteren abschätzigen Blick.

Ich interessiere mich für Polen? Seit wann? Wer ist das überhaupt? Und wo steckt Jan? Hilfe! Ich trete die Flucht nach vorn an.

»Tine, Tine Samstag«, stelle ich mich der Zicke vor. »Und wer sind Sie?«

»Karolina, Jans Schwester.«

»Ach, die mit dem Baby!«, platzt es aus mir heraus. »Herzlichen Glückwunsch! Aber sollten Sie nicht mit Ihrer Mutter in Stettin sein?«

»Das ist Krystyna, die Kleine. Ich bin die ältere Schwester. Sie wissen aber gut über unsere Familie Bescheid, für eine … flüchtige Bekannte meines Bruders«, sagt sie, und ihre rechte Augenbraue wandert fast bis zum blondierten Haaransatz.

Mist, ich rede mich hier gerade um Kopf und Kragen. Was hat Jan nur erzählt? Zum Glück steckt der genau in diesem Augenblick seinen verwuschelten Kopf zur Tür herein. »Huhu, Tine! Na, gut geschlafen?«

Bevor ich antworten kann, kommt aus der Meckerecke ein scharfes »Jan!«, und Jan erschreckt sich noch mehr als ich, als er seine Schwester sieht.

»Oh, äh, huch! Karolina! Das ist ja, äh, nett. Was machst du denn hier?«

»Ostern feiern. Mit der ganzen Familie. Wie jedes Jahr. Du hattest ja keine Zeit, weil du auf Frau Strelow aufpassen musst … angeblich.«

Dann wechseln die beiden ins Polnische, und es entspinnt sich ein amtlicher Streit. Tante Małgorzata stört das Geschrei in ihrer Küche offenbar nicht weiter – völlig ungerührt drückt sie mich auf einen Stuhl und serviert dann Tee, dick geschnittenes Weißbrot, Käse, Gurken und Tomaten. Dann wurschtelt sie weiter.

Der Radau hat ein weiteres Mitglied der Familie geweckt: Ein bärtiger Mann im Pyjama stolpert herein, sieht mich, verschwindet wieder und kehrt kurz darauf anständig angezogen zurück. Auch er setzt sich an den Frühstückstisch. Langsam wird's eng hier.

»Das ist Onkel Leszek, der Mann meiner Tante«, erklärt Jan kurz, um sich dann sofort wieder Karolina zuzuwenden und sie weiter anzubrüllen.

Nachdem die beiden sich mal so richtig ausgesprochen haben, sagt Jan: »So, Tine, jetzt machen wir uns fertig, und dann zeige ich dir wie versprochen unser schönes Kolberg.« Dabei zwinkert er mir verschwörerisch zu.

»Super! Da freue ich mich schon die ganze Zeit drauf«, antworte ich und hoffe, dass ich nicht zu gekünstelt klinge. »Äh, Jan, weißt du, wo meine Sachen sind?«

»Die hat Tante Małgorzata bestimmt gestern Nacht noch gewaschen und in den Trockner gesteckt. Du bist aber auch ein Schussel, dass du unsere Reisetaschen einfach an der Raststätte stehenlässt …« Er guckt betont vorwurfsvoll.

»Äh … ja, wie dumm von mir. Tut mir echt leid.«

Wie sich herausstellt, sind meine Klamotten tatsächlich schon wieder sauber und sogar gebügelt! Ich ziehe mich ganz schnell an. Bloß raus hier, bevor diese Karolina weitere Fragen stellt.

»Aber heute Abend bist du wieder da, hörst du?«, befiehlt sie Jan, als wir gehen. »Wir wollen alle zusammen essen. Und danach zur Święconka in Onkelchen Bogumiłs Kirche. Deine ... Bekannte ist natürlich auch herzlich eingeladen.«

Hä? Was wollen wir? Bogumił? Kirche? Ich verstehe nur Bahnhof.

»Ja, ja«, ruft Jan, und dann sehen wir zu, dass wir Land gewinnen.

Draußen auf dem Parkplatz bekomme ich einen hysterischen Lachkrampf.

»Was hast du denn?«, fragt Jan. Statt zu antworten, verschlucke ich mich, und Jan klopft mir einmal kräftig auf den Rücken.

»Deine Schwester ist ja ein ganz schöner Drachen«, keuche ich schließlich.

»Ach was, das meint sie nicht so. Im Grunde ist sie ganz in Ordnung. Sie hat halt nur gern das Kommando. Wojtek, ihr Mann, hat nicht viel zu melden.« Jan grinst.

»Was hast du deiner Tante jetzt eigentlich erzählt?«

»Dass ich dich aus Lübeck kenne. Und dass du schon immer mal nach Polen wolltest und mich deshalb für einen Kurztrip sozusagen als deinen persönlichen Reiseleiter engagiert hast. Ja, und dann hast du gestern, als wir Pause gemacht haben, unsere Reisetaschen an der Autobahnraststätte vergessen. Und wir haben das erst gemerkt, als wir schon hier waren.«

»Aha. Und warum sollte ich um Himmels willen unsere Reisetaschen aus dem Auto holen und irgendwo auf der Raststätte abstellen?«

»Was weiß denn ich? Etwas Besseres ist mir gestern Nacht nicht mehr eingefallen.«

»Verstehe, und wer passt bitte schön in Lübeck auf Frau Strelow auf, wenn du mit mir in Kolberg bist?«

»Äh, die besucht einen ihrer Söhne …«

»Ich denke, ihre Kinder wollen nichts von ihr wissen? Kein Wunder, dass deine Schwester misstrauische Fragen stellt. Die Geschichte stinkt ja von vorn bis hinten!«

»Ich weiß.« Jan sieht richtig bedröppelt aus. Aufmunternd strubbel ich durch sein Haar. Ich hätte so auf die Schnelle auch keine bessere Idee gehabt. Und jetzt ist es eh zu spät, um noch etwas zu ändern. Jetzt gilt es, Oma Strelow zu finden!

»Also wie ist der Plan?«

»Schau mal«, Jan zückt eine Karte von Kolberg und macht darauf ein Kreuz. »Hier sind wir. Am besten trennen wir uns gleich. Du suchst in der Stadt, ich im Kurviertel. Den Plan bekommst du, damit du dich nicht verirrst.« Er macht zwei weitere Kreuze. »Das sind Parks, da solltest du auch suchen. Gerda ist ja gern an der frischen Luft. Wer weiß, vielleicht hockt sie da auf einer Bank und füttert Tauben. Um siebzehn Uhr treffen wir uns am Dom, wenn wir sie bis dahin nicht längst gefunden haben, und überlegen weiter.«

Getrennt suchen finde ich gut. Dann kann ich auch mal in Ruhe mit Alexander telefonieren, ohne dass Jan mit großen Ohren danebensteht. Irgendwo wird es hier ja ein Telefon geben, von dem aus ich unverdächtig anrufen kann. Voller Tatendrang schmeiße ich den Trabbi an und bringe Jan, der mir noch ein Bündel Złoty zusteckt, ins Kurviertel. Kolberg ist wirklich überschaubar, mit Hilfe der Karte bin ich in null Komma nix am Dom, parke und marschiere enthusiastisch los. So, Oma, ich komme!

Drei Stunden später ist mein Tatendrang einer mittelschweren Depression gewichen. In den Parks bin ich quasi unter jedes Gebüsch gekrochen – nichts. Ich habe auch noch einmal in jedes Restaurant und Café geschaut – nichts. Ich bin durch Wohnviertel gelaufen, habe Kinderspielplätze inspiziert – nichts. So eine alte Dame kann sich doch nicht einfach in Luft auflösen!

Meine Füße tun mir weh, und Hunger habe ich auch schon wieder. Also laufe ich zurück in die Altstadt und setze mich in ein kleines Café in der Nähe der Basilika. Bei Kaffee und Kuchen brüte ich vor mich hin.

Ob Frau Strelow tatsächlich etwas zugestoßen ist? Inständig hoffe ich, dass es ihr gutgeht. Sie hat mich zwar in die größten Schwierigkeiten meines Lebens gebracht und meine Hochzeit vereitelt, aber irgendwie ist sie mir mit ihrer tüdeligen Art in den letzten zwei Tagen auch ans Herz gewachsen. Außerdem imponiert mir ihr Sturkopf. Wie sie das Ding mit Opa Heinzis Urne durchgezogen hat – unglaublich! Oma ist ja quasi aus Liebe zur Verbrecherin geworden, das finde ich fürchterlich romantisch.

Apropos Liebe – ich rufe jetzt Alexander an! Den liebe ich schließlich, und er mich. Und wenn ich ihm alles erkläre, wird auch alles wieder gut. Dann nehmen wir einfach den nächsten Flug ins Glück. Vielleicht schaffen wir sogar unseren ursprünglichen Termin für die Trauung noch. Und falls nicht – da werden die alten Seychellianer doch mal ein Auge zudrücken, oder? Wer wird sich denn unserer jungen Liebe in den Weg stellen wollen? Eben! Genau so werde ich es Alexander gleich erklären!

Ich frage den Kellner, der fließend Englisch spricht, ob ich im Café einmal telefonieren dürfe, und wedele mit meinen

Złoty. Natürlich darf ich, kein Problem. Mit zitternden Fingern wähle ich Alex' Handynummer.

»Weltenstein?«

»Hallo, Schatz, ich bin's.«

»Tine?«

»Natürlich Tine. Oder kennst du noch mehr Frauen, die dich Schatz nennen?«, wage ich einen kleinen Scherz. Das war wohl der falsche Gesprächseinstieg, Alexander ist überhaupt nicht zu Scherzen aufgelegt.

»Wo steckst du?«, brüllt er los. »Ich habe hier die allergrößten Probleme deinetwegen. Die Polizei sucht dich immer noch und verhört mich ständig! In der Bank! Kannst du dir vorstellen, was das für meinen Ruf bedeutet?«

»Alex, ich …«

»Ich musste unsere Flüge stornieren. First Class mit Limo-Service zum Flughafen. Weißt du eigentlich, was allein das gekostet hat?«

Ach, so ist das also, dem Herrn Banker geht's um sein schönes Geld. Ich versuche noch mal, zu Wort zu kommen. »Alex, kannst du mich mal ausreden lassen? Bitte! So kommen wir doch nicht weiter!«

Empörtes Schnaufen am anderen Ende der Leitung, aber jetzt hält er die Klappe.

»Schatz, ich kann dir alles erklären. Ich habe keine Bank überfallen. Du kennst mich doch, du weißt, dass ich so was niemals tun würde.«

»Im Moment weiß ich gar nichts mehr …«

»Alex, du musst mir vertrauen. Ich bin bald wieder zu Hause, und dann werde ich alles aufklären. Und dann können wir endlich heiraten!«

»Heiraten? Wie kannst du immer noch ans Heiraten den-

ken, während hier gerade meine Karriere den Bach runtergeht?« Er brüllt schon wieder.

Ich bin so vor den Kopf gestoßen, dass ich einfach auflege.
Ungläubig schüttele ich den Kopf. Der vertraut mir offensichtlich kein bisschen. Und das Einzige, woran er denken
kann, ist seine Karriere, sein Ruf und sein Geld. Es hat ihn
noch nicht mal interessiert, wie's mir geht!

Wie ferngesteuert lege ich meine Złoty auf den Tresen,
verlasse das Café und gehe in die Basilika. Dort sitzen ganz
schön viele Menschen und beten. Ich suche mir eine ruhige
Ecke, hocke mich auf eine Kirchenbank und versuche, nicht
zu weinen.

So ein ausgemachtes Arschloch! *Er* steckt also in Schwierigkeiten. Der soll mich mal fragen! Vielleicht wäre es gar
nicht so schlecht, wenn unsere Hochzeit tatsächlich platzte.
Alexander offenbart nämlich gerade ein paar Charakterzüge,
die mir überhaupt nicht gefallen.

Ruhig bleiben, Tine, ruhig bleiben, beschwöre ich mich
selber. Das ist ja auch für Alexander eine vertrackte Situation. Da verschwindet seine Braut von einer Sekunde auf die
andere und ist auf einmal als Bankräuberin und Geiselneh-
merin zur Fahndung ausgeschrieben. Da kann man schon
mal die Nerven verlieren und überreagieren. Wenn ich wieder in Lübeck bin und sich alles aufgeklärt hat, wird er sich
auch wieder beruhigen. Und dann sprechen wir uns vielleicht einmal gründlich aus, und alles wird wieder gut. Wir
werden gemeinsam ins Reisebüro schlendern und einen neu-
en Flug buchen, oder aber einfach in Lübeck heiraten. Ist ja
auch nicht das Schlechteste. Meine Mutter wäre jedenfalls
begeistert. Und die Flitterwochen holen wir in den Sommer-
ferien nach.

Das leise Gemurmel um mich herum und die sakrale Atmosphäre des Doms beruhigen mich tatsächlich. Ich atme noch ein paar Mal tief durch, dann stehe ich entschlossen auf. Bevor ich zu Hause irgendetwas klären kann, brauche ich sowieso erst mal Oma. Also, weiter geht's!

Etwas langsamer als vorhin durchforste ich nun in Kolbergs Altstadt Straße für Straße und verbinde meine Suche dabei mit etwas Nützlichem. Von meinen restlichen Złoty kaufe ich mir in einer Drogerie eine Zahnbürste, Zahnpasta und ein Deo. Dazu noch ein schlichtes weißes T-Shirt und einen Dreierpack Damenslips. Wenn schon Bankräuberin, dann wenigstens eine einigermaßen gepflegte!

Um kurz vor fünf gehe ich wie besprochen zurück zum Dom. Dort wartet Jan schon auf mich und winkt ganz aufgeregt.

»Hast du sie gefunden? Wo ist sie denn?«, will ich sofort von ihm wissen.

»Noch nicht«, antwortet er, »aber fast. Sie muss irgendwo im Kurviertel stecken. Ich hab halb Kolberg befragt, und ein paar Leute haben sie da gesehen.«

»Und das war ganz sicher Oma Strelow?«

»Na ja, eine ältere Frau, die abgerissen wirkt, Deutsch vor sich hin brabbelt und etwas in einer Plastiktüte mit sich rumschleppt – wie viele wird's davon wohl geben?«

»Ja, das muss sie gewesen sein! Dann lass uns da jetzt sofort weitersuchen.«

»Nee, Tine, das geht nicht. Die ganze Familie wartet mit dem Essen auf uns. Wir müssen zurück zu Tante Małgorzata. Du willst doch nicht, dass meine Schwester sauer wird.«

»Das kann nicht dein Ernst sein. Das ist nun wirklich nicht das, was mir Kopfzerbrechen bereitet! Auf der Liste meiner drängendsten Probleme stehen nämlich leider ein paar ganz andere Dinge: Meine Hochzeit droht zu platzen, mein Verlobter ist stocksauer, ich bin wahrscheinlich international zur Fahndung ausgeschrieben – habe ich noch irgendwas vergessen? Ach ja, und vielleicht will die Fargo-Bank demnächst zwanzigtausend Euro von mir. Also: Was hab ich mit deiner Schwester zu tun?«

Jan stöhnt. »Nun komm schon! Mit einer sauren Karolina ist nicht gut Kirschen essen!«

»Tja, dann musst du vielleicht mal erwachsen werden und dich bei der Dame durchsetzen. Schließlich wirst du nicht mehr jeden Morgen in den Kindergarten gebracht, oder?«

»Hey, das ist unfair! So ein Weichei bin ich gar nicht! Ich streite mich nur nicht gern.«

Bin ich froh, dass ich Einzelkind bin und mich nicht im zarten Alter von dreißig Jahren von meiner großen Schwester tyrannisieren lassen muss. Weil Jan aber sehr unglücklich aussieht und ich außerdem Riesenhunger habe, lenke ich ein.

»Na gut«, sage ich, »dann suchen wir eben nach dem Essen weiter.«

Wir brausen zurück zur Platte, hetzen die drei Stockwerke hoch und platzen ins Wohnzimmer, das voller Menschen ist – Jans Sippe scheint riesig zu sein. Ein paar Familienmitglieder habe ich schon kennengelernt, andere sehe ich jetzt zum ersten Mal.

Bei unserer Ankunft sind alle Gespräche verstummt, und mindestens zwanzig Augenpaare starren mich neugierig an. Na dann, auf zur Inquisition à la polski!

9. Kapitel

So, Tine, jetzt lernst du den engsten Familienkreis kennen«, sagt Jan und deutet schwungvoll auf die Meute, die mich weiterhin schweigend und ziemlich unverhohlen mustert.

Ach so, das ist jetzt nur der *engste* Familienkreis. Wenn der ganze Clan zusammenkommt, dann müssen die wahrscheinlich ein Fußballstadion mieten. Jan beginnt eine launige Vorstellungsrunde, vermutlich will er so das Eis brechen.

»Małgorzata, Leszek und Karolina kennst du ja schon.« Karolina guckt mich etwas mitleidig an, ihr Mundwinkel zuckt. Ui, die kann ja lächeln! Wer hätte das gedacht?

»Neben meiner Schwester«, fährt Jan fort, »sitzt Wojtek, ihr Mann. Die beiden Racker links sind – ey, Jungs, Finger aus der Nase! – Kamil und Kacper, meine Neffen. Der alte Griesgram dahinten ist Onkelchen Bogumił, er ist Priester und damit sozusagen das geistige Oberhaupt der Familie – ein Onkel meines lieben Vaters, Gott hab ihn selig.«

Bogumił, ein bärtiger älterer Herr in salopper Freizeitkleidung, aber mit weißem Kragen, guckt mich zwar etwas glasig, aber nicht unfreundlich an. Jan legt sich ins Zeug und rattert weiter, die polnischen Namen fliegen mir nur so um die Ohren. Die kann ich mir unmöglich alle merken. Cousi-

nen und Cousins, Neffen, Nichten, Schwippschwager und
wer weiß was noch alles.

Ich schüttele ganz viele Hände, sage »Angenehm, angenehm«, und dann rückt die Gesellschaft noch weiter zusammen, um uns Platz zu machen. Zum Glück sitze ich neben
Jan, rechts von mir Bogumił, Karolina in halbwegs sicherem
Abstand.

»Spricht hier außer deiner Schwester noch jemand
Deutsch?«, flüstere ich Jan ins Ohr.

»Nur noch Wojtek«, raunt Jan zurück. »Er ist Internist
und hat ein paar Semester in Berlin studiert.«

Irgendwie bin ich ganz erleichtert. So kann ich mich wenigstens ungestört mit Jan unterhalten und muss nur aufpassen, wenn Karolina und ihr Mann in der Nähe sind. Jetzt
wendet sich Bogumił an mich und fragt irgendetwas.

»Onkelchen will wissen, ob du katholisch bist«, hilft Jan
weiter.

»Äh, ich bin Protestantin. Also, streng genommen war ich
Protestantin, ich bin nicht mehr in der Kirche.«

Jan übersetzt, und Bogumił schaut sehr betrübt aus der
Wäsche. Sofort habe ich ein schlechtes Gewissen. Vor lauter
Verlegenheit nehme ich einen großen Schluck aus dem Wasserglas, das vor mir steht – und spucke das Gesöff fast quer
über den Tisch. O Gott, was ist das denn?

Jan grinst mich an. »Wodka!« Dann erhebt er sein Glas
und sagt irgendwas auf Polnisch, woraufhin die ganze Familie ihr Glas erhebt und alle »Na zdrowie!« brüllen. Na, das
kann ja ein lustiger Abend werden …

Tante Małgorzata serviert das Essen, irgendwas Fischiges
mit Kartoffeln und Soße, ein eher frugales Mahl. Da hatte ich
eigentlich mehr erwartet. Jan bemerkt, dass ich etwas lustlos

auf meinem Teller herumstochere, und wispert mir ins Ohr: »Morgen ist die Fastenzeit zu Ende, dann wird's besser.«

Aha, das lässt hoffen. Denn wenn ich auf der Suche nach Oma Strelow weiter so rumrennen muss, brauche ich früher oder später was Anständiges zwischen die Kiefer.

Die Tischrunde wird lauter und fröhlicher, auch Onkelchen Bogumił spricht dem Wodka zu, und jedes Mal, wenn ich anstandshalber an meinem Glas nippe, füllt er es sofort wieder auf. Von dem ungewohnten Schnaps-Konsum wird mir ganz leicht und schwummrig zumute, und langsam finde ich es dann doch etwas schade, dass ich mich mit niemandem unterhalten kann.

Nach und nach löst sich die starre Tischordnung auf, die Gäste spielen Bäumchen, wechsel dich, und auch ich verlasse meinen Platz und setze mich wagemutig neben Karolina.

»Das finde ich ja toll von deiner Tante, dass sie trotz Renovierungsstress so viele Verwandte einlädt!«, eröffne ich das Gespräch.

»Meine Tante will renovieren?« Karolina sieht mich erstaunt an.

»Äh, ich glaub schon. Also, die Spiegel hat sie ja schon alle abgedeckt.«

Karolina prustet los – und dann übersetzt sie meine Vermutung lauthals für alle Anwesenden. Es folgt ein Ausbruch der Heiterkeit, man könnte fast meinen: Jans Familie lacht mich aus. Was hab ich denn nur gesagt?

»Entschuldige«, Karolina grinst mich an, »aber das ist wirklich lustig. Tante Małgorzata hat die Spiegel verhängt, weil Karfreitag war. Das ist ein alter religiöser Osterbrauch. Es geht um Beten – nicht ums Wändestreichen.«

Ach so! Na ja, das kann ich alte Atheistin doch nicht wissen. Peinlich berührt nehme ich noch einen kleinen Schluck Wodka, und dann lässt Karolina einen wahren Fragenhagel auf mich niederprasseln.

»Sag mal, wie lange kennst du meinen Bruder eigentlich schon? Und wie habt ihr euch kennengelernt? Bleibt ihr länger in Kolberg? Hast du Urlaub? Was machst du eigentlich beruflich?«

Mist, vielleicht war es doch keine so gute Idee, Smalltalk mit Jans Schwester zu machen. Tapfer ignoriere ich ihre ersten Fragen und sage: »Ich bin Lehrerin. An einer Grundschule in Lübeck. Und du?«

»Na, so ein Zufall! Ich bin auch Lehrerin, in Belgard. Allerdings an einem Gymnasium. Mathematik und Deutsch.« Sie schaut mich leicht abschätzig an. Klar, da kann ich natürlich nicht mithalten. »Du hast mir aber immer noch nicht erzählt, woher du Jan kennst!«

Hilfe, die ist aber hartnäckig! Fieberhaft krame ich in meinem Hirn nach einer plausiblen Geschichte.

»Ich, also, äh … wir haben mal zusammen, äh …«, Karolina schaut mich fragend an.

»Ja, was habt ihr zusammen?«

»Also, wir haben mal in der Disko …«

»Ihr habt euch in der Disko kennengelernt? Da ist Jan doch noch nie gern hingegangen, das ist ja mal was Neues.«

Mist. Ich kenne Jan einfach überhaupt nicht. Wie soll ich da eine halbwegs plausible Geschichte zusammenschrauben?

»Nein, also nicht wirklich in der Disko. Es war vielmehr so, dass wir … äh …«

In diesem Moment kommen mir Karolinas Jungs zu Hilfe. Die liegen nämlich ineinander verkeilt auf dem Boden und versuchen gerade, sich gegenseitig die Nasen blutig zu hauen.

»Kamil! Kacper!« Mit einem Aufschrei stürzt Mutti sich auf ihre Brut und trennt sehr resolut die beiden Streithähne. Ich nutze die Gelegenheit und schleiche möglichst unauffällig zu Jan zurück. Bevor ich mit ihm absprechen kann, was um Himmels willen ich auf Karolinas Fragen antworten soll, erhebt sich die Gesellschaft, und plötzlich herrscht allgemeine Aufbruchstimmung.

»Okay, Tine, jetzt geht es in Bogumiłs Kirche«, sagt Jan. »Nimm auf alle Fälle deine Jacke mit, dort ist bestimmt nicht geheizt.«

Hä? Was passiert denn jetzt schon wieder?

»Wir müssen zur Swieconka«, sagt Jan, »das ist ein Gottesdienst, bei dem das Essen fürs Frühstück am Ostersonntag gesegnet wird.«

Diese Polen halten einen ganz schön auf Trab mit ihren Oster-Feierlichkeiten!

»Aber ich dachte –«, wende ich ein, als Jan mir eine Jacke in die Hand drückt und ich von den anderen mit nach draußen gedrängt werde. Mir wird erneut schwummerig, und bevor mir wieder einfällt, was ich einzuwenden hatte, werde ich auch schon in einen der Mittelklassewagen bugsiert, die vor der Platte stehen. Jan und ich fahren bei Karolina nebst Anhang mit, die aber zum Glück auch während der Fahrt noch damit beschäftigt ist, ihre kleinen Terroristen zu bändigen, so dass ihr keine Zeit bleibt, noch einmal nachzuhaken. Kamil und Kacper werden mir immer sympathischer.

Kurz hinter Kolberg steuern wir in einem kleinen Dorf auf den Kirchplatz. Hier ist richtig was los. Aus allen Himmelsrichtungen strömen die Gläubigen zum Gotteshaus, alle haben Körbe voller Lebensmittel dabei, die sie segnen lassen wollen. Onkelchen Bogumił hetzt wie von der Tarantel gestochen zu einem Seiteneingang, offensichtlich sind wir etwas spät dran, und er muss sich sputen.

Wir gehen über einen großen Friedhof Richtung Hauptportal, und ich bemerke, dass alle Gräber mit bunten Blumen geschmückt sind. Bei näherer Betrachtung sehe ich allerdings, dass sie gar nicht echt sind, sondern entweder aus Plastik oder Stoff. Egal, es sieht trotzdem sehr hübsch aus. Ich werfe einen Blick auf die Grabsteine – jede Menge Majewskis und Lewandowskis, aber auch ein paar Kotlarskis und Brzeszinkis. Und dann, etwas weiter hinten, die Treptows, die Kaufmanns und tatsächlich: die Strelows. Ob das engere Familie von Gerda ist? Ich gehe einen Schritt näher an den Grabstein heran – kein Fritz, sondern eine Hedwig. Wenn Oma hier wäre, könnte ich sie fragen, aber so … Nein, falsch. Wenn Oma hier wäre, wären wir jetzt nicht hier!

Die Kirche ist schon gerammelt voll. Vor dem Altar ist ein riesiger Tisch aufgebaut, auf dem die Gemeindemitglieder ihre Körbe abstellen. In der letzten Bankreihe ist noch ein wenig Platz, wir quetschen uns alle zusammen, und ich habe mehr Körperkontakt zu Kamil, als mir lieb ist. Der klettert nämlich einfach auf meinen Schoß und kuschelt sich an mich. Ich denke an die amtliche Fahne, die ich von dem vielen Wodka mit Sicherheit habe – hoffentlich bekommt das arme Kind keine Alkoholvergiftung.

Die Orgel beginnt zu brausen, und Onkelchen Bogumił betritt den Ort des Geschehens. In seiner schwarzen Soutane und mit dem weißen Rauschebart sieht er jetzt richtig ehrfurchtgebietend aus.

Der Gottesdienst ist ungefähr so, wie ich ihn mir vorgestellt habe – nur zehnmal so lang. Ich weiß schon, warum ich sonst nie in die Kirche gehe. Es wird gesungen, es wird gebetet, zwischendurch spricht Onkelchen warme Worte. Allerdings verknüpft er die Angelegenheit mit einem Fitnessprogramm, das für mich als Ex-Protestantin ungewohnt ist: Stehen, knien, stehen, knien, sitzen, dann wieder sehr lange knien, gleich darauf stehen – ich komme ganz schön ins Schwitzen und bin erstaunt, wie mühelos die vielen älteren Leutchen bei dem Tempo mitkommen.

Bogumiłs Stimme schwankt zwischen freundlich, beschwörend und streng. Ich verstehe natürlich kein Wort, bin aber sowieso damit beschäftigt, Kamil davon abzuhalten, unseren Vordermann an den Haaren zu ziehen. Ganz zum Schluss besprenkelt Bogumił mit einer Art Besen die Speisen, und schließlich ziehen wir gemeinsam singend aus der Kirche.

Zurück in Kolberg, bin ich hundemüde und ganz froh, dass sich die Familienversammlung jetzt auflöst. Aber Onkel Leszek zwingt mich, in der Küche noch einen letzten Wodka mit ihm zu trinken.

Als ich endlich im Bett liege, denke ich, dass ich ja gern noch mit Jan an unserer Legende gestrickt hätte – bestimmt ist Karolina morgen wieder wissbegierig –, aber Jan schnarcht bereits auf dem Sofa vor sich hin. Und ganz sicher lasse ich mich von Tante Małgorzata kein zweites Mal dabei erwischen, wie ich nachts ihrem Neffen nachstelle! Morgen früh ist auch noch Zeit dafür.

Wie der Mensch sich irren kann. Der nächste Tag beginnt damit, dass mir ein feuchtes Etwas ins Gesicht fliegt, das meine süßen Träume abrupt beendet. Erschrocken öffne ich die Augen und starre in die feixenden Gesichter von Kamil und Kacper, die mit großer Freude und einem nassen Waschlappen versuchen, mich zu wecken. Es ist ihnen gelungen.

Benommen taumle ich aus meinem Kabuff und sehe mit Entsetzen, dass sich die komplette Sippschaft schon wieder am Frühstückstisch im Wohnzimmer versammelt hat. Ach du meine Güte, ich habe wohl verschlafen!

Schnell husche ich ins Bad, begnüge mich mit einer Katzenwäsche und geselle mich ordentlich gekämmt und angezogen zu den anderen. Das weiße T-Shirt und die neue Unterhose leisten mir wertvolle Dienste – in Małgorzatas Schlüpfern in Konfektionsgröße 46/48 hatte ich mich doch ein bisschen unwohl gefühlt. Heute werde ich von allen schon so herzlich begrüßt wie ein vollwertiges Familienmitglied, und deshalb lasse ich mich auch ganz ungeniert neben Wojtek plumpsen und lange, wie die anderen, ordentlich zu.

Das Osterfrühstück ist eine wahre Völlerei, schließlich ist ab heute, wie mir Jan erklärt hat, die offizielle Fastenzeit vorbei. In der Mitte der Tafel prangt ein Lamm aus Zucker, drum herum liegen bemalte Ostereier, es gibt Schinken, anderen Aufschnitt, den ich nicht kenne, und – ha! – da sind sie endlich, die polnischen Würste. Und sie sind genau, wie Jan versprochen hat: verdammt lecker!

Feierlich nimmt Wojtek ein Ei, pellt es und gibt mir eine Hälfte davon. Dazu wünscht er mir noch viel Glück und eine gute Gesundheit. Ich bedanke mich artig. Das ist bestimmt wieder so ein polnischer Brauch, und Glück kann ich auf alle Fälle gebrauchen.

Nach dem Frühstück gelingt es mir endlich, mit Jan ein paar Worte unter vier Augen zu wechseln. »Wir müssen Oma Strelow suchen«, zische ich ihm zu, während wir die

Teller in der Geschirrspülmaschine verstauen. »Deswegen sind wir hier. Nicht, um mit deiner Familie Ostern zu feiern.«

»Ich weiß, ich weiß«, antwortet Jan leicht genervt. »So war das ja auch nicht geplant. Aber was soll ich machen?«

»Ja, ich weiß«, sage ich, »die sind ja auch alle echt nett. Trotzdem: Wie kommen wir denn jetzt mal für ein paar Stunden raus?«

Jan überlegt kurz, dann hat er die zündende Idee. »Ich sag einfach, dass ich dir noch das Kurviertel zeigen muss. Weil du eine alte Tante hast, die überlegt, ihren Lebensabend in Polen zu verbringen, wegen billiger und so. Und in Kolberg gibt's extrem viele Altersheime und Seniorenstifte.«

»O Mann«, stöhne ich. »Was ist das denn wieder für eine Geschichte? Das glaubt uns doch kein Schwein! Können wir nicht einfach sagen, dass wir ein bisschen spazieren gehen?«

»Nee«, entgegnet Jan trocken, »denn dann will garantiert einer mitkommen. Oder Karolina versucht, uns Kamil und Kacper aufs Auge zu drücken, weil frische Luft für Kinder ja so gut ist.«

Also tischt er seiner Verwandschaft die nächste unglaubliche Story auf, und alle nicken verständnisvoll. Nur Karolina runzelt die Stirn. Die glaubt uns natürlich kein Wort! Mit dem Versprechen, zum Abendbrot zurück zu sein, gelingt uns ein einigermaßen eleganter Abgang.

Das Kurviertel von Kolberg ist ziemlich groß, imposante Gründerzeit-Villen wechseln sich mit den hier offensichtlich obligatorischen Plattenbauten ab, es gibt zahlreiche Hotels, die ihr Angebot ganz auf ihre gebrechliche Kundschaft abgestimmt haben – mit Thermen, Ergotherapie und Massage-Praxen.

Wieder stromern Jan und ich durch die Straßen, er fragt Passanten aus und erntet nur Schulterzucken.

Als ich drei Stunden später kurz vorm Verzweifeln bin, sagt er zögernd: »Tine, es hilft ja alles nichts. Wenn wir Gerda bis heute Abend nicht gefunden haben, müssen wir zur Polizei gehen und eine Vermisstenanzeige aufgeben. Oma ist zwar ein harter Knochen, aber so langsam mache ich mir ernsthaft Sorgen, dass ihr doch etwas zugestoßen sein könnte.«

»Wie stellst du dir das denn vor?«, fahre ich ihn an. »Soll ich einfach auf eine polnische Polizeiwache marschieren und sagen: Hallo, ich bin Tine Samstag. In Deutschland haben sie mich wegen Kidnapping und Bankraub zur Fahndung ausgeschrieben. Leider ist mir unterwegs meine Geisel verlorengegangen. Können Sie mir helfen, sie zu finden?«

»Hast ja recht«, seufzt Jan, »das ist keine so gute Idee. Na komm, weiter geht's. Bis es dunkel wird, dauert es ja noch eine Weile …«

Gefühlte zwanzig Stunden später – meine Füße brennen schon wieder wie Feuer, und wir sind kurz davor, aufzugeben – gelingt uns endlich der Durchbruch! Am Empfang eines dieser Seniorenbunker horcht Jan den Rezeptionisten aus, und der kann sich tatsächlich lebhaft an Gerda Strelow erinnern. Aufgeregt redet der Mann auf Jan ein, und der redet genauso aufgeregt zurück.

Noch aufgeregter zupfe ich Jan unentwegt am Ärmel. »Was hat er gesagt? Was hat er gesagt?«

»Psst, Tine, ich versteh sonst nix.«

Nach ein paar Minuten breitet Jan freudestrahlend die Arme aus. »Stell dir vor«, ruft er, »Gerda war hier und hat sich nach einem Platz in einem Seniorenwohnheim erkundigt. Der Herr vom Empfang konnte ihr zwar selbst keinen Platz anbieten, hat sie aber mit einer Liste möglicher Häuser versorgt, und dann ist sie losgedackelt.«

»Her mit der Liste!«, schreie ich.

Jan wedelt triumphierend mit einem Zettel, allerdings gerät sein Grinsen etwas schief. »Also, das sind ungefähr fünfundvierzig Adressen. Die müssen wir abklappern.«

»Hauptsache, wir haben endlich eine konkrete Spur!«, rufe ich erleichtert.

»Die werden wir heute aber nicht mehr alle schaffen. Dafür ist es schon zu spät.«

»Nix da! Das ziehen wir jetzt in einem Rutsch durch, und wenn es die halbe Nacht dauert!«

»Tine!« Jan rollt mit den Augen. »Nun komm mal wieder runter! Wir können doch zu dieser vorgerückten Stunde keine alten Leute mehr aus dem Bett klingeln. Die jagen uns doch vom Hof.«

»Aber …« Ich sehe ein, dass er da recht haben könnte. Also beschließen wir, noch ein gutes Stündchen weiterzumachen und dann zu Tante Małgorzata zurückzufahren. Wir schaffen in dieser Zeit gerade mal zehn Altenheime, aber in einem davon erinnert sich die Leiterin nur allzu genau an Oma.

Schnippisch erklärt die Dame uns, dass Frau Strelow ihr Haus offensichtlich nicht zusagte, obwohl es doch eine der ersten Adressen der Stadt sei. Aber nicht nur, dass sie an allem etwas auszusetzen gehabt habe, auch noch ein Probeessen habe sie verlangt – umsonst!

»Das ist Gerda, wie sie leibt und lebt!«, freut sich Jan.

Obwohl wir unsere Suche abbrechen müssen, kehren wir stark euphorisiert in den Schoß der Familie zurück.

»Soo«, sagt Karolina zur Begrüßung gedehnt, »war euer Ausflug nett? Wenn man es nicht besser wüsste, könnte man meinen, ihr seid frisch verliebt. Ihr benehmt euch ja wie die Turteltauben!«

Jetzt wird Jan puterrot, und ich bekomme einen hysterischen Lachkrampf. Onkelchen Bogumił eilt mir mit einem Glas Wodka zu Hilfe, und ich überbrücke den peinlichen Moment, indem ich es auf ex herunterkippe.

Wir setzen uns an den gedeckten Tisch – das wird langsam zur Gewohnheit, nur gut, dass ich mir die ganzen Kalorien tagsüber wieder ablaufe – und stürzen uns auf das Essen wie ausgehungerte Wölfe. Die Runde ist heute Abend noch ausgelassener und lauter als gestern, und der Wodka fließt in Strömen.

Zu späterer Stunde, gegessen wird nicht mehr, nur noch getrunken, kramt irgendein Vetter dritten Grades aus einer Ecke eine alte Klampfe hervor und stimmt ein fröhliches, wenn auch ziemlich schräges Lied an. Alle singen lauthals mit und klatschen im Takt, Tisch und Stühle werden beiseitegerückt.

»Darf ich bitten?«, fragt Jan.

»Ja, äh, was denn?«

»Um ein Tänzchen natürlich!«

Dann wirbelt er mich auch schon herum, und wir hüpfen wie die Bekloppten über Tante Małgorzatas Parkett. Irgendwann lande ich sogar in Bogumiłs Armen, der für sein Alter noch erstaunlich gelenkig ist, quasi der Fred Astaire unter den polnischen Priestern und – tätschelt der da etwa gerade meinen Po? Bevor ich mir ernsthaft Gedanken machen kann, ob ich dem alten Herrn auf die Finger hauen soll, fliege ich auch schon quer durch den Raum zu Jan zurück. Im allgemeinen Getümmel drückt er mich ganz fest an sich. »Nicht dass du hinfällst!«, sagt er leise und zwinkert mir zu.

Mittlerweile habe ich schon ganz schön einen im Kahn, harte Sachen kann ich einfach nicht ab, deshalb finde ich auch überhaupt nichts dabei, dass Jan mich festhält. Im Gegenteil, das fühlt sich gerade richtig gut an.

Aus den Augenwinkeln sehe ich, dass Karolina uns mit Argusaugen beobachtet. Aber das ist mir gerade total egal. Ausgelassen strecke ich ihr die Zunge raus, und Frau Oberlehrerin rümpft die Nase. Die kann mich mal. Prost!

Karolina und Wojtek müssen Gott sei Dank bald los, weil Kamil und Kacper beginnen, Tante Małgorzatas Wohnzimmereinrichtung zu zerlegen, und nicht mehr zu bändigen sind. An den pädagogischen Maßnahmen im eigenen Hause muss Karolina wohl noch ein wenig arbeiten.

Im Laufe der Nacht wird aus den fröhlichen Gesängen ein wüstes Gegröle, und wir haben etliche Schnapsleichen zu beklagen. Ich steige kurzfristig von Wodka auf Wasser um, Onkel Leszek macht mir aber einen Strich durch die Rechnung, weil er die letzte Seltersflasche mit grimmiger Entschlossenheit in die Balkonkästen kippt. Na gut, dann eben nicht.

Um die erhitzten Gemüter zu beruhigen, stimmt der entfernte Vetter ein melancholisches Volkslied an. Jetzt rächt es sich, dass ich so viel Alkohol getrunken habe, denn leider neige ich dazu, im angesäuselten Zustand fürchterlich sentimental zu werden. Kaum erklingen die traurigen Töne, kippt auch schon meine Bombenstimmung. Natürlich muss ich sofort an Alexander denken und an unser letztes Telefonat. Irgendwie fühle ich mich von meinem zukünftigen Mann verraten und verkauft. Okay, er hat allen Grund, sauer auf

mich zu sein, immerhin ist unsere Hochzeit geplatzt, aber …
ich hätte mir schon gewünscht, dass er trotzdem zu mir
steht. Irgendetwas in der Art von *Schatz, es spricht zwar alles
gegen dich, aber ich liebe dich trotzdem, und ich glaube dir.*
Oder ein *Liebling, egal was passiert ist: Uns kann nichts aus-
einanderbringen.* Auch ein einfaches *Kann ich dir helfen?*
wäre nicht schlecht gewesen.

Ich beobachte, wie Jan seine Tante liebevoll in den Arm
nimmt. Der hätte garantiert ganz anders reagiert als Alexander. Jan ist so herrlich unkompliziert. Steigt einfach in Lübeck zu einer Wildfremden ins Auto und kurvt mit ihr nach
Pommern, ohne allzu viele dumme Fragen zu stellen.
Schwindelt meinetwegen seine Familie an. Hilft und kümmert sich und verliert dabei nie seinen Humor. Und dann
sieht er dabei auch noch so gut aus.

Wann habe ich mit Alexander eigentlich das letzte Mal so
richtig gelacht? Oder wann haben wir das letzte Mal so ausgelassen getanzt? Fällt mir gerade nicht ein, muss verdammt
lange her sein. Ich merke, wie sich meine Augen mit Tränen
füllen und ich immer jammeriger werde. Bevor ich hier vor
versammelter Mannschaft losheule, halte ich Onkelchen
schnell mein leeres Glas unter die Nase. Er versteht die Auf-
forderung sofort.

Jan setzt sich zu uns und sieht mir tief in die Augen. »Na,
geht's dir nicht gut?«

»Geht schon«, schniefe ich.

»Nee, ich seh doch, dass du was hast. Was ist denn los?«

»Alex liebt mich gar nicht. Der denkt nur an sein Geld. So
ein Mistkerl.«

»Ach, komm, das wird schon wieder. Versprochen! Wenn
du willst, rede ich auch mit ihm, wenn wir zurück in Lübeck

sind. Das ist ja auch alles ein bisschen meine Schuld. Noch einen Wodka?«

Ich nicke und schniefe, und Jan nimmt mich in den Arm. Ich kuschele mich ein wenig an ihn und wische meine Nase diskret an seinem Pullover ab. So könnte ich jetzt noch stundenlang sitzen bleiben. Vielleicht mache ich das sogar. Ich weiß es nur nicht mehr, denn dann habe ich einen Filmriss.

10. Kapitel

Ich bin in Hamburg. Und es ist Hafengeburtstag, Auslauf-
parade. Direkt vor mir verabschieden sich Queen Mary II
und Queen Elizabeth von den vielen Schaulustigen mit
einem ohrenbetäubenden Dauertuten. MÖÖÖHHHHM,
MÖÖÖÖHHHHM! Ich habe das Gefühl, dass mir vor
lauter Lärm gleich der Schädel platzt. Wieder
MÖÖÖÖÖHHHHHM, MÖÖÖÖHHHHM! Wahnsinn,
ich muss hier weg, es ist unerträglich. Dann sehe ich Alex. Er
winkt mir durch die Menge zu.

»Tine, hallo, Tine!«

Ich winke zurück, will auch rufen, aber aus meinem Mund
kommt nur ein sehr matter, gequälter Laut.

»Geht's dir nicht gut?«

Komisch, obwohl Alex noch mindestens fünfzig Meter
von mir entfernt steht, schafft er es, mich an der Schulter zu
rütteln.

»Hey, Tine, geht's dir nicht gut?«

Das ist gar nicht die Stimme von Alex. Es ist … Jan! Ich
bin nicht in Hamburg, sondern offenbar immer noch in
Kolberg. Verdammt! Ich huste, dann setze ich mich im Bett
auf.

»Was 'n das für 'n Lärm?«, nuschele ich undeutlich.

»Mein Wecker. Ich habe ihn dir ans Ohr gehalten, anders habe ich dich nicht wach gekriegt.« Jan steht von meiner Bettkante auf, geht zum Fenster und zieht die Vorhänge auf. Helles Licht flutet den Raum. Autsch! Das tut richtig weh!

»Hey, was soll das? Wieso weckst du mich überhaupt?«

»Ich wollte dir nur Bescheid sagen, dass wir jetzt alle zur Ostermesse gehen. Von wegen Ostermontag, weißt du? Nicht dass du dich nachher wunderst, wenn keiner mehr da ist.«

»Aha.« Mehr fällt mir dazu in dieser frühen Stunde nicht ein.

»Oder willst du mitkommen?«

»Ich? Auf keinen Fall. Und schon gar nicht im Morgengrauen.«

»Aber es ist schon halb zehn.«

Echt? Ach so. Wenn das so ist, dann … dann sollte ich wohl aufstehen, mich anziehen und weiter nach Gerda suchen. Aber im Moment fehlt mir jede Energie. Und der Gedanke, ohne Jan durchs Kurviertel zu stromern, gefällt mir überhaupt nicht. Ich fühle mich wie ein Luftballon, den jemand mit einer Nadel vorsichtig angepikst hat: nicht dramatisch geplatzt, aber schlapp und luftleer. Ich fürchte, ich muss noch ein Stündchen schlafen. Dieses gigantische, maßlose Gefeiere, das bei meinen polnischen Gastgebern unter dem harmlosen Namen »Ostern« läuft, macht mich völlig fertig. Noch so einen Tag überlebe ich mit Sicherheit nicht. Was mache ich nur, wenn das heute so weitergeht? Ich muss kichern. Jan betrachtet mich nachdenklich.

»Alles ein bisschen viel, hm?«

Ich nicke. Leider knallt mein Hirn dabei von innen an die Schädeldecke. Autsch!

»Tine, wir werden sie finden. Wir wissen ja jetzt, wo wir suchen müssen, also ist das nur noch eine Frage der Zeit. Und es geht ihr bestimmt gut. Sie wird in irgendeinem Altenheim sitzen und wegen sehr guter Pflege schon fünf Kilo zugenommen haben.«

Matt nicke ich mit dem Kopf.

»Hoffentlich hast du recht.«

»Tine, glaub mir: Jetzt wird alles gut. Wenn Gerda erst wieder da ist, geht's ab nach Hause. Und wenn es bei der Polizei trotzdem noch irgendwelche Schwierigkeiten gibt, fragen wir meinen Onkel Tomek um Rat. Der ist Anwalt und kann uns helfen. Also, genau genommen ist er mein Großonkel, oder besser gesagt: der Ex-Mann meiner Großcousine, aber ich nenne ihn immer Onkel, denn meine Cousine …«

Die restliche Schilderung dieses wie immer komplizierten Familienverhältnisses geht in dem durchdringenden Rauschen in meinem Kopf unter. Mir wird schlecht, ich muss mich wieder hinlegen. Jan streichelt sanft über meine Wange.

»Vielleicht schläfst du wirklich noch ein bisschen. Ich lege dir den Wohnungsschlüssel auf den Küchentisch – falls du mal rauswillst. Ist ganz schönes Wetter, nur sehr kalt. Aber Vorsicht, heute ist Smygus Dyngus, und da …«

Beim warmen Klang seiner Stimme schlummere ich wieder ein. Herrlich, kein Rauschen mehr!

Als ich zwei Stunden später aus der Dusche komme, geht es mir deutlich besser. Ein leichter Druck hinter den Augen ist zwar geblieben, aber das Rauschen ist weg, und ich fühle mich endlich wieder wie ein Mensch, nicht wie ein Wischlappen. Die Wohnung ist ganz ruhig – herrlich! Wahrscheinlich dauert auch diese Messe wieder unglaublich lange, oder aber Jan und Familie besuchen zum Mittagessen eine weitere entfernte Großnichte. Dann wäre meinen noch jungen Erfahrungen mit polnischen Familientraditionen zufolge nicht vor dem frühen Abend mit ihnen zu rechnen. Für polnische Verhältnisse führe ich das reinste Einsiedlerleben – aber an einem Tag wie heute finde ich das ganz gut so.

Ich beschließe, mir einen Kaffee zu kochen und dann doch auf eigene Faust wieder ins Kurviertel zu fahren. Die Liste mit den Adressen habe ich ja, den Stadtplan auch. So schwer kann es nicht sein, diese Wohnheime zu finden. Und wenn dort niemand Deutsch spricht, versuche ich's halt auf Englisch. Irgendwie werde ich mich schon verständlich machen. Jedenfalls kann ich hier nicht länger tatenlos rumsitzen.

Die Haare trockengeföhnt, nach Tasche und Autoschlüssel gegriffen – los geht's. In dem Moment, in dem ich die Tür hinter mir ins Schloss ziehe, fällt es mir ein: Ich habe den Wohnungsschlüssel auf dem Küchentisch liegen lassen. So was Doofes – jetzt komme ich erst wieder rein, wenn die ganze Sippe hier aufkreuzt. So ganz klar im Kopf bin ich offensichtlich noch nicht. Aber was soll's, ändern kann ich daran jetzt sowieso nichts, zur Not gehe ich in ein Café. Ein paar Złoty habe ich ja in der Handtasche.

Vor dem Hauseingang muss ich kurz überlegen, wo ich eigentlich den Wagen stehen lassen habe. Richtig, die Straße fünfzig Meter links runter, vor dem Supermarkt mit den quietschgelben Reklametafeln. Ich stapfe los. Mir kommen drei junge Männer entgegen, die miteinander tuscheln und mich anstarren. Ja, ich weiß, ich habe zwei Köpfe. Und? Was dagegen? Ich starre grimmig zurück, die drei fangen an zu lachen. Dann zieht der mittlere etwas hinter seinem Rücken hervor, das aussieht wie eine riesige Pumpgun – allerdings in schreiend Pink und Grün. Was, zum Teufel, ist hier los?

Bevor ich mir diese Frage beantworten kann, bin ich schon von oben bis unten klitschnass. Dieser Vollpfosten hat mich mit einer kompletten Ladung aus seiner Wasserpistole bedacht. Das Ding muss einen Fünf-Liter-Tank haben, jedenfalls könnte ich jetzt aus dem Stand an einem Miss-Wet-T-Shirt-Wettbewerb teilnehmen. Verdammt – sind die irre geworden? Die drei gucken sich an und prusten los, ich ringe mit meinem Sprachvermögen. Als ich es wiedergefunden habe, pöbele ich los: »Sagt mal, seid ihr komplett irre? Was fällt euch ein? Das ist eine Riesenschweinerei, ich glaube, ihr spinnt!«

Die drei rennen weg.

»Hey, bleibt gefälligst stehen! Ihr tickt wohl nicht richtig. Stehen bleiben, habe ich gesagt! Das ist Körperverletzung! Mindestens!«

Natürlich bleiben die Jungs nicht stehen, sondern rennen weiter. Unwillkürlich muss ich an Bäcker Remper denken. Soweit ich weiß, hat ihn eine der Wasserbomben frontal am Kopf getroffen. Mit dem entsprechenden Resultat. Ich muss sagen: Ich kann seinen Zorn jetzt ansatzweise nachvollziehen. Das ist kein schönes Gefühl, vor allem, wenn es saukalt ist. Sonnig, aber garantiert nicht mehr als fünf Grad.

Fluchend drehe ich mich um und stapfe zum Haus zurück. Ein Griff in meine Handtasche, dann fällt es mir wieder ein: der Haustürschlüssel. Das kann doch echt nicht sein! Was habe ich eigentlich verbrochen, dass mir das Schicksal hier dermaßen eins reinwürgt? Also wieder zurück zum Auto.

Ich bin noch nicht weit gekommen, als sich von irgendwo

oben ein weiterer Schwall Wasser direkt über mich ergießt. Ich schreie laut auf.

»Was soll denn das, verdammte Scheiße, jetzt reicht's mir aber!«

Ich höre ein Lachen und blicke nach oben. Aus dem Fenster im ersten Stock guckt ein Junge.

»Witam piękną Panią! A dlaczego to wychodzimy z domu w śmigusa-dyngusa skoro boimy się wody?«

Super. Ich verstehe kein Wort. Es muss sich um irgendeine Art Verschwörung handeln, möglicherweise gegen deutsche Touristen – was auch immer, ich weiß es nicht. Aber eins weiß ich: Die letzten Fasern, die eben noch trocken waren, sind jetzt auch nass. Es ist, als wäre ich mit Klamotten unter die Dusche gegangen. Wasser tropft an mir herunter, und auf dem Bürgersteig bildet sich rund um mich herum eine Pfütze. Ich könnte heulen. Ach was, ich heule. Und zwar vor Wut. Der nächste Wasserpistolero wird von mir unangespitzt in den Boden gerammt!

Leider ist auf der Straße niemand zu sehen, an dem ich kurzfristig meine Aggressionen abbauen könnte. Sehr schade. Auch schade, dass mir mittlerweile nicht mehr heiß und kalt ist, sondern leider nur noch kalt. Um nicht zu sagen: eiskalt. Ich merke, wie meine Zähne anfangen zu klappern. Was mache ich jetzt? Ich brauche etwas Neues zum Anziehen, so viel ist mal klar. Ich schaue mich um – vielleicht gibt es irgendein Geschäft, in dem ich zumindest einen Pulli und eine Jeans kaufen könnte? Wenn ich mich recht entsinne, war doch etwas weiter hinten eine kleine Boutique. Ob die Geschäfte in Polen am Ostermontag auch geöffnet haben, wie Karfreitag? Vielleicht habe ich ja Glück.

Habe ich natürlich nicht. Die Tür der Boutique ist fest

verschlossen, da hilft auch kein Rütteln. Mir ist mittlerweile so kalt, dass ich von Zähneklappern zu Ganzkörperzittern übergegangen bin. Irgendwo habe ich mal gelesen, dass der menschliche Körper so versucht, sich aufzuwärmen. Ich stelle fest: Das funktioniert nicht wirklich gut.

Ich kann mich in meinem Aufzug auch nicht einfach in das nächste Restaurant setzen, um warm zu werden – die halten mich doch alle für komplett geistesgestört. Wobei ich damit nicht die Einzige wäre, denn offenbar sind weite Teile der Kolberger Bevölkerung ebenfalls verrückt geworden und überschütten harmlose Passanten mit Wasser. Oder brechen sich hier Ressentiments gegen Deutsche Bahn? Auch egal. Mir ist *kalt! Wie komme ich jetzt an Kleidung?* Aus purer Verzweiflung rüttle ich auch noch an der Tür des nächsten Ladens. Fest verschlossen. Seufzend lasse ich mich gegen die Schaufensterscheibe sinken. Brautmode. Wie hübsch.

Eine Millisekunde später stehe ich wieder kerzengerade. Das ist es! Ich habe ja noch etwas zum Anziehen im Auto! Mein Brautkleid! Gut, das ist zwar eher auf tropische Temperaturen ausgelegt, aber wenigstens ist es trocken. Und es gibt dazu passende Unterwäsche, ich kann also auch meinen klitschnassen Slip ausziehen – ein sehr schöner Gedanke. Und anschließend fahre ich einfach ein paar Runden mit dem Auto durch die Gegend, bis die Heizung richtig warm ist, und irgendwann wird dann auch Jan wieder zu Hause sein. Ich muss ihn nur irgendwie auf mich aufmerksam machen, damit er mir ein paar trockene Klamotten vorbeibringen kann.

Ich laufe zum Auto, diesmal, ohne Opfer weiterer Wasseranschläge zu werden. Es würde allerdings auch nichts mehr ändern. Auf der Rückbank pelle ich mich schnell aus meinen klitschnassen Sachen. Zum Abtrocknen nehme ich die Rolle Zewa aus dem Handschuhfach, die unser Autovermieter dort ganz fürsorglich deponiert hat. Küchenpapier kann man ja immer brauchen – da hat der Mann völlig recht. Das fühlt sich jetzt tatsächlich so an, als würde ich damit ein Hähnchenfilet abtupfen, aber etwas anderes habe ich nicht griffbereit.

Dann schlüpfe ich in den Spitzenstring und die Korsage. Bequem geht irgendwie anders, aber Hauptsache, trocken. Das Brautkleid ist eine echte Herausforderung, ich habe es noch nie ohne fremde Hilfe angezogen, und schon gar nicht zusammengekrümmt mit circa einem halben Quadratmeter Platz. Es ist ein Traum aus cremefarbener Wildseide – lang, schlicht, elegant und vor allem: sehr eng. Zwei Versuche, den Reißverschluss selbst zuzubekommen, scheitern, einen dritten unternehme ich erst gar nicht, aus Angst, es kaputt zu machen. Dann bleibt es eben offen, was halb so wild ist, schließlich gehört zum Kleid noch ein schlichter Schal, ebenfalls aus Wildseide. Ich schlinge ihn mir um Rücken und Schultern, und endlich ist mir nicht mehr ganz so kalt.

Wieder vollständig bekleidet, krabble ich auf den Fahrersitz, starte den Motor und drehe die Heizung voll auf. Als mein Blick in den Rückspiegel fällt, muss ich mal wieder mit den Tränen kämpfen: Ich sehe aus wie eine Braut. Selbst mit nassen, wirren Haaren und ohne Make-up verwandelt mich das Kleid sofort. Meine Tränen fließen jetzt reichlich. Es ist sinnlos, sie zurückzuhalten, dafür sind es einfach zu viele – wahrscheinlich die Tränen der gesamten letzten Tage. Ich schluchze, heule und weine, kann einfach nicht damit aufhören.

Ich muss an Alex denken und daran, dass ich ziemlich genau jetzt eigentlich seine Frau werden sollte. Schließlich war das doch eine Schicksalsfügung. Er und ich. Zwei wie Pech und Schwefel. Von mir aus auch wie Feuer und Wasser. Wir gehören doch zusammen. Oder etwa nicht? Bei dem Gedanken daran, wie mies er sich bei unserem letzten Telefonat verhalten hat, schüttelt es mich regelrecht, und ich muss laut schluchzen. Das ist mir jetzt aber scheißegal, hier hört mich sowieso niemand. Und selbst wenn. Sollen die Leute doch denken, was sie wollen! Ich habe den Klang von Alex' Stimme noch genau im Ohr: so wütend und kalt, als ob er mich eigentlich gar nicht lieben würde.

In mein Schluchzen mischt sich auf einmal ein lautes Klopfen. Hämmert da jemand an die Autoscheibe? Etwa wieder diese Verrückten mit der Wasserpistole? Ich hebe den Kopf vom Lenkrad, drehe ihn zur Seite – und blicke direkt in Karolinas Gesicht, die mich völlig entgeistert mustert. Auweia. Vielleicht sollen die Leute doch nicht denken, was sie wollen? Jedenfalls nicht alle Leute. Ich greife mir schnell noch ein Blatt Küchenpapier und wische mir über das Gesicht, dann kurbele ich das Fenster ein Stück herunter.

»Oh, hallo, Karolina!«, begrüße ich sie betont beiläufig. Leider klingt meine Stimme völlig verheult – kein Wunder, meine Nase ist bestimmt auf die Größe einer Riesenkartoffel angeschwollen.

Karolina starrt mich an. »Hallo, Tina. Was ist denn mit dir los?«

»Ich ... äh ... ich habe mich ausgesperrt, und mir war kalt. Da habe ich mich ins Auto gesetzt und auf euch gewartet.«

Jetzt kommt auch der Rest der Familie näher, inklusive Tante Małgorzata und Onkel Leszek. Sie drängeln sich vor dem Auto, als gäbe es hier etwas Besonderes zu sehen. Gut, aus ihrer Sicht ist das wahrscheinlich auch so. Endlich kommt auch Jan dazu. Er blickt seiner Schwester über die Schulter, lächelt mir erst zu – und reißt dann die Augen auf. Aber ehe er etwas sagen kann, fragt Karolina schon: »Sag mal, Tine, ist das etwa ein Brautkleid, das du da an hast?«

Neeein, das ist nur … so was ziehe ich einfach ab und zu an, wenn mir danach ist, weißt du?! Okay, wie komme ich jetzt aus der Nummer wieder raus?

»Na ja, also … gewissermaßen.«

Jetzt reißt auch Karolina die Augen auf. Małgorzata und Leszek stecken ihre Köpfe zusammen und sagen irgendetwas, das ich nicht verstehe.

»Gewissermaßen«, wiederholt Karolina das letzte Wort meines Gestammels. »Du hast *gewissermaßen* ein Brautkleid an. Warum?«

»Weil … also, ich, also …«

Jan kommt mir zu Hilfe. »Ein schönes Kleid, oder? Tine hat es mit, weil sie heiraten wollte.«

»Hier in Polen? Wen denn?« Karolina klingt sehr misstrauisch.

»Nein, nicht in Polen. In Deutschland. Sie hat es nur aus Versehen dabei. Also, weil wir so spontan aufgebrochen sind.«

»Das verstehe ich jetzt nicht. Tine wollte in Deutschland heiraten, und deswegen nimmt sie ihr Brautkleid mit nach Polen? Das ergibt keinen Sinn. Und wieso ist sie jetzt so traurig? Hattet ihr Streit? Ist sie deswegen nicht mit in die Kirche gekommen? Los, sag schon! Oder erklär du es mir, Tine!«

Małgorzata und Leszek, die nicht verstanden haben, was

Karolina gesagt hat, scheinen sich ebenfalls Gedanken zu machen. Ihr Gemurmel ist zwar polnisch, aber ich könnte schwören, dass sie sich gerade haargenau das Gleiche fragen. Ich nehme einen neuen Anlauf.

»Nein, ich will nicht heiraten. Ich habe das Kleid nur angezogen, weil ein paar Verrückte mich eben von oben bis unten mit Wasser vollgespritzt haben und mir kalt geworden ist.«

Jan nickt verständnisvoll. »Ich habe dir doch heute Morgen gesagt, dass du aufpassen musst. Heute ist Smygus Dyngus, das Wassergießen – ein uralter polnischer Brauch. Da werden alle hübschen jungen Frauen mit Wasser bespritzt, wenn sie nicht aufpassen. Je hübscher, desto nasser. Kein Wunder, dass es dich so getroffen hat.« Er grinst.

Falls das ein Kompliment sein soll, kann ich gerade nichts damit anfangen, denn ich fühle mich unter Karolinas Blicken momentan ungefähr so wohl wie ein Hühnchen im Bräter.

»Aha. Also ist das gar nicht Tines Kleid?«

Alter Verwalter, Karolina lässt einfach nicht locker. In Sachen Hochzeit kennt sie offenbar gar keinen Spaß.

»Doch. Aber ich habe es nur zufällig dabei. Ich will gar nicht heiraten, weil … weil … äh …«

»Du willst nicht heiraten, hast aber ein Kleid dabei. Kapiere ich nicht.« Karolina schüttelt den Kopf.

Und ich muss sagen: Ich verstehe Karolina. Warum hat man ein Brautkleid dabei, wenn man nicht heiraten will? Genau genommen gibt es dafür keine einleuchtende Erklärung. Ich spüre, wie ich unter den Blicken von Karolina, Leszek und Małgorzata puterrot werde. So kalt mir eben war, so warm wird mir jetzt. In diesem Moment scheint Jan eine zündende Idee zu haben, jedenfalls räuspert er sich, dann strahlt er Karolina an.

»Tine will nicht heiraten, sie hat schon geheiratet. In Deutschland. Und als wir losgefahren sind, war das Kleid zufälligerweise noch im Auto.«

Karolina schnappt hörbar nach Luft.

»Braciszku! Jetzt wird mir alles klar: Sie hat dich geheiratet. *Ihr* habt geheiratet. Heimlich! In Deutschland! Deswegen benehmt ihr euch auch die ganze Zeit schon so komisch. Von wegen, sie hat dich als Reiseleiter engagiert. Damit du ihr die Schönheit Polens zeigst! Und dann hat sie ihre Reisetasche an der Tankstelle stehenlassen! Ha! Hast du wirklich gedacht, auf so eine Geschichte falle ich rein? Heilige Mutter Gottes, wenn Mama das erfährt! Eine heimliche Hochzeit! Pfui, schäm dich, Jan. Wie kannst du das unserer Mutter nur antun?«

Nun ist es an Jan, nach Luft zu schnappen. »Nein, nein, so war es doch gar nicht, ich …«

Aber Karolina lässt ihn gar nicht weiter zu Wort kommen. »Und deswegen sitzt deine Frau auch hier und weint – weil du sie deiner Familie verheimlichst und so tust, als sei sie einfach nur eine Bekannte. Ich fasse es nicht! Warum hast du das bloß gemacht?«

Jan hebt beide Hände. »Reg dich jetzt bloß nicht auf, es gibt für alles eine ganz logische Erklärung!«

»Pah, spar dir weitere Lügengeschichten. Du bist in Polen, um deiner neuen Frau deine Heimat zu zeigen, und hast gedacht, wir merken alle nicht, was hier vorgeht. Der Herr Dozent hält uns wohl für dumm. Du Betrüger!«

Karolina drückt das Kreuz durch, dann dreht sie sich um und stapft davon. Leszek und Małgorzata folgen ihr. Wahrscheinlich sterben sie schon halb vor Neugier und wollen dringend übersetzt bekommen, welches große Drama sich hier gerade abspielt. Das läuft ja heute wieder mal alles ganz großartig.

Jan stöhnt und lässt den Kopf auf den Wagenholm über meinem Fenster sinken.

»Cholera jasna! Was habe ich da bloß angerichtet? Hoffentlich ruft Karolina nicht gleich meine Mutter an. Die dreht völlig durch, wenn sie das hört.«

»Aber das ist doch totaler Quatsch! Wir müssen Karolina einfach die Wahrheit erzählen, dann wird sie es schon verstehen«, sage ich.

Jan sieht ziemlich bedröppelt aus. »Vergiss es. Das glaubt sie uns nie im Leben. Dafür klingt die Geschichte mit unserer Hochzeit in ihren Ohren viel zu überzeugend.«

»Du meinst, sie glaubt eher, dass wir heimlich geheiratet haben, als dass ich aus Versehen mit Oma eine Bank überfallen habe, mein Brautkleid noch im Auto hing, weil ich eigentlich auf dem Weg zu meiner Hochzeit auf die Seychellen war, und wir dann gemeinsam einen kleinen Umweg über Kolberg nehmen mussten, um Heinzis Asche zu verstreuen?«

Jan nickt. »Exakt.«

Komisch. Verstehe ich gar nicht. Dabei ist die Geschichte doch völlig alltäglich.

11. Kapitel

Also«, Karolina setzt eine verschwörerische Miene auf, »nun erzähl schon! Wie habt ihr euch kennengelernt?«

Ich seufze. Offensichtlich will sie die Tatsache, dass wir beide gerade allein in Małgorzatas Küche sitzen, für ein kleines Verhör nutzen.

»Aber das haben wir dir doch schon erzählt.«

Seit Jan und ich beschlossen haben, dass es sinnlos, wenn nicht gar gefährlich ist, seiner polnischen Familie jetzt die Wahrheit zu beichten, weicht Karolina nicht mehr von meiner Seite. Verständlicherweise will meine neue Schwägerin wissen, wie ihr kleiner Bruder, der bisher immer als Luftikus der Familie gehandelt wurde, auf einmal in dermaßen feste Hände geraten konnte, und das, ohne irgendjemandem davon etwas zu sagen.

Unsere offizielle Version entspricht fast der Wahrheit: Wir haben uns über seinen Job bei Oma Strelow kennengelernt, meiner Großmutter. Nun ja, genau genommen ist Oma Strelow ja gar nicht meine Großmutter. Aber da wollen wir mal nicht so kleinlich sein.

Trotzdem gibt sich Karolina aus irgendeinem Grund nicht damit zufrieden. Sie scheint zu ahnen, dass mehr hinter unserer Geschichte stecken muss.

»Ich verstehe immer noch nicht, wieso Jan nicht gesagt hat, dass er sich verliebt hat und heiratet.«

»Na ja, das ging ja alles ziemlich schnell. Er wollte euch einfach nicht so vor vollendete Tatsachen stellen. Ihm war es lieber, wenn ihr mich erst mal in Ruhe kennenlernen könnt.«

Karolina zieht die Augenbrauen hoch. Ich sehe ihr an, dass irgendetwas sie enorm umtreibt. Sie sieht sich in der Küche um. Außer uns keine Menschenseele. Dann holt sie Luft.

»Tina, bist du in freundlicher Erwartung?«

Ach, daher weht der Wind! Sie denkt, ich sei schwanger. Ich muss grinsen und überlege, ob ich sie mal ein bisschen zappeln lasse. So viel Neugier muss eigentlich bestraft werden.

»Natürlich bin ich in freundlicher Erwartung.«

»Ach!« Karolina reißt die Augen auf. »Ich wusste es!«

Ich nicke. »Genau. Ich konnte es kaum erwarten, euch alle kennenzulernen, und war mir sicher, dass ihr alle sehr freundlich seid.«

»Oh.« Karolinas Mundwinkel gehen nach unten. Sie ist nicht wirklich zufrieden mit meiner Antwort! Ich könnte mich kringelig lachen, versuche aber, möglichst unschuldig zu gucken.

Karolina unternimmt einen neuen Versuch. »Wir sind freundlich, sicher. Und ich freue mich auch, dass wir uns jetzt kennen. Aber ich meinte, ob du … äh, also, Jan und du, ihr habt so schnell geheiratet, da habe ich mich gefragt, ob es vielleicht einen Grund gibt für diese Eile.«

Ich nicke. »Aber natürlich.«

»Ja?«

»Große Liebe!«

»Gut, gut. Und noch etwas anderes?«

»Etwas anderes als die große Liebe? Das verstehe ich nicht.«

Ich kann förmlich sehen, wie Karolina mit den Worten ringt. »Nun, vielleicht wird sich eure kleine Familie ja in absehbarer Zeit vergrößern …«

»Vergrößern? Wie meinst du das?« Nach wie vor versuche ich, möglichst doof aus der Wäsche zu schauen, und weide mich innerlich an ihrem Gestammel.

»Tine, was ich meine, ist: Bist du etwa schwang-ger?«, bricht es schließlich doch noch aus ihr heraus.

In gespielter Empörung reiße ich die Augen auf. »Schwanger? Ich? Gott bewahre! Was denkst du denn von mir?«

»Entschuldigung, ich dachte nur, weil ihr ja so schnell … Ich wollte nicht unhöflich sein, ich …«, stottert sie.

»Nun jaaa«, füge ich gedehnt hinzu – irgendwie macht mir dieses Spiel gerade ziemlich Spaß. »Natürlich haben Jan und ich schon über Nachwuchs nachgedacht. Das wäre schließlich die Krönung unserer Liebe!«

»Oh.« Karolina sackt in sich zusammen. Meine letzte Bemerkung hat ihr den Rest gegeben. Das hat sie aber auch nicht besser verdient. Trotzdem ist sie mit ihrer Inquisition offenbar noch nicht am Ende.

»Ihr habt doch sicherlich kirchlich geheiratet, oder?«

»Nö, ich bin ja Atheistin. Das war für uns nicht so wichtig.«

»*Was?*«

Mit einem Schrei stürzt Karolina aus der Küche ins Wohnzimmer, wo Jan dem Fragen-Bombardement seiner Tante schutzlos ausgesetzt ist. Die beiden Verdächtigen werden sozusagen unabhängig voneinander verhört. Ich lausche dem aufgeregten Geschrei, das nun folgt, und höre, wie Jan schwach protestiert. Dann kommen Małgorzata und Karolina in die Küche, Jan schleicht hinter ihnen her, als würde er zum Schafott geführt.

»Tine, so geht das nicht«, sagt Karolina bestimmt, und Tante Małgorzata nickt eifrig dazu. »Ihr müsst kirchlich heiraten. Jan ist Katholik, das gehört sich so. Alles andere wäre eine Schande für seine Familie, insbesondere für unsere Mutter!«

»Na klar«, ich winke generös ab. »Das können wir ja mal irgendwann nachholen, wenn wir Zeit dafür haben.«

»Irgendwann?« Karolina ist völlig außer sich. »Nichts da! Das wird sofort nachgeholt! Keine Widerrede!«, herrscht sie mich an. »Zum Glück haben wir Onkelchen. Der wird das alles regeln!«

Wie meint sie das denn jetzt? Hilfesuchend blicke ich zu Jan, aber der zuckt nur ergeben mit den Schultern. Deswegen sage ich so bestimmt wie möglich: »Okay, okay. Und jetzt wäre ich gern mal einen Augenblick mit meinem Mann allein. Schatz? Kommst du?«

Ich knuffe Jan in die Seite, schiebe ihn in Richtung Haustür und schnappe mir auf dem Weg unsere Jacken. Erst mal raus hier! Jan ist offenbar in einem Zustand absoluter Willenlosigkeit, denn er folgt mir wie eine Marionette.

Als wir vor der Platte stehen, fängt er an zu jammern. »Oh, du heilige Scheiße! Wir müssen jetzt schnellstens Gerda finden, dann können wir meiner Familie endlich die Wahrheit sagen – ihr werden sie glauben. Sonst zerren die uns noch vor den Altar!«

»Ach, Quatsch, das können die doch gar nicht«, versuche ich ihn zu beruhigen, »Außerdem geht das nicht so schnell, auch nicht in Polen!«

»Hast du eine Ahnung!«, stöhnt er. »Das geht hier ganz schnell, besonders, wenn man einen Priester zum Onkel hat.«

»Echt? Oh! Na, dann … lass uns jetzt mal schnell weitersuchen!«

»Und was erzähle ich meiner Familie, wo wir jetzt so dringend hinwollen?«

»Mann, jetzt sei nicht so ein Weichei! Denk dir irgendwas aus. Von mir aus, dass wir einen Ehekrach haben und allein sein wollen. Das müsste deine Schwester, der alte Drachen, doch verstehen.«

Was auch immer Jan seiner Familie erzählt hat, sie fragen jedenfalls nicht mehr nach, als wir uns auf den Weg machen. Wir rasen also Richtung Altenheime, parken, und ich stolpere Jan hinterher, der rauchend die Promenade entlangjagt. Jetzt hat er's aber echt eilig. Eine Senioren-Residenz nach der anderen streichen wir von unserer Liste, und ich merke, dass Jan langsam in Panik gerät.

»Komm, lass uns mal irgendwo einen Kaffee trinken«, sage ich beschwichtigend, »oder einen Kamillentee.« Vielleicht ist Koffein nicht gerade das, was Jan jetzt guttut.

Wir setzen uns in einer kleinen Seitenstraße in ein Café, direkt ans große Panoramafenster, durch das wir das bunte Treiben draußen beobachten können. Nicht dass Oma Strelow just in diesem Moment hier langspaziert und wir sie verpassen!

Jan brütet über seiner Tasse, und auch ich schweige einen Moment. Die Stille wird nur vom Ticken einer Uhr unterbrochen, irgendwo in der Ferne hört man Sirenen.

»Das tut mir echt leid«, wage ich den Versuch eines Gesprächs. »Das mit dem Brautkleid ist blöd gelaufen. Aber mir war so kalt und …«

»Schon gut, Tine«, seufzt Jan. »Blöd gelaufen trifft es auf den Punkt. Aber du kannst nun wirklich nichts dafür. Schon gar nicht für meine fromme Verwandtschaft.«

»Du bist mir also nicht böse?«

»Nee, natürlich nicht! Außerdem kann ich dir gar nicht böse sein. Wenn ich in deine blauen Augen sehe, schmelze ich doch sofort dahin …«

Aha, Jan kann schon wieder frech grinsen. Flirtet der etwa mit mir?

Bevor ich verlegen werden kann, schießt ein roter Nissan Micra mit quietschenden Reifen um die Ecke, genau so einer, wie ich ihn fahre. Direkt vor unserem schönen Panoramafenster macht der Wagen eine Vollbremsung, weil sich ihm von vorne zwei Polizeiautos in den Weg stellen. Von hinten kommen jetzt drei weitere Autos angerast und stellen sich auch quer. Jetzt, wo der Micra steht, kann ich sehen, dass er ein deutsches Kennzeichen hat. HH – TS 709. Das ist ja fast mein eigenes Autokennzeichen – nur Hamburg statt Lübeck und 709 statt 708. Im ersten Moment dachte ich wirklich, das sei mein Auto! Ich beobachte, wie etliche schwer bewaffnete Polizeibeamte auf den Wagen zustürmen, die Türen aufreißen, zwei Männer herauszerren und zu Boden werfen. Mein Gott, wie in einem Actionfilm!

»Duck dich«, zischt Jan, der schon unter dem Tisch kauert. Ich gehe in die Knie und krabble zu ihm. Er hat recht, wahrscheinlich fliegen uns hier gleich die Kugeln um die Ohren!

»Bestimmt ist der Wagen gestohlen worden, oder was meinst du? Dabei lohnt sich das bei einem Micra doch eigentlich gar nicht«, stoße ich hervor. »Der ist doch gar nicht wertvoll. Aber geklaut ist geklaut. Die polnische Polizei ist ja echt auf Zack – bei Autodieben scheinen die nicht lange zu fackeln.«

Jan schüttelt den Kopf. »Bei Autodieben würde unsere Polizei nicht so einen Aufstand machen. Mensch, Tine, die suchen uns – beziehungsweise dich und Oma Gerda!«

»Was? Bist du sicher?« Mir wird irgendwie mulmig.

»Klar! Das war doch dein Auto, oder?«

Ich schüttle den Kopf. »Nee, aber fast das gleiche Kennzeichen. Vielleicht haben die Bullen das so schnell nicht registriert. Ich dachte auch erst, das sei mein Wagen.«

Vorsichtig versuche ich, über die Tischkante zu lugen. Die beiden Kerle aus dem Nissan machen einen total verängstigten und verstörten Eindruck und werden gerade in Handschellen recht unsanft abgeführt. Tja, das hat man davon, wenn man *fast* das Auto einer international gesuchten Verbrecherin fährt! Aber wieso werde ich eigentlich schon international gesucht?

Zwei Dumme, ein Gedanke: »Warum fahndet die polnische Polizei nach deinem Wagen?«, wundert sich Jan und zieht sich noch ein bisschen weiter unter den Tisch zurück.

Siedend heiß durchfährt es mich. Alexander! Das Schwein! Den habe ich doch von dem Café am Dom aus angerufen. Offenbar hatte er nichts Besseres zu tun, als die Telefonnummer gleich an die Polizei weiterzugeben. Ich fass es nicht! Verräter! Kaltherziger Vollidiot! Obrigkeitshöriges Arschloch!

Zerknirscht kläre ich Jan auf. Der schüttelt den Kopf. »Mensch, das war echt unvorsichtig von dir.« Als er sieht, dass ich mal wieder kurz vorm Heulen bin, nimmt er meine

Hand. »Schon gut, ich kann dich ja verstehen. An deiner Stelle hätte ich ihn wahrscheinlich auch angerufen. Aber, wenn ich das mal so sagen darf, dein Alexander ist irgendwie ein komischer Vogel …«

»Ja …« Komischer Vogel ist echt noch geschönt. »Da hat uns der komische Vogel wohl verpfiffen«, flüstere ich.

»Das kann man nicht genau wissen«, flüstert Jan zurück. »Vielleicht wird einfach nur sein Telefon abgehört. Halte ich sogar für wahrscheinlicher, dass die Bullen so auf die Telefonnummer aus Polen gekommen sind.« Er drückt noch einmal meine Hand. »Ich würde ihn jetzt nicht automatisch verdächtigen. Es hilft nichts: Wenn wir zurück sind, musst du in Ruhe mit ihm reden. Das seid ihr beiden euch schuldig. Schließlich seid ihr verlobt und wollt den Rest eures Lebens miteinander verbringen.«

Ich nicke und stoße mir dabei den Kopf an der Tischplatte. Aua! Ziemlich unbequem hier unten. Das scheint sich auch der Kellner zu denken, der in diesem Moment vorsichtig auf die Platte klopft und sich höflich und in gebrochenem Deutsch erkundigt, ob alles zu unserer Zufriedenheit sei. Wir bedanken uns artig, gucken, ob die Luft wieder rein ist, und zahlen.

Es wird allerhöchste Zeit, dass wir Gerda aufspüren! Schließlich sind wir jetzt auch in Kolberg nicht mehr sicher. Drei Adressen haben wir noch auf unserer Liste. Und ich mag gar nicht daran denken, was wir tun sollen, wenn Oma Strelow auch dort nicht zu finden ist …

Sollte ich einmal alt (wahrscheinlich) und reich (nicht ganz so wahrscheinlich) werden, dann könnte ich mir ein Domizil wie dieses als Ruhesitz durchaus vorstellen: eine vornehme, schneeweiße Patriziervilla mit Giebeln und Türmchen, eigentlich fast schon ein Schloss. Wir öffnen das schmiedeeiserne Tor und gehen durch einen sehr gepflegten Garten, der eher ein Park ist – mit einem Rasen, der durchaus die Bezeichnung englisch verdient.

Und mitten auf diesem Rasen sitzt in einem bequemen Liegestuhl, kuschelig in eine flauschige Decke gemummelt, Oma Strelow und döst in der Nachmittagssonne.

»Gerda!«, quietscht Jan und sprintet über das Grün. Gerda schreckt aus ihrem Nickerchen hoch und schaut sich verdattert um. Dann erkennt sie uns – und freut sich.

»Ach, wie nett! Schön, dass ihr mich mal besuchen kommt.«

Besuchen? Die hat sie echt nicht mehr alle. Aber das wissen wir ja nun langsam.

Schnurstracks marschiere ich auf sie zu und will sie gerade sehr resolut aus ihrem Stuhl hieven, da ertönt hinter uns ein unglaubliches Gekeife. Wir fahren herum und sehen eine sehr strenge Dame mittleren Alters in einem sehr strengen schwarzen Kostüm auf uns zulaufen. Sie baut sich entrüstet vor uns auf und stellt uns auf Polnisch zur Rede. Jan versucht sie zu beschwichtigen, was ihm allerdings nicht gelingt: Die Dame wird immer lauter.

»Lassen Sie nur, Fräulein Agnieszka«, mischt sich jetzt Oma ein. »Ich kenne die beiden. Das sind Verwandte von mir. Die wollen mich nur besuchen.«

»Hmm.« Das Fräulein Agnieszka scheint nicht überzeugt.

»Wirklich!«, bekräftigt Oma und wendet sich an uns. »Kommt, ich zeig euch mal mein Zimmer. Ich habe es so schön getroffen. Das ist das Paradies auf Erden hier!«

Sie führt uns ins Haus, das auch innen einen gediegenen

Charme versprüht. Ein älterer Herr mit einem Rollator kommt uns entgegengeschoben. Als er Oma sieht, macht er einen tiefen Diener und kräht: »Verehrteste!«

Oma kichert und flüstert uns zu: »Das ist Hubert aus München. Ein richtiger Charmeur!« Dann öffnet sie eine Tür und strahlt. »Mein eigenes Reich!«

Das Zimmer ist wirklich groß, der Boden ist mit Parkett in Fischgrätmuster ausgelegt, die Wände sind in einem warmen Gelb gestrichen, und vor den riesigen Fenstern bauschen sich zarte, helle Vorhänge. Antike, auf Hochglanz polierte Möbel runden den luxuriösen Eindruck ab.

»Nehmt doch Platz!« Oma Gerda deutet auf eine geschmackvolle Sitzgruppe in einer Zimmerecke. Dann drückt sie auf ein Knöpfchen, das sich direkt neben ihrem Bett befindet. Ein paar Sekunden später steckt eine Art Zimmermädchen seinen Kopf zur Tür herein. »Wir hätten gerne Tee. Und etwas Gebäck, bitte«, ordert Oma. Der dienstbare Geist verschwindet, kehrt kurz darauf mit einem Servierwagen zurück und kredenzt uns das Gewünschte.

»Wow!«, staune ich. »Ich dachte, das ist ein Altenheim und kein Fünf-Sterne-Hotel.«

»Das ist ein Fünf-Sterne-Seniorenstift«, erklärt Oma Strelow stolz. »Und das eine sag ich euch: Hier kriegt mich keiner mehr weg, hier lass ich mich nur noch in der schwarzen Kiste raustragen!«

Dann erzählt sie uns in aller Seelenruhe, dass sie nach Heinzis Beerdigung spontan beschlossen habe, sich noch ein wenig in Kolberg umzusehen. Und die Stadt sei ja noch genauso bezaubernd wie früher. Deshalb habe sie den Entschluss gefasst, ihren Lebensabend fortan in Kolberg zu verbringen. Sie sei bei Fräulein Agnieszka vorstellig geworden und habe sie – dank ihrer Plastiktüte – davon überzeugen können, sie aufzunehmen.

»Na, der Inhalt der Tüte reicht wohl kaum für einen kompletten Lebensabend, auch wenn hier alles billiger ist«, rutscht es mir heraus.

»Ich weiß, Kindchen, ich weiß. Ich bin zwar ein bisschen dement, aber nicht doof«, sagt Frau Strelow vergnügt. »Ich habe ja auch noch das Haus in Lübeck. Und das wird jetzt verkauft!«

»Aber bevor Sie irgendetwas verkaufen, fahren Sie mit mir nach Deutschland zur Polizei und klären diesen ganzen Schlamassel auf. Das haben Sie mir versprochen!«

»Ich geh hier nicht mehr weg!«, sagt Oma bestimmt. »Das Haus verkaufe ich sowieso über einen Makler.«

Offenbar ein klassischer Fall von Altersstarrsinn.

Jetzt schaltet sich Jan ein. »Gerda, erstens stehst du bei Tine im Wort, zweitens brauchst du ja wohl noch ein paar Sachen von zu Hause, die kannst du dann gleich holen. Und drittens: Was denkst du dir eigentlich, einfach so abzuhauen? Ich hab mir solche Sorgen gemacht! Dir hätte sonst was passieren können.«

»Papperlapapp«, wischt Frau Strelow seine Einwände beiseite. »Einem echten Pommern passiert schon nichts. Der ist wie Unkraut, der vergeht nicht. Und außerdem gehe ich hier nicht mehr weg!«

»Ich dachte immer, ein echter Pommer steht auch zu seinem Wort!«, gibt Jan zurück.

Mir reicht's langsam. Dieses senile, starrköpfige Biest will tatsächlich mein Leben ruinieren. Das wollen wir doch mal sehen!

»Okay, Frau Strelow, ganz wie Sie wollen«, sage ich betont beiläufig. »Dann fahre ich jetzt nach Lübeck zurück und stelle mich der Polizei. Aber wissen Sie, was ich vorher noch mache?«

»Was denn?«, fragt sie neugierig.

»Vorher rufe ich Ihre Söhne an und erzähle ihnen, dass ihre arme, alte Mutter leider, leider gerade völlig durchknallt, das Familienerbe in Polen verprasst und am besten so schnell wie möglich entmündigt wird.« Ich mache eine kleine, dramatische Pause und füge gehässig hinzu: »Bye-bye, Kolberg. Adios, dolce vita.« Das passt zwar sprachlich nicht ganz zusammen, zeigt aber Wirkung.

Frau Strelow schluckt. »Kindchen, das würden Sie mir wirklich antun?«

»Ohne mit der Wimper zu zucken«, antworte ich mit Grabesstimme.

Sie zögert, überlegt und schaut hilfesuchend zu Jan. Doch der hat auch ein Pokerface aufgesetzt und meint nur: »Tja, Gerda, da kann ich nichts für dich tun.«

Das nenne ich doch mal Solidarität!

Oma Gerda schluckt noch einmal, dann seufzt sie tief. »Kindchen, du hast gewonnen. Und ich habe ja tatsächlich versprochen, mit dir zur Polizei zu gehen. Dann lasst uns mal losfahren. Je schneller wir das hinter uns bringen, desto eher bin ich wieder zurück!«

Bevor wir aufbrechen können, muss Frau Strelow natürlich noch Fräulein Agnieszka Bescheid geben, dass sie für ein, zwei Tage ihr Paradies verlässt. Der ist das überhaupt nicht recht – wahrscheinlich befürchtet sie, dass ihr dieser dicke, wohlhabende Fisch doch noch durch die Lappen geht. Aber Oma bleibt hart, und wir zockeln los.

Auf dem Weg zu Tante Małgorzata erzählt Jan ihr, was in

den letzten Tagen alles passiert ist, und dass Oma nicht nur bei der deutschen Polizei, sondern auch bei seiner polnischen Familie Aufklärungsarbeit leisten muss.

»Stell dir vor, Gerda, meine Schwester denkt tatsächlich, dass Tine deine Enkelin ist und wir heimlich geheiratet haben!« Jan lacht. »Und wir konnten ihr doch nicht die Wahrheit sagen – die hätte uns ja kein Schwein geglaubt. Mann, gut, dass du wieder da bist. Die werden gleich aus allen Wolken fallen!«

Das tun sie tatsächlich. Als wir plötzlich mit Gerda Strelow im Schlepptau in Tante Małgorzatas Wohnzimmer stehen, ist dort schon wieder die komplette Sippschaft versammelt. Allerdings sieht es nicht unbedingt nach einem Kaffeekränzchen aus, eher nach einem handfesten Krisengespräch. Die erregte Diskussion endet abrupt, als Jan Oma nach vorne schiebt.

»Darf ich vorstellen«, ruft er, »das ist Oma Gerda, also Frau Strelow aus Lübeck. Ihr wisst ja alle, wer sie ist. Und Gerda möchte euch jetzt etwas sagen!«

Doch bevor Frau Strelow dazu kommt, bricht noch einmal ein kleiner Tumult aus. Alle reden aufgeregt durcheinander, Karolina übersetzt offenbar, was Jan gerade angekündigt hat, und dann schnattern alle noch mehr.

»Ruhe!«, brüllt Jan und noch einmal: »Ruhe, cisza!«

Die Meute verstummt, ein erwartungsvolles Schweigen breitet sich aus, alle starren uns an. Frau Strelow ist diese ganze Aufmerksamkeit offensichtlich etwas unangenehm. Verlegen nestelt sie an ihrem Rock, ihr Blick flackert. Jan und ich schauen uns unsicher an und denken wohl beide das Gleiche: O nein, bitte bleib jetzt klar im Kopf!

Oma räuspert sich energisch und drückt den Rücken

durch. Gott sei Dank, blinder Alarm. Dann erhebt sie die Stimme: »Also, ich freue mich sehr, Sie alle endlich einmal kennenzulernen. Jans Mutter hat mir ja schon so viel von Ihnen erzählt.«

Karolina übersetzt flüsternd, die Spannung im Raum steigt, man kann sie förmlich mit Händen greifen.

»Und noch mehr freut es mich, dass Sie meine Enkelin Tine so herzlich in Ihre Familie aufgenommen haben.«

Wie? Was? Enkelin? Was redet die denn da?

Aber Oma Gerda kann das eben Gesagte noch toppen: »Ich kann mir vorstellen, dass Sie ziemlich überrascht waren. Das war ich nämlich auch, als die beiden Schlingel ...«, jetzt zwinkert sie Jan und mir, die wir beide mit heruntergeklappter Kinnlade dastehen, schelmisch zu, »... mir von ihrer heimlichen Hochzeit erzählt haben. Aber wo die Liebe eben hinfällt ...«

12. Kapitel

Entgeistert starre ich auf das Buch, das mir Onkelchen Bogumił gerade in die Hand gedrückt hat. Es trägt den verheißungsvollen Titel *Seks*. Karolina klopft mir aufmunternd auf den Rücken. »Das ist mittlerweile fast ein Standardwerk«, erklärt sie. »Da drin steht alles, was du wissen musst. Ich übersetze es dir natürlich gern.«

Wir sitzen in der Sakristei von Bogumiłs Kirche, und ich habe gerade meine erste Stunde im sogenannten Brautunterricht. Den absolvieren nämlich fast alle polnischen Paare, bevor sie heiraten, hat Karolina mir versichert. Neben anderen spannenden Themen darf man dort auch mit einem Priester über Sex in der Ehe sprechen. Und da Karolina großzügig angeboten hat, als meine Trauzeugin zu fungieren, ist sie natürlich mit von der Partie.

Ich glaube, es hakt. Ich spreche mit Onkelchen gern über Gott und die Welt, aber sicher nicht über mein Sexualleben. Das geht den gar nichts an. Ich glaube, Bogumił denkt ähnlich. Denn jetzt hüstelt er und sagt etwas zu Karolina, die als Dolmetscherin fungiert.

»Also, Onkelchen meint auch, dass du dir das Buch nachher mal in Ruhe anschauen sollst. Und wenn du Fragen hast, kannst du die ja mit mir besprechen.«

Ich bin mir schon jetzt sehr sicher, dass ich keine einzige Frage haben werde. »Genau so wird's gemacht!«, sage ich erleichtert. »Und was kommt als Nächstes?«

Bogumił sieht auf seinen Zettel und kratzt sich am Kopf. Dieser Brautunterricht geht normalerweise angeblich über mehrere Wochen, aber die Zeit haben wir leider nicht. Denn am Freitag – Tataaa und Tusch! – werden Jan und ich schon heiraten. Kirchlich. Und Onkelchen höchstpersönlich wird uns trauen. Das ist wahrscheinlich total illegal – und deswegen sicher auch total unwirksam –, denn Onkelchen muss nonchalant über die Tatsache hinwegsehen, dass wir weder Unterlagen von einem deutschen Standesamt haben noch vorweisen können, bei einem polnischen registriert zu sein.

So weit der Plan. Und deshalb müssen wir uns jetzt auch ein wenig sputen, damit wir mich, religiös gesehen, noch in die richtige Spur bringen. Sonst bekommt Jans Mutter in Anbetracht seines offenbar liederlichen Lebenswandels noch einen Herzinfarkt und/oder enterbt ihn. Auch wenn es meine vorübergehende katholische Missionierung bedeutet – wir müssen das jetzt durchziehen.

Nach Oma Gerdas salbungsvoller Ansprache vor versammelter Mannschaft war Jan kurz davor, ihr den Hals umzudrehen. Ich übrigens auch. Aber zum Glück hatte ich noch sein »Tote Oma – kein Alibi« im Ohr und konnte Schlimmeres verhindern. Jedenfalls war Jan stinksauer, zerrte Oma in die Küche und stellte sie zur Rede.

»Ach, Fritz«, hauchte sie nur, »ich bin so froh, dass wir endlich alle wieder zusammen sind.« Und dann brabbelte sie noch ein bisschen weiter wirres Zeug. Jedenfalls sahen wir schnell ein, dass es in diesem Moment überhaupt keinen Sinn hatte, ihr noch mehr zuzusetzen. Ganz im Gegenteil.

»Wir lassen sie vielleicht lieber erst mal in Ruhe«, meinte Jan, nachdem er sich etwas beruhigt hatte. »Nicht dass sie uns komplett abtaucht und aus ihrem Wahn gar nicht mehr herausfindet.« Da konnte ich ihm nur zustimmen. Denn eine komplett entrückte Oma war genauso viel wert wie eine tote Oma.

Deshalb sitze ich nun also hier mit Bogumił und Karolina, und die beiden fragen mir Löcher in den Bauch. Ob ich denn überhaupt getauft sei? Ja, klar, bin ich – sogar konfirmiert! Schließlich stamme ich aus einem anständigen protestantischen Haushalt. Das scheint Onkelchen etwas zu beruhigen. Dann will er wissen, wie mein zweiter Name lautet.

»Mein was?«

»Dein zweiter Name«, wiederholt Karolina. »Du musst doch einen zweiten Namen haben.«

»Nö. Also, ich heiße Christine, kurz Tine. Das war's.«

»Du hast bei deiner Firmung keinen zweiten Namen bekommen?«

»Das heißt bei uns nicht Firmung, sondern Konfirmation, und da gibt's zwar viele Geschenke, aber keine Namen.«

Bogumił ist entsetzt, Karolina ratlos. Die beiden tuscheln miteinander. Bogumił grummelt, streicht sich über seinen Bart, steht kurz entschlossen auf, besprenkelt mich mit Weihwasser und schlägt über mir ein Kreuz. Dann sagt er feierlich: »Maria!«

»Bitte?«

»Du heißt jetzt Christine Maria«, erklärt Karolina und seufzt befriedigt. »Ein Priester in der Familie ist einfach unbezahlbar.«

Christine Maria, aha. Klingt gar nicht so schlecht. Und das ging auch ganz schön fix. Dann können wir ja jetzt wieder nach Hause fahren, also zu Tante Małgorzata.

Aber leider können wir das noch lange nicht, denn jetzt will Onkelchen mit mir den Rosenkranz proben. Auf Polnisch, versteht sich. Er spricht mir vor, ich spreche ihm nach, Karolina verbessert mich. Nach zwei Stunden bin ich mit den Nerven am Ende, hab's aber einigermaßen drauf. Meine beiden Kerkermeister entlassen mich für heute mit dem Hinweis, dass es morgen in die zweite Runde geht. Die können mich mal.

Ziemlich gereizt stürme ich in Tante Małgorzatas Wohnung und schnappe mir Jan, der sehr entspannt mit einem Großteil der Familie vor dem Fernseher sitzt.

»Schahatz!«, trompete ich, »hast du mal eine Sekunde für deine dich liebende Frahau?«

Bei meiner Tonlage zuckt er zusammen und springt sofort auf. »Stimmt was nicht, Tine? War der Brautunterricht nicht gut?«

»Komm doch mal kurz in die Küüüche«, flöte ich. »Wir müssen reeeden. Unter vier Augen!«

Ich schließe hinter uns die Küchentür und lasse mich ermattet auf einen Stuhl fallen. »Jan, so geht das nicht weiter«, stöhne ich. »Das halt ich echt nicht durch. Wir brauchen eine Planänderung.«

»Na ja, wenn der Unterricht zu schwer für dich ist, kann ich ja mal mit Bogumił reden. Vielleicht können wir auch ein paar Tage später heiraten.«

»Bist du bekloppt? Ich kann doch nicht noch länger in Polen bleiben!«, fahre ich ihn an. »Je länger ich abgetaucht bin, desto schwieriger wird es, der Polizei alles zu erklären.«

»Ja, das stimmt natürlich. Aber Gerda ist immer noch so verwirrt. Vorhin hat sie zu Onkel Leszek immer Heinzi gesagt und wollte auf seinem Schoß sitzen.«

»Eben, und deshalb müssen wir sofort weg. Ich habe den Eindruck, dass sich Omas Zustand hier verschlimmert. Du packst jetzt unauffällig unsere zwei Sachen zusammen, dann sagen wir, dass wir mit Gerda einen Spaziergang machen – und dann geht's ab durch die Mitte nach Lübeck. Bestimmt wird sie in ihrer vertrauten Umgebung schneller wieder klar im Kopf!«

»Nee, das geht nicht.« Jan hebt bedauernd die Hände.

»Wieso geht das nicht? Klar geht das!«

»Tine, die Hochzeit müssen wir jetzt irgendwie durchziehen, sonst kann ich mich bei meiner Familie nie wieder blicken lassen. Das wäre für alle ganz schlimm, wenn wir jetzt einfach abhauen.«

»Aber wir können das Märchen von unserer Scheinehe ja nicht ewig weiterspielen. Stell dir vor, wir sind wieder in Deutschland, und deine Mutter oder Karolina wollen uns mal besuchen. Dann ist doch sowieso alles vorbei!«

»Ach was, in einem halben Jahr erzähle ich einfach, dass wir doch nicht so gut zusammengepasst haben und wieder geschieden sind. Die Version schlucken sie auf alle Fälle eher, als dass ich in wilder Ehe lebe.«

»Ach, und geschieden ist da besser?«

Jan nickt. »Ja, viel, viel besser! Das gibt's hier auch häufiger. Und wie schwierig das ist, mit einer Deutschen verheiratet zu sein, kann sich bestimmt jeder in meiner Familie ausmalen. Ihr seid einfach zu korrekt, zu penibel – eben einfach spaßfrei.« Er grinst.

»Na, vielen Dank für die Blumen. Das freut mich ja riesig, dass ich jetzt berufen bin, mit einer wahren Liebeshochzeit das Deutschenbild deiner Familie aufzupolieren.«

Dass ich mittlerweile etwas zickig klinge, übergeht Jan einfach. Stattdessen macht er eine generöse Handbewegung, die wahrscheinlich irgendwas zwischen *Schwamm drüber* und *Baby, ich erklär dir jetzt mal die Welt* bedeuten soll. Spinner.

»Ich weiß, das ist für dich als Deutsche schwer nachzuvollziehen, aber wir Polen ticken da einfach anders.«

Dass die Polen anders ticken, insbesondere, wenn es um das Thema Familie geht, habe ich in den letzten Tagen schon mitbekommen. Und vermutlich gibt es wirklich Zoff, wenn Jan sich jetzt vom Acker macht. Ich muss ja nur an Karolina denken, diesen Zerberus.

Kurz überlege ich, einfach heimlich mit Oma die Biege zu machen – ohne Jan. Aber das kann ich ihm nicht antun. Er geht mir zwar gelegentlich auf den Keks, aber schließlich war er auch die ganze Zeit für mich da und hat mir geholfen. Ich kann ihn jetzt nicht im Stich lassen. Schließlich heiße ich nicht Alexander. Sondern Christine Maria. Und gerade mein zweiter Name verpflichtet irgendwie.

»Na gut«, ich seufze tief. »Dann bringen wir das jetzt hinter uns. Aber so schnell wie möglich – am Freitag wird geheiratet, keinen Tag später!«

»Aye, aye, Käpt'n!«, sagt Jan und grinst.

Dann steckt auch schon Tante Małgorzata ihren Kopf durch die Tür – ohne anzuklopfen, versteht sich – und nötigt ihren Neffen zum Aufbruch.

»Wohin geht ihr denn?«, frage ich neugierig.

»Ich brauche doch noch was zum Anziehen«, antwortet Jan und deutet auf seine fleckige Hose. »In den Klamotten kann ich wohl schlecht vor den Altar treten.«

»Soll ich mitkommen?«

»Nee, dafür hast du gar keine Zeit. Karolina will mit dir gleich zur Schneiderin.«

»Zur Schneiderin? Was soll ich denn da?«

»Anprobe. Dein Kleid soll ja ordentlich sitzen. Und zum Friseur will sie auch noch mit dir, das Styling für Freitag besprechen.«

Tja, so ist das eben, wenn man heiratet, da hat man jede Menge um die Ohren. Wehmütig denke ich an das Rundumsorglos-Paket, das ich zu diesem Zweck auf den Seychellen gebucht hatte.

Jan entschwindet mit seiner Tante, ich mache mich mit Karolina auf den Weg. Aber nicht, ohne mich vorher noch einmal zu vergewissern, dass mit Oma Strelow alles okay ist. Die sitzt jedoch ganz friedlich mit Onkel Leszek im Wohnzimmer, spielt Karten und macht nicht den Eindruck, als würde sie mal wieder abhauen wollen. Ganz im Gegenteil: Sie sieht sehr, sehr zufrieden aus.

»Na, Kindchen«, kichert sie, als sie mich sieht, »Freitag ist dein großer Tag. Hach, ich freu mich so! Und du? Bist du denn schon aufgeregt?«

»Natürlich … und wie, Omi!«, bringe ich mit zusammengebissenen Zähnen hervor. Irgendwie werde ich das Gefühl nicht los, dass die alte Dame uns alle an der Nase herumführt. Aber sicher bin ich mir auch nicht, deshalb ziehe ich mit Karolina schnell Leine.

Auf der Fahrt zur Schneiderin hat Jans Schwester wieder tausend Fragen, ihre Neugier ist echt kaum zu bremsen.

»Sag mal«, eröffnet sie das Gespräch, »siehst du deine Oma oft?«

»Äh, ja, doch. Ziemlich regelmäßig«, sage ich ausweichend.

»Hmm, komisch. Mama hat nie erzählt, dass Frau Strelow viel Kontakt hat zu ihrer Familie. Von einer Enkelin war nie die Rede …«

»Ja, also, äh, so viel Kontakt haben wir dann auch wieder nicht. Das ist erst in letzter Zeit mehr geworden.«

»Aha. Und wie kommt das?«

Mist, die lässt einfach nicht locker, Karolina könnte wirklich gut beim Verfassungsschutz arbeiten. »Also, äh, ich bin erst vor kurzem nach Lübeck zurückgezogen. Ich hab vorher in einer anderen Stadt gearbeitet. In Lübeck war erst keine Stelle als Lehrerin frei …«

»Ja? Wo denn?«

»Äh, äh … in Münster«, denke ich mir blitzschnell aus. Gott sei Dank scheint Karolinas Neugier erst mal befriedigt. Sie schweigt nämlich und kaut an ihrer Unterlippe. Aber dann legt sie nach.

»Du, Tine, weißt du, was ich auch komisch finde?«

Och nö, ich will nicht mehr! »Was denn, Karolina?«

»Dass du deine Oma manchmal siezt und Frau Strelow zu ihr sagst …«

Scheiße, jetzt hat sie mich! Denk nach, Tine, denk nach! Und dann kommt mir ein rettender Einfall. Etwas hochnäsig sage ich: »Das kannst du natürlich nicht wissen, aber Oma entstammt ja einem alten pommerschen Adelsgeschlecht. Und früher war es bei uns Sitte, Eltern und Großeltern mit Sie anzureden. So als Zeichen des Respekts und der Ehrerbietung. Manchmal machen wir das heute noch, alte Familientradition eben.«

Karolina haucht noch ehrfürchtig ein »Echt?«, dann schweigt sie. Ha, jetzt hab ich sie! Bis wir bei der Schneiderin eintreffen, herrscht tatsächlich Ruhe.

Dort allerdings reden dann drei wildfremde Polinnen gleichzeitig auf mich ein und nötigen mich, in mein Brautkleid zu schlüpfen. Sie zupfen und zerren an mir herum, dass

170

es eine wahre Freude ist. Eine klopft dabei immer wieder auf meinen Bauch und sieht mich herausfordernd an.

»Sie meint, dass du das Kleid eine Nummer zu klein gekauft hast. Es sitzt nicht richtig in der Taille«, übersetzt Karolina die rüden Annäherungsversuche ihrer Landsmännin.

Wie, eine Nummer zu klein gekauft? Das Teil ist maßgeschneidert! Und neulich bei der Anprobe hat es noch gepasst wie angegossen. Jetzt allerdings zwickt es tatsächlich etwas am Bauch. Bestimmt habe ich das der opulenten Vollpension bei Tante Małgorzata zu verdanken. Polnische Würste sind zwar köstlich, gehen aber anscheinend direkt auf die Hüfte. Na ja, wenn ich die Luft anhalte, wird's schon gehen.

Jetzt wedelt eine der Damen mit einer Korsage. Das meinen die doch nicht ernst? Doch, sie tun es und zwingen mich, mich in das Folterinstrument zu zwängen. Karolina zieht hinten beherzt an den Schnüren, wobei sie es – nicht ganz unabsichtlich, wie mir scheint – ziemlich übertreibt, so dass ich tatsächlich keine Luft mehr bekomme. Bevor ich aber ohnmächtig zu Boden sinken kann, lockert sich der Stahlgriff wieder.

»Bist du verrückt?«, japse ich. »Das Ding trage ich nie und nimmer! Nur über meine Leiche!«

»Aber das Kleid sitzt nicht«, beschwert sich meine zukünftige Schwägerin.

»Jetzt mach mal halblang. So schlimm ist es auch wieder nicht! Ich ess jetzt die nächsten beiden Tage etwas weniger, und dann sitzt es auch wieder!«

»Wenn du meinst«, entgegnet Karolina spitz.

Genau das meine ich, und deshalb ist diese Anprobe jetzt auch beendet. Mein Kleid muss ich aber trotzdem dalassen, es soll noch mal ordentlich aufgebügelt werden. Also zuckeln

Karolina und ich weiter zum Friseur. Wir fahren schweigend in die Kolberger Innenstadt und betreten einen Salon, der mich vom Ambiente her an die deutschen siebziger Jahre erinnert. Von der Decke hängen riesige Trockenhauben, die Waschbecken sind dunkelbraun, die Wände hellgrün.

Ich muss mich vor einem Spiegel auf einen extrem unbequemen Stuhl setzen, den eine Frau namens Danuta, offenbar die Chefin hier, energisch in schwindelerregende Höhen pumpt. Dann fährt sie mir ruppig mit beiden Händen über den Kopf und betrachtet unzufrieden mein Haupthaar. Zwischen ihr und Karolina entspinnt sich ein längerer Disput.

»Etwas kürzen und Strähnen«, erklärt Karolina mir anschließend.

»Muss das sein?«, frage ich kläglich, obwohl ich die Antwort eigentlich schon kenne.

Zwei Stunden später habe ich im wahrsten Sinne des Wortes Federn gelassen, ich meine: Haare. Meine ehemals lange Mähne ist ordentlich gekürzt, ich trage jetzt das, was man wohl einen flotten Stufenschnitt nennt – in ungefähr zehn unterschiedlichen Längen. Dazu kommen äußerst gewöhnungsbedürftige Strähnen in diversen Blond-Schattierungen, von leicht rötlich bis nahezu weiß.

»Und, gefällt es dir?«, fragt mich Karolina gespannt.

Ich weiß nicht so recht, was ich sagen soll, ich will ja auch nicht unhöflich sein. »Äh, nun ja, das ist ganz … außergewöhnlich. Also ungewohnt, aber gar nicht so schlecht.«

Karolina und die Friseurin nehmen das als Kompliment und sind hochzufrieden. »Na siehst du«, meint Karolina. »Jetzt hast du einen ordentlichen und schicken Haarschnitt. Außerdem kann Danuta dir so übermorgen viel besser die

Haare hochstecken – dann werden die Stufen gelockt, das sieht bestimmt toll aus. Das vorher war ja nichts Halbes und nichts Ganzes!«

Pffft, dieses *nichts Halbes und nichts Ganzes* kostet mich in Lübeck alle fünf Wochen neunzig Euro! Und um diesen haarigen Fauxpas wieder auszubügeln, muss ich bestimmt richtig tief in die Tasche greifen. Was soll's, hier kennt mich ja weiter keiner, und zu Hause werde ich dann für den Übergang irgendwas auf den Kopf setzen. Gibt ja schließlich schicke Mützen und Hüte.

Als wir von unserem kleinen Ausflug zurückkommen, starrt Jan mich völlig entgeistert an. »Oh«, sagt er nur, mehr nicht.

»Ich hoffe, dein Hochzeits-Outfit ist genauso schick wie meine neue Frisur«, entgegne ich.

Er lacht. »So in etwa. Du darfst gespannt sein.«

Nach verrichtetem Tagwerk folgt am Abend die übliche Völlerei, garniert mit reichlich Kartoffelschnaps. Diese Polen können echt was ab! Ich versuche, mich einigermaßen zurückzuhalten, was mir aber nicht wirklich gelingt. Unter Karolinas strafenden Blicken häufe ich mir den Teller schließlich doch zwei Mal voll. Was kann denn ich dafür, wenn Tante Małgorzata so gut kocht!

Die Verwandtschaft ist immer noch relativ komplett versammelt, dabei wollten eigentlich alle schon am Ostermontag abreisen. Aber nun steht ja ein großes Familien-Event an, da sind sie dann natürlich noch geblieben. Wir hocken zusammengepfercht im Wohnzimmer, lachen, trinken und spielen Karten. Oma Strelow scheint sich so wohl zu fühlen wie schon lange nicht mehr. Sie scherzt, sie kichert, und sie zockt Onkelchen Bogumił bei etwas, das die polnische Variante von Canasta zu sein scheint, richtig ab. Der stößt Flüche aus, deren Inhalt ich zwar nicht verstehe, die aber ziemlich ordinär klingen und so gar nicht gottgefällig.

Gegen ein Uhr nachts scheucht Leszek alle raus, und wir fallen todmüde in die Betten. Besser gesagt: Ich sinke jetzt auf die Schlafcouch und Jan auf eine Matratze auf dem Boden neben mir. Tante Małgorzata hat nämlich *mein* Gästezimmer Oma Gerda zugeteilt. Wahrscheinlich wollte sie der alten Dame nicht zumuten, auf irgendeiner Unterlage zu kampieren. Außerdem, so hat Jan es mir erklärt, findet sie es mittlerweile nicht mehr unschicklich, dass mein zukünftiger Gatte und ich in einem Raum nächtigen. Da wird der liebe Gott schon ein Einsehen haben, irgendwie.

So auf Tuchfühlung mit Jan zu nächtigen ist mir zwar einerseits etwas peinlich, andererseits fühlt es sich aber gar nicht so schlecht an. Vor dem Einschlafen flüstern wir noch miteinander. Ich male ihm in schillernden Farben aus, wie die Besuche bei Schneiderin und Friseur verlaufen sind, er erzählt mir von der Anprobe beim Herrenausstatter. Dann schmieden wir Pläne, was wir alles tun werden, wenn wir unser normales Leben wiederhaben. Und schließlich widmen wir uns der Vergangenheit.

»Wann warst du das erste Mal verliebt?«, will Jan von mir wissen. Ich muss kichern.

»Das geht dich überhaupt nichts an.«

»Na, hör mal, wir sind bald Mann und Frau. Da muss ich so etwas doch wissen«, widerspricht Jan sofort.

So gesehen hat er natürlich recht.

»Also, ich denke, das war in der fünften Klasse. In Joschi Buschschulte.« Ich seufze.

»Joschi Buschschulte? Was ist das denn für ein bekloppter Name!«

»Hey! Nichts gegen Joschi. Der ging schon in die sechste Klasse. Oder besser: Er wäre in die sechste gegangen, wenn er nicht vorher sitzengeblieben wäre. So kam er dann in meine Klasse. Und er war einfach toll! Gar kein Vergleich zu den anderen kleinen Jungs!« Meine Stimme bekommt einen ganz schwärmerischen Klang.

Jetzt ist es Jan, der kichert. »So, so, *toll* war er also. Was war denn so toll an ihm?«

»Na, er konnte super küssen. Extrem wichtig, finde ich.«

»Du hast in der fünften Klasse schon rumgeknutscht? Ist das nicht ein bisschen früh?«

»Nö, wieso? Wenn man den Richtigen trifft …«

Jan seufzt. »Ich habe das erste Mal mit vierzehn ein Mädchen richtig geküsst. Dorota. Sie war meine Nachhilfelehrerin und schon siebzehn. Und echt heiß! Ich konnte in der Nacht vor dem Unterricht nie schlafen, so verknallt war ich in sie. Tja, und eines Tages habe ich all meinen Mut zusammengenommen und ihr meine Liebe gestanden. Mann, hatte ich da Herzrasen!«

»Wow«, flüstere ich. »Und was hat sie gesagt?«

»Gar nichts. Sie hat einfach meinen Kopf zwischen ihre Hände genommen und mich geküsst. Es war der helle Wahnsinn, als ob mir jemand einen 220-Volt-Stromschlag verpasst hätte.«

»Und? Wart ihr danach ein Paar?«

»Nee«, brummt Jan in der Dunkelheit. »Danach hat sie mir, ehrlich gesagt, nie wieder Nachhilfe gegeben. Hat meinen Eltern gesagt, sie hätte keine Zeit mehr.«

Jetzt seufzen wir beide.

»Und du und Alexander?«, will Jan wissen. »Wie hat das begonnen?«

»Ich habe ihn auf einer superlangweiligen Lehrer-Party kennengelernt. Besser gesagt: einer langweiligen Lehrerinnen-Party. Es waren kaum Männer da. Alexander ist mir da natürlich sofort aufgefallen. Er war auch so anders als die anderen. Erst haben wir uns total gezofft, aber irgendwann später hat es richtig gefunkt. Wir haben die Party schon als Pärchen verlassen.«

»Also fast Liebe auf den ersten Blick«, sagt Jan, immer noch brummend.

»Fast. Wir sind eigentlich total unterschiedlich. Die meisten meiner Freundinnen mögen Alex nicht. Für sie ist er einfach der kühle Banker. Aber er kann auch total lieb sein.« Ich denke kurz über ein passendes Beispiel nach, aber leider fällt mir so schnell keines ein.

»Und wieso wolltet ihr auf den Seychellen heiraten?«

»Das war Alex' Idee. Er fand das romantisch, so zu zweit. Er ist auch kein großer Familienmensch. Ich glaube, der ganze Rummel geht ihm auf den Keks.«

»Hm«, murmelt Jan nachdenklich. »Du bist aber schon ein Familienmensch, oder?«

»Wieso?«

»Na ja, immerhin erträgst du meine ganze Sippe hier wirklich mit Fassung. Und zu Oma bist du echt nett, obwohl sie dich so reingeritten hat. Also, da wundert es mich eigentlich ein bisschen, dass du ganz ohne Familie und Freunde heiraten willst.«

Wo er recht hat, hat er recht. Ob ich ihm von der Wahrsagerin erzählen soll? Oder hält er mich dann für völlig durchgeknallt? Andererseits: Wer sein Osterfrühstück mit Weihwasser besprenkeln lässt, hat vielleicht auch ein wenig Verständnis dafür, dass es zwischen Himmel und Erde Dinge gibt, die mit dem Verstand schwer zu erklären sind. Ich räuspere mich.

»Also, das war so: Als mich Alexander gefragt hat, ob ich mir vorstellen kann, ihn Ostern am Strand von La Digue zu heiraten, da habe ich spontan Herzrasen bekommen. Nicht nur wegen der Hochzeit an sich. Sondern auch, weil sich damit eine Weissagung erfüllt hat.« Schweigen. »Äh, hörst du mir noch zu?«

»Hmh. Klar. Sprich weiter. *Weissagung.* Klingt spannend.«

»Ähm, mir hat nämlich mal jemand geweissagt, dass ich in der Osterzeit den Mann meines Lebens heiraten würde. Im Ausland.«

Jan schnauft. Oder unterdrückt er etwa ein Lachen? Ich hätte ihm die Geschichte doch nicht erzählen sollen!

»Jetzt hältst du mich für verrückt, oder?«

»Nein, überhaupt nicht. Erzähl weiter.«

»Da gibt's nicht mehr viel zu erzählen. Es war eine alte Zigeunerin. Wir hatten sie für unseren Abi-Ball engagiert. Sie sollte uns allen die Zukunft vorhersagen. Aber bei mir hat es ja offensichtlich nicht geklappt, denn *mir* ist ja Oma in die Quere gekommen.«

Jetzt lacht Jan. »Wieso? Es ist eindeutig Osterzeit. Du wirst heiraten. Und wir sind im Ausland. Ich würde sagen: Ich bin der Mann deines Lebens.«

Blödmann! Aber bevor ich noch etwas sagen kann, greift Jan nach meiner Hand und drückt sie.

»Gute Nacht, Tine. Ich bin mir sicher, deine Träume werden sich noch erfüllen.«

Der nächste Morgen beginnt damit, dass ich von einem langgezogenen Ton wach werde. Irgendjemand heult. Dem Klang nach eine Frau. Ich will Jan fragen, was denn da um Himmels willen schon wieder los ist, und stelle fest, dass er sein Nachtlager schon verlassen hat. Also beschließe ich, diesem Geräusch auf den Grund zu gehen, und tappe in meinem mintfarbenen Riesennachthemd durch den Flur.

Der Heulton kommt aus der Küche, untermalt von Jans ruhigem Brummton und Karolinas eher hysterischem Geschnatter. Mit einem fröhlichen »Guten Morgen!« stoße ich die Tür auf. Wer weiß, vielleicht lässt eine Überdosis an guter Laune die Heulboje verstummen. Drei Augenpaare starren mich an. Das mittlere davon ist voller Tränen, die dazugehörige Frau hängt schluchzend in Karolinas Armen. Nach einer kurzen Schrecksekunde löst sie sich von Jans Schwester und stürzt sich mit einem Aufschrei auf mich. Sie fällt mir um den Hals, herzt und küsst mich, stammelt Unverständliches auf Polnisch und etwas auf Deutsch, das klingt wie »Meine Tochter, meine Tochter«.

O mein Gott, wer ist jetzt diese Wahnsinnige? Hilfesuchend blicke ich zu Jan und versuche, mich aus der Umklammerung dieser Verrückten zu befreien. Jan lächelt leicht beschämt, holt tief Luft und sagt dann feierlich: »Tine, darf ich vorstellen: Magda Majewska, meine Mutter.«

»Unsere Mutter«, berichtigt ihn Karolina, die alte Besserwisserin.

Ach du Scheiße! Wo kommt die denn auf einmal her? Sollte die nicht ganz woanders sein und ihr frisch geschlüpftes Enkelkind einhüten? Ich werfe Karolina einen fragenden Blick zu, sie versteht sofort.

»Meine Mutter hat es sich natürlich nicht nehmen lassen,

sofort persönlich zu kommen, als sie von der Hochzeit gehört hat. *Obwohl* ihr jüngstes Enkelkind eine Lungenentzündung hat und sie eigentlich auf jeden Fall bei ihm bleiben wollte. Nun gut.«

Brrr. Vorwurf, dein Name sei Karolina.

Magda scheint das kranke Enkelkind für einen Moment vergessen zu haben. Wieder schreit sie »Meine Tochter!« und drückt mich noch fester.

Mir bleibt nur eins. »Hallo, Schwiegermama«, röchle ich und lasse mich ergeben in ihre Arme sinken.

13. Kapitel

Oh!« Magda reißt abwechselnd Mund und Augen auf, schlägt sich die Hände vors Gesicht und schaut immer wieder zwischen Jan und mir hin und her. Tante Małgorzata tut es ihr gleich, bei ihr fließen sogar ein paar Tränchen. Was auch immer Jan den beiden da auftischt, es scheint eine extrem bewegende Geschichte zu sein. Leider verstehe ich sie nicht, denn perfiderweise erzählt Jan sie auf Polnisch.

Als er fertig ist, erhebt sich Magda von dem Sofa, auf das wir sie zwischenzeitlich verpflanzt hatten, wankt auf mich zu und drückt mich nochmals sehr fest an ihre mütterliche Brust. Małgorzata kommt ebenfalls zu mir und streicht mir gerührt übers Haar. Magda räuspert sich.

»Meine Tochter, ich bin beeindruckt von eurer großen Liebe. Ich danke dir, dass du so zu meinem Sohn gehalten hast. Und ich verzeihe euch, dass ihr heimlich geheiratet habt. Ich kann es jetzt verstehen, und da ihr es nun mit Gottes Segen wiederholt, bin ich einverstanden.« Sie rückt ein Stück von mir ab, streckt Jan und mir beide Hände entgegen und sagt sehr salbungsvoll: »Kinder, ich gebe meine Erlaubnis!«

Puh, 'ne Nummer kleiner geht's hier irgendwie nicht. Ich ringe mir ein Lächeln ab, nicke und murmele ein höfliches

181

»Danke, Mama«. Magda und Małgorzata setzen sich wieder, immer noch sichtlich erschüttert. Leszek eilt zu ihnen und schenkt ihnen ein Glas Wodka ein. Das scheint mir doch selbst für hiesige Sitten ein bisschen früh am Tag zu sein. Was in aller Welt hat Jan denen bloß erzählt?

Ich zupfe ihn möglichst unauffällig am Ärmel. »Warum sind die denn jetzt alle so komisch?«

»Na, ich musste ein bisschen ausschmücken, warum wir heimlich geheiratet haben, weißt du? Meine Mutter war ganz schön sauer.«

»Ja, ja, das versteh ich. Das wäre meine auch. Aber wie hast du sie denn so schnell handzahm bekommen? Bei meiner hätte ich jetzt bis in alle Ewigkeit verschissen.«

»Na ja, ich habe ihr gesagt, dass wir es vor deinem Vater, dem Nazi-General, geheim halten mussten.«

Ich glaube, ich habe mich gerade verhört. »Vor meinem Vater, dem WAS?!?«

»Dem Nazi-General. Er hätte diese Ehe natürlich niemals gebilligt, er hat sogar verboten, dass wir uns jemals wiedersehen. Aber unsere große Liebe hat gesiegt. Und Oma Gerda hat uns geholfen.«

Fassungslos starre ich Jan an. »Sag mal, spinnst du jetzt komplett? Mein Vater ist Jahrgang 54 – was fällt dir ein, so was über ihn zu behaupten? Das ist ja Rufmord!«

Jan guckt erstaunt. »Na, also, das war Notwehr! Du hättest meine Mutter erleben sollen – sie ist total ausgeflippt. Da brauchte ich schnell etwas, das die Sache erklärt und glaubwürdig klingt.«

Jetzt schwillt mir aber richtig der Kamm. »Wie kann denn das glaubwürdig klingen? Jan, ich bin dreißig und sehe hoffentlich auch nicht wesentlich älter aus – mein Vater müsste

mindestens hundert Jahre alt sein, um im Krieg General gewesen sein zu können. Wie kommt es da bitte, dass hier alle
sofort glauben, mein Vater sei ein Nazi gewesen?«

Täusche ich mich, oder wird Jan ein bisschen rot?

»Tja, also, äh … na ja, also so genau hat man die Daten ja
auch nicht im Kopf, und wenn jemand aus Deutschland
kommt, also so ganz abwegig … äh …«

»Dann ist es völlig klar, dass er aus einer Familie alter Nazis kommt? Ist es das, was du meinst?« Mittlerweile bin ich
anscheinend dazu übergegangen, Jan anzubrüllen, denn er
macht »Pssst!« und zieht mich in den Flur.

»Nicht so laut, sonst fliegt die ganze Geschichte doch auf!
Meine Mutter spricht schließlich ausgezeichnet Deutsch.«

»Na und? Das lasse ich nicht auf mir sitzen!«

»Mann, Tine, jetzt beruhige dich mal. Okay, vielleicht war
es nicht die beste Idee, die ich jemals hatte. Aber wenn ich
mich in Deutschland über jeden doofen Polenwitz oder jedes Vorurteil so aufregen würde wie du dich jetzt, dann hätte
ich viel zu tun.«

»Das willst du jetzt nicht ernsthaft vergleichen!«

»Doch. Dein Vater ist kein Nazi, und ich habe noch nie
ein Auto geklaut oder Zigaretten geschmuggelt. Wenn ich
meiner Mutter jetzt die Wahrheit sage, redet sie nie wieder
mit mir.«

Ich seufze. »Okay. Aber dann hätte ich jetzt gerne die
komplette Version deiner Geschichte, damit ich überhaupt
weiß, was sie jetzt glaubt.«

Jan grinst. »Also: Wir haben uns bei Oma kennengelernt
und ineinander verliebt. Dein Vater ist dahintergekommen
und war entsetzt. Als Nazi duldet er keinen polnischen
Schwiegersohn. Du hast dir unsere Liebe aber nicht verbie-

ten lassen und hast mich heimlich geheiratet. Oma hat uns gedeckt und bei der Flucht geholfen.«

»Aber deine Mutter kennt doch Omas Familie – das kann sie doch nie und nimmer geschluckt haben!«

»Na, dein Vater ist nicht ihr Sohn, sondern ihr Schwiegersohn. Und sie mochte ihn noch nie.«

»Hat Gerda überhaupt eine Tochter? Du hast bisher immer nur von den Söhnen erzählt.«

»Woher soll ich das wissen? Ich habe gesagt, dass Oma zu der Tochter eigentlich keinen Kontakt mehr hat. Wegen des Nazi-Schwiegersohns.«

Ohgottogott! Was für ein Lügengebilde! Wie soll ich mir das alles merken? Das wird uns doch demnächst um die Ohren fliegen.

Offenbar gucke ich völlig entgeistert, denn jetzt legt Jan seinen Arm um mich und zieht mich näher an sich.

»Sieh es mal so, Tine: Die Geschichte ist total romantisch. Wie Romeo und Julia, nur mit Happy End. Und das ist auch der eigentliche Grund, warum mir das alle abgekauft haben: Nicht wegen der Nazis. Sondern wegen der Liebe – weil wir Polen nämlich ein Volk von großen Romantikern sind.«

Gut. Ich bin zwar noch sauer, aber irgendwie ist Jan auch sehr süß, wenn er so etwas sagt und sein Blick beim Wort *Liebe* ganz weich wird. Ich beschließe, meinen Frieden mit dieser Räuberpistole zu machen, auch wenn meinem armen Vater hier übles Unrecht getan wird. Die einzige ansatzweise militärische Führungsposition, die er jemals bekleidet hat, war nämlich Kassenwart im Schützenverein. Und das auch nur zwei Jahre lang, denn dann unterlag er bei einer Kampfabstimmung seinem Freund Günther.

»Und, wie gefällt es dir?« Jan schaut mich erwartungsvoll an. Und damit ist er nicht allein. Auch Mateusz – seines Zeichens mein angehender Schwippschwager in nicht wirklich nachkonstruierbarer Linie, aber außerdem Patensohn der Großcousine von Tante Małgorzatas Friseurin Danuta – guckt gespannt.

Ich zögere ein bisschen, um die Spannung zu erhöhen, aber dann platzt es aus mir heraus: »Es ist wirklich großartig! Fantastisch! Wenn die hier so gut kochen können, wie das Restaurant aussieht, dann wird das ein ganz toller Abend.«

Jan dreht sich zu Mateusz und übersetzt, der strahlt stolz über das ganze Gesicht. Kein Wunder, er scheint so etwas wie der Geschäftsführer des *Domek Kata* zu sein.

»Jestem dumny, że – po tych wszystkich waszych tarapatach – mogę Was ugościć w moim lokalu. Bowiem staliście się dla mnie symbolem wielkiej miłości. Oto zwycięstwo serca nad niegodziwością świata.«

»Er sagt, es ist ihm eine ganz besondere Ehre.«

»Echt? Dieser ganze Sermon heißt nur, es sei ihm eine Ehre?«

Okay, ich kann auch nach einer Woche noch kein Polnisch – aber zumindest habe ich schon ein gewisses Gefühl dafür entwickelt, wie lang so ein polnischer Satz im Vergleich zu einem deutschen ist. Und ich glaube, Jan hat da irgendwas unterschlagen. Ich sehe ihn streng an.

»Na gut: Er ist stolz, unser Gastgeber zu sein, nach all dem, was wir durchgemacht haben, denn wir sind für ihn das Symbol einer großen Liebe. Der Sieg des Herzens über die Schlechtigkeit der Welt.«

Auweia! Die Geschichte zieht wirklich Kreise! Hoffentlich erfährt in Lübeck nie jemand von diesem ganzen Theater. Ich frage mich langsam, ob es nicht besser gewesen wäre, Jans Familie die Nummer mit dem Bankraub zu erklären. Viel schlimmer hätte es dann auch nicht kommen können. Ich seufze, Jan guckt bedröppelt.

»Ach komm, Tine – ist doch klasse, dass wir nun einen so tollen Ort für unsere Hochzeitsfeier haben. Das *Domek Kata* ist wirklich das schönste Restaurant, das Kolberg zu bieten hat.«

Das wiederum glaube ich sofort. Schon von außen sieht das *Domek Kata* sehr hübsch aus: ein weißes Haus mit roten Sprossenfenstern und einem spitzen Giebel. Kaum zu glauben, dass hier einst der Henker von Kolberg seinen Dienstsitz hatte. Im Übrigen liegt es nur einen Steinwurf vom Rathaus entfernt – und damit äußerst günstig für unsere gesamte Hochzeitsgesellschaft, denn auch Tante Małgorzatas Platte liegt fußläufig zum Rathaus. Bei der zu erwartenden Alkohollastigkeit der Veranstaltung ist das ein nicht zu verachtender Standortvorteil. Die Strecke dürfte ich selbst auf allen vieren schaffen. Gut, vielleicht nicht auf allen vieren im Brautkleid, aber ich könnte ja wenigstens dieses eine Mal versuchen, den Wodka heimlich durch Wasser zu ersetzen. Ein guter Vorsatz – ich nehme mir fest vor, ihn umzusetzen.

»Proponuję byśmy tu na dole wznieśli toast i wypili lampkę szampana. Tu mamy też dobre miejsce dla orkiestry i na tańce. U góry zaś będziemy później jeść, tam są też jeszcze dwa piętra.«

Mateusz schaut mich erwartungsvoll an.

»Er meint, er würde den Sektempfang hier unten machen. Hier sei auch ein guter Platz für Band und Tanzfläche. Essen können wir oben, da sind ja noch zwei Stockwerke. Und die sehen auch ganz toll aus – und ein bisschen gruselig: Da hängen die Gemälde der Kolberger Scharfrichter an den Wänden.«

Ich mache große Augen. Tatsächlich ist das Erdgeschoss wunderschön – weiß getäfelt, mit Wandmalereien und barock anmutendem Mobiliar. Aber von welcher Band redet Jan? Und wie viele Gäste erwarten wir eigentlich? Ich dachte, wir reservieren hier einen großen Tisch und gut ist. Okay, vielleicht auch einen *sehr* großen Tisch, wenn ich so an Jans gesammelte Verwandtschaft denke – aber gleich das gesamte Haus?

»Sag mal, Jan – willst du etwa das ganze Haus mieten? Und eine Band auch noch? Das ist doch irre teuer, wer soll das denn bezahlen? Ich habe noch genau sechsunddreißig Euro in meinem Portmonnaie, und wenn ich versuche, hier mit meiner EC-Karte zu bezahlen, stehen garantiert gleich die Bullen auf der Matte und bringen uns ein kleines Hochzeitsständchen.«

Jan schaut mich an, als hätte ich vorgeschlagen, unsere Feier lieber in Erikas Bratwursteck zu verlegen. »Aber es ist doch unsere Hochzeit.«

Ist es denn zu fassen? Ich hoffe, Mateusz spricht wirklich kein Deutsch, denn hier muss ich mal entschieden gegenhalten. »Nein, Jan. Es ist eben nicht unsere Hochzeit. Wir tun lediglich so. In Wirklichkeit ist das hier eine gigantische Verlade, damit du keinen Ärger mit deiner Mutter kriegst.«

Jan rollt mit den Augen. »Wenn du nicht mit Oma eine Bank überfallen hättest, dann müssten wir hier auch keine Show abziehen.«

»Ich habe keine Bank überfallen! Du hättest einfach dabei bleiben sollen, dass wir standesamtlich geheiratet haben und uns das völlig reicht. Aber nein, weil Mami sonst um dein Seelenheil fürchtet, wird es jetzt ganz katholisch.«

»Wie redest du denn über meine Mutter und ihren Glauben? Du hast doch keine Ahnung!« Jan wird laut.

Ich werde lauter. »Das wäre ja schön, wenn ich keine Ahnung hätte – leider musste ich wegen dir gefühlte fünftausend Stunden Brautunterricht bei Onkelchen Bogumił über mich ergehen lassen und bin jetzt so fit in polnischem Katholizismus, dass mich Papst Wojtyła wahrscheinlich sofort zum Priester geweiht hätte.«

»Lass Wojtyła da raus, der kann nichts dafür, und außerdem hieß der als Papst Johannes Paul«, schreit Jan mich an.

Mateusz schaut sehr verwundert von einem zum anderen, murmelt etwas und versucht, sich unauffällig davonzuschleichen. Ich kann es ihm nicht verdenken. Streitende Paare finde ich auch ganz furchtbar, selbst wenn sie wie in unserem Fall in Wirklichkeit gar kein Paar sind.

»Jetzt beruhige dich mal«, lenke ich ein. »Ich wollte dich nicht kränken. Ich wollte lediglich darauf hinweisen, dass die ganze Sause hier etwas den Rahmen sprengen wird und ich für meinen Teil gerade etwas blank bin. Lass uns doch einfach einen großen Tisch reservieren und die Familie nach der Trauung zu einer kleinen, intimen Feier einladen. Dann sind wir katholisch getraut, deine Mutter ist glücklich, und wir können endlich nach Lübeck fahren.«

Jan schüttelt den Kopf. »Nein, das geht nicht. Ich bin der einzige Sohn meiner Mutter und das letzte Kind, das heiratet. Sie war schon so geschockt, dass ich ihr nicht von dir erzählt habe – ich muss das irgendwie wiedergutmachen. Und mach dir um das Geld keine Gedanken. Es ist für alles gesorgt. Du musst nur mitmachen. Bitte, Tine, das ist wirklich wichtig für mich: Spiel die Braut!«

Die letzten Worte kommen so flehentlich, dass sie hervorragend zu dem unglaublichen Dackelblick passen, den Jan nun aufsetzt.

»Natürlich will ich dich nicht hängenlassen – aber was meinst du denn mit *Es ist für alles gesorgt?* Von wem denn? Ich will hier nicht noch mehr Schwierigkeiten bekommen.«

Jan blickt zu Boden. »Das wirst du nicht. Versprochen.«

»Jan! Raus mit der Sprache! Wer soll das bezahlen?«

Er seufzt und überlegt einen Moment.

»Die Wahrheit – oder ich mach nicht mit«, sage ich. »Ich lege nämlich keinen Wert darauf, wegen Zechprellerei Bekanntschaft mit der polnischen Polizei zu machen.«

»Na gut. Oma hat mir fünftausend Euro für die Hochzeit gegeben. Das reicht locker. Selbst in diesem tollen Restaurant mit Sektempfang und Band. Eigentlich hatten die Freitag schon eine Veranstaltung, die ist aber vor zwei Wochen abgesagt worden, und jetzt haben sie mir einen guten Preis gemacht.«

»Oma hat dir fünftausend Euro gegeben? Aber das können wir unmöglich annehmen! Bestimmt dachte sie wieder, du seist Fritz oder von mir aus auch Klaus-Dieter oder Horst oder wer auch immer. Wenn das ihre Söhne jemals rauskriegen, lassen die sie wirklich entmündigen.«

»Nein, sie war völlig klar. Ich musste ihr ja die Geschichte mit dem Nazi-General erzählen, damit sie sich nicht verplappert. Karolina hat mir die ganze Sache nämlich mit Sicherheit nicht abgekauft – die kann ja rechnen. Ich glaube, die hat bisher nur nichts gesagt, um meine Mutter nicht aufzuregen. Jedenfalls war Oma Gerda ganz beschämt, welchen Ärger ich mittlerweile wegen der ganzen Sache habe – tja, und da ist sie auf die Idee mit dem großen Fest gekommen. Auch, um meiner Mutter eine Freude zu machen. Schließlich kennen sich die beiden schon lange, und Gerda mag meine Mutter sehr. Also, sieh es einfach als von Oma Strelow bezahlte Abschiedsparty von Kolberg. Und ehrlich: Ich finde, die haben wir uns verdient.«

Hm, da hat er mal wieder recht. Meine echte Hochzeit ist ja nun eindeutig wegen Oma ausgefallen, also ist es nur gerecht, wenn ich jetzt wenigstens die Gelegenheit bekomme, mein schönes Brautkleid bei einem anderen angemessenen Anlass vorzuführen. Das schuldet Gerda mir quasi.

»Na gut. Ich bin dabei.«

»Hurra!«, juchzt Jan und macht einen kleinen Luftsprung, bevor er mich umarmt. In diesem Moment taucht Mateusz wieder auf. Er hat ein altes polnisches Hausmittel dabei, mit dem er offenbar den kleinen Zwist zwischen dem Brautpaar ausräumen will. Mit einem freundlichen Lächeln hält er uns zwei Gläser unter die Nase.

»Wodka?«

14. Kapitel

Noch eine Familienfeier in Polen, und ich würde definitiv nicht mehr in mein Brautkleid passen. Ich stehe in Małgorzatas Schlafzimmer vor dem Spiegel. Eben hat Danuta mir erst ein dramatisches Make-up und dann eine unglaublich kunstvolle Hochsteckfrisur verpasst, aus der sie zu guter Letzt meine mehrfarbigen Strähnchen herausgezupft und zu Locken gedreht hat. Jetzt hilft mir Karolina in mein frisch aufgebügeltes Kleid. Es ist fast noch enger als bei der Anprobe vor zwei Tagen – sollte ich binnen achtundvierzig Stunden wirklich noch weiter zugenommen haben? Karolina sagt nichts, aber ich kann ihre Gedanken lesen. Sie sagen laut und deutlich: Korsage! Ich betrachte mich seitlich im Spiegel. Schande – das Kleid sitzt wirklich nicht gut. Da hilft nur eines: bedingungslose Kapitulation.

»Äh, sag mal, Karolina, du hast nicht zufälligerweise doch die Korsage mitgenommen, die ich bei der Schneiderin anprobiert habe?«

Ein Strahlen gleitet über ihr Gesicht. »Zufälligerweise doch. Ich hatte gehofft, dass du noch vernünftig wirst.« Sie greift in ihre Handtasche und zieht das Folterinstrument heraus. Seufzend schäle ich mich wieder aus dem Kleid und werde kurz darauf von Karolina wie ein Rollbraten zusammengeschnürt. Was soll's, verzichte ich eben die nächsten zwölf Stunden aufs Luftholen.

Bevor ich wieder in mein Kleid steige, greift Karolina noch mal in ihre Handtasche und holt einen Hauch blauer Spitze hervor.

»Hier, guck mal. Wenn du das trägst, bringt es euch Glück.«

Neugierig nehme ich das zarte Etwas in die Hand und betrachte es. Ein Strumpfband. Irgendwo in meinem Hinterkopf macht sich bei diesem Anblick ein Stück Erinnerung auf den Weg an meine Bewusstseinsoberfläche. Ein blaues Strumpfband. *Something old, something new, something borrowed, something blue.*

Richtig! Die Hochzeit meiner amerikanischen Gastschwester Tiffany! Ich kann mich noch gut an ihr baiserförmiges Ungetüm von Brautkleid erinnern. Es bestand aus hundert Prozent Polyester in der Ausführung »mit alles« – also Spitzen, Perlen, Stickereien und Reifrock. Dazu noch, ganz wichtig, ein blaues Strumpfband. Etwas Altes, etwas Neues, etwas Geliehenes und etwas Blaues – das war der wichtigste Brauch, den es laut meiner Gastmutter für eine glückliche Ehe zu beachten galt.

Ob das auch für die deutsche Braut gilt? Keine Ahnung. Ich wollte schließlich auf den Seychellen heiraten, mit deutschen Hochzeitstraditionen hatte ich mich im Vorfeld also nicht weiter beschäftigt. Mit polnischen natürlich noch weniger als gar nicht. Umso erstaunter bin ich jetzt. Sollte es in Polen genau die gleichen Hochzeitsbräuche geben wie in Kalifornien? Gewissermaßen ein grenzüberschreitendes Superbrauchtum? Bevor ich Karolina fragen kann, drückt sie mir noch etwas in die Hand. Eine goldene Kette mit einem hübschen Stein.

»Und die leihe ich dir. Bringt auch Glück.«

Tatsächlich. So muss es sein. »Na, dann brauche ich jetzt nur noch etwas Altes, denn etwas Neues habe ich ja an.«

Überrascht zieht Karolina die Augenbrauen hoch. »Ach, du kennst den polnischen Brauch?«

Ich nicke und entschließe mich spontan, hier mal ein bisschen dicker aufzutragen. »Klar. Ich finde, wenn man einen Polen heiratet, sollte man sich auch ein bisschen mit polnischer Kultur und Tradition auseinandersetzen.«

»Polnische Kultur und Tradition? Oh, das finde ich ja gut. Willst du denn auch Polnisch lernen?«

»Klar. Sobald wieder etwas Ruhe eingekehrt ist, mach ich einen Kurs.«

Karolina lächelt, ich scheine endlich mal mit etwas bei ihr Gnade gefunden zu haben. Sehr schön! Und wenn es nur ein ausgedachter Sprachkurs ist.

»Und denkst du, ihr werdet eure Kinder bilingual erziehen? Das ist so eine tolle Chance – ich habe meine Magisterarbeit darüber geschrieben.«

»Klar, das finde ich auch richtig gut«, gebe ich ihr recht, so richtig in Gönnerlaune. Jetzt könnte mich Bogumił auch ruhig noch einmal fragen, ob ich schwöre, die Kinder katholisch zu erziehen – ich würde ihm begeistert beipflichten. Ist ja sowieso wurscht. Und jetzt, wo ich beschlossen habe, die ganze Geschichte als großes Märchen zu betrachten, in dem ich zufälligerweise die Rolle der Prinzessin spiele, bin ich deutlich besser gelaunt als in den letzten Tagen. Ich würde sogar so weit gehen, zu sagen, dass ich Spaß habe. Man darf einfach alles nicht so ernst nehmen!

Magda kommt ins Schlafzimmer und bleibt neben mir stehen. »Ach, Tine, du siehst so schön aus! Und so schlank!«

Ich nicke huldvoll. Viel mehr Bewegung ist mit der Korsage sowieso nicht drin.

»Setz dich auf das Bett, ich habe etwas für dich mitgebracht. Eine alte Familientradition.«

Wuhu – noch mehr Tradition! Ich setzte mich und gucke gespannt auf die Tüte, die Magda mitgebracht hat. Was da wohl drin ist? Müsste eigentlich etwas Altes sein, denn das fehlt noch bei meinem Outfit. Vorsichtig nestelt Magda am Verschluss der Tüte, dann zieht sie etwas heraus, was ich auf den ersten Blick identifizieren kann. Ein Schleier, glänzenddurchsichtig mit einer edlen, umlaufenden Spitze.

»Oh, der ist aber schön!«

»Er ist schon über hundert Jahre alt. In unserer Familie wird er immer von der Mutter an die Schwiegertochter weitergegeben. Der Tradition zufolge muss ich ihn dir also anstecken.«

Geschickt legt sie den Schleier so zusammen, dass ein großes Dreieck entsteht, dann befestigt sie ihn mit ein paar Haarnadeln unter meinem Dutt, so dass der Stoff sanft über meine Schultern fällt.

»Steh mal auf«, bittet sie mich dann. »Sehr gut, genau so soll es aussehen.« Magda macht einen Schritt auf mich zu und umarmt mich.

»Kochana córeczko, witamy cię w naszej rodzinie. Życzę ci tyle szczęścia i miłości, co i ja miałam w moim małżeństwie.«

Ihre Stimme zittert, und über ihre Wange rollt eine Träne.

Karolina übersetzt für mich. »Sie hat gesagt: Meine liebe Tochter, willkommen in der Familie. Ich wünsche dir so viel Glück und Liebe, wie ich in meiner Ehe gefunden habe.«

Jetzt fängt auch Karolina an zu heulen. Und ich habe auf einmal einen riesengroßen Kloß im Hals. Das leichte Gefühl von eben ist verflogen. Ich bin gar nicht die Prinzessin in einem Märchen, ich bin eine Betrügerin.

Laute Musik reißt mich aus meinen trüben Gedanken. Wo kommt die denn auf einmal her? Was ist denn jetzt schon wieder los?

Karolina stupst mich in die Seite. »Los, die Band ist da. Dann kommt auch gleich Jan. Am besten, Gerda übergibt dich an ihn. Deine Eltern sind ja nicht da. Leider. Oder soll ich sagen *Zum Glück*? Was Jan so über deinen Vater erzählt …«

Apropos *übergeben*: Ich glaub, ich muss gleich kotzen. Die ganze Lügerei, Karolina, die ununterbrochen redet, vielleicht auch nur die viel zu enge Korsage – mir ist so hundeelend, dass ich kaum gerade stehen kann.

»Hey, was ist denn los mit dir?«, will Karolina wissen. »Du bist ja auf einmal ganz blass. Na, das ist die Nervosität. Ganz normal. Aber mach dir keine Sorgen: Wenn es losgeht, beruhigst du dich auch wieder.«

Ich gucke unschlüssig. Ich will da nicht raus. Im Gegenteil, am liebsten würde ich mich unter der Bettdecke verstecken. Es klopft an der Tür. Erst zaghaft, dann entschlossener.

»Karolinko, a gdzie się podziała panna młoda? Janek już jest!«

Małgorzata. Ihre Stimme klingt ungeduldig.

Karolina schiebt mich Richtung Tür. »Raus aus dem Schlafzimmer und auf in den Kampf!« Dann flüstert sie mir ins Ohr: »Du siehst ganz toll aus – mein Bruder hat wirklich Glück, Schwägerin!«

Die Tür wird aufgerissen, und sofort ertönen fröhliche *Ahs* und *Ohs* vom versammelten Majewski-Clan. Alle scheinen sich im Flur zu stapeln: Małgorzata, Leszek, Wojtek, Kacper, und, und, und – nur Jan kann ich nirgends entdecken. Dafür steht weiter hinten an der Wohnungstür eine dreiköpfige Combo und schrammelt, was das Zeug hält. Ich drehe mich zu Karolina um, die direkt hinter mir steht und damit wahrscheinlich verhindern will, dass ich mich doch noch unter dem Bett verkrieche.

»Wo ist denn Jan?«

»Na, der steht natürlich noch im Hausflur. Der muss dich ja erst mal freikaufen.«

Hä? Ich drängle mich zur offen stehenden Wohnungstür durch, wo Gerda und Magda schon Stellung bezogen haben, und versuche, nach draußen zu spähen. Tatsächlich, da steht Jan in einem dunkelgrauen Anzug mit einer silbergrauen Weste. Fesch, sehr fesch. Und kaum wiederzuerkennen. Ich winke über die Köpfe der Band hinweg.

»Huhu, Jan, hier bin ich!«

Jan hüpft hoch, um mich besser sehen zu können.

»Hey, Tine, wow! Einen Moment, ich muss hier noch etwas regeln.«

Ich kann nicht genau sehen, was er macht, und verstehe natürlich auch kein Wort von dem, was er gerade mit dem Klarinettisten bespricht. Jedenfalls drückt er den dreien Gläser in die Hand und zieht etwas aus einem Rucksack. Eine Flasche. Ich ahne schon, was da drin ist. Mit Sicherheit kein stilles Wasser.

Die Männer lachen und prosten sich zu, dann geben sie den Weg in die Wohnung frei. Jan kommt rein und baut sich mit feierlicher Miene vor Gerda auf.

»Oma, ich möchte dich bitten – gibst du mir Tine zur Frau?«

Gerda nickt. »Natürlich, mein Junge.«

»Dann möchte ich dich um deinen Segen für uns bitten.«

Er wendet sich an Magda. »Mutter, auch dich möchte ich um deinen Segen bitten.«

Magda nickt stumm, wahrscheinlich kämpft sie gerade wieder mit den Tränen. Jan greift nach meiner Hand und zieht mich zu sich. »Komm, wir müssen uns vor den beiden hinknien.«

Auch das noch. Ich würde keine größeren Geldbeträge darauf verwetten, dass ich in der Korsage überhaupt wieder hochkomme. Ächzend gehe ich in die Knie und lehne mich an Jan, der schon vor Gerda und Magda kniet. Magda legt uns die Hände auf die Köpfe und murmelt etwas, Gerda nickt wohlwollend. Für meinen Geschmack reicht das als Segen völlig, zumal ich merke, wie mir in dieser Haltung langsam die Luft ausgeht. Wenn ich nicht gleich ohnmächtig werden soll, muss ich dringend wieder hoch. Jan scheint das zu merken, jedenfalls rappelt er sich auf und reicht mir, als er wieder steht, die Hände. Er grinst.

»So, meine Liebste – auf in die Kirche! Bogumił wartet bestimmt schon sehnsüchtig darauf, endlich eine anständige Frau aus dir zu machen.«

Armer Bogumił. Wenn der wüsste …

Die Kirche ist natürlich nicht so proppevoll wie an Ostern, aber gemessen daran, dass die meisten Gäste eigentlich erst vor drei Tagen von unserer Spontanhochzeit erfahren haben können, ist sie gut gefüllt. Wahrscheinlich herrscht strikte Anwesenheitspflicht für jeden Kolberger, der den Nachnamen Majewski trägt. Nur Jans kleine Schwester ist offiziell entschuldigt – das Baby ist immer noch nicht wieder ganz gesund. Alles in allem scheinen aber mindestens hundert Gäste der Einladung gefolgt zu sein. Ich überlege kurz, ob ein Teil von Oma Gerdas fünftausend Euro geopfert wurde, um Statisten dafür zu bezahlen, sich auf den Bänken von Bogumiłs Kirche zu drängen – aber da Jan den meisten Gästen freundlich zunickt, während wir auf den Altar zuschreiten, scheint er sie wohl tatsächlich zu kennen.

Vorn angekommen, begrüßt uns Bogumił mit warmen Worten, dann wendet er sich an die Festgemeinde und begrüßt auch diese. Das vermute ich jedenfalls ganz stark, verstehen kann ich es ja nicht. Jan und ich nehmen auf unseren Stühlen im Altarraum Platz und lauschen dem Chor, der jetzt das erste gefühlvolle Lied schmettert. Dann ist wieder Bogumił an der Reihe. Seinem Gesichtsausdruck nach zu urteilen erzählt er nun etwas über das Wesen der Ehe, jedenfalls schaut er ernst und blickt nach jedem Satz zu uns herüber. Wahrscheinlich fragt er sich, ob wir in Deutschland auch tatsächlich geheiratet haben und er uns jetzt zu Recht seinen Segen gibt. Oder ob er für diese Aktion demnächst richtig Ärger mit seinem Bischof bekommt. Schließlich darf er uns ohne die staatlichen Papiere eigentlich gar nicht trauen, das hat mir Karolina erklärt, nachdem Bogumił mit sorgenvoller Miene beim Brautunterricht auf uns eingeredet hatte. Nachdem Jan ihm aber noch einmal die Geschichte mit dem Nazi-General, unserer heimlichen Hochzeit und vor allem unserer überstürzten Flucht aufgetischt hat, bei der wir alle Papiere zu Hause lassen mussten, konnte er uns schon aus reiner Christenpflicht nicht hängenlassen. So gesehen ist diese Mär, obwohl völlig schwachsinnig, doch gar nicht so schlecht.

Bogumiłs Predigt dauert eine gefühlte Ewigkeit, langsam wird mir kalt. Mein Kleid ist eben eine Kreation für Mahé, Seychellen, und nicht für Kolberg, Polen. Die kleinen Härchen auf meinen Unterarmen stellen sich auf, ich bekomme eine Gänsehaut. Anscheinend zittere ich auch ein wenig, denn jetzt dreht sich Jan zu mir und flüstert mir ins Ohr: »Alles in Ordnung? Soll ich übersetzen?«

Ich schüttle den Kopf. »Nein, brauchst du nicht. Alles gut. Mir ist nur kalt. Hoffentlich dauert es nicht mehr so lang.«

»Keine Sorge. Ich schätze mal, ein Lied, dann kommt er zur eigentlichen Zeremonie.«

Jan liegt mit seiner Einschätzung ganz richtig. Nach dem nächsten Lied bedeutet uns Bogumił mit einer Handbewegung, aufzustehen, was wir tun, und auch Karolina und Wojtek stehen auf und kommen zu uns. Bogumił wiederholt jetzt ganz langsam die Trauformel, die er mir schon im Unterricht erklärt hat. Er fragt uns erst einzeln, ob wir einander zu Mann und Frau nehmen wollen, was wir brav bejahen – ich hoffe nur, dass ich für diese Lüge nicht pronto im Fegefeuer lande –, und dann kommt der schwierige Teil: Das Ehegelöbnis zum Nachsprechen. Bogumił beginnt mit Jan.

»Ja Jan Krzysztof biorę Ciebie Krystyno Mario za żonę i ślubuję Ci miłość, wierność i uczciwość małżeńską oraz, że Cię nie opuszczę aż do śmierci. Tak mi dopomóż Panie Boże Wszechmogący w Trójcy Jedyny i Wszyscy Święci.«

Jan spricht Bogumił auf Polnisch nach. Dann blickt er mich fest an und gibt sein Versprechen noch einmal auf Deutsch:

»Ich, Jan Krystof, nehme dich, Christine Maria, zu meiner Frau, ich will dich lieben, achten, ehren und dir die Treue halten, in Gesundheit und Krankheit, in guten und schlechten Tagen, bis dass der Tod uns scheidet, das schwöre ich dir.«

Woran auch immer es liegt – das ist zu viel für meine Nerven. Zuerst fangen meine Hände an zu zittern, dann mein ganzer Körper. Karolina streicht mir über den Oberarm und murmelt *ksch, ksch*, aber das beruhigt mich nicht. Ich weiß nicht, warum mir das nicht schon vorher aufgefallen ist, aber: HALLO?!? ICH STEHE MIT EINEM FREMDEN MANN IN EINER FREMDEN KIRCHE UND BIN KURZ DAVOR, IHM DAS JA-WORT ZU GEBEN!!! Da wird man ja selbst als Atheistin mal die Nerven verlieren dürfen, oder? Außerdem muss ich ausgerechnet jetzt an die Wahrsagerin auf meiner Abi-Feier denken. Was, wenn sie recht hatte? Was bedeutet das dann für mich? Zählt diese Heirat schon mit? Oder habe ich noch einen Versuch auf den Seychellen? Will ich das überhaupt noch?

Mittlerweile zittere ich wie Espenlaub, und Bogumił sieht mich sorgenvoll an. Jan sagt irgendetwas auf Polnisch zu ihm, Bogumił nickt, und Jan legt seinen Arm um meine Schultern.

»Tine«, flüstert er dann, »keine Panik. Du machst das ganz toll. Bald haben wir es geschafft, und dann bist du in Lübeck, und alles ist wieder gut, versprochen!«

Er zieht mich noch etwas dichter an sich heran und haucht mir einen Kuss auf die Wange. Tatsächlich entspanne ich mich etwas, und das Zittern wird besser. Bogumił räuspert sich, dann wendet er sich an mich und spricht mir auf Polnisch mein Gelöbnis vor.

»Ja Krystyna Maria biorę Ciebie Janie Krzysztofie za męża i ślubuję Ci miłość, wierność i uczciwość małżeńską oraz, że Cię nie opuszczę aż do śmierci. Tak mi dopomóż Panie Boże Wszechmogący w Trójcy Jedyny i Wszyscy Święci.«

Als ich ansetze, meinen Teil des Versprechens auf Deutsch zu geben, fängt zwar nicht mein Körper, diesmal aber meine Stimme an zu zittern. Ich räuspere mich und beginne erneut.

»Ich, Christine Maria, nehme dich, Jan Krystof, zu meinem Mann, ich will dich lieben, achten, ehren und dir die Treue halten, in Gesundheit und Krankheit, in guten und schlechten Tagen, bis dass der Tod uns scheidet, das schwöre ich dir.«

Meine Stimme schwankt, kiekst und holpert entsetzlich. *Verdammt, Tine, reiß dich gefälligst zusammen!*, schimpfe ich stumm mit mir selbst. Aber es hilft nichts. Gut, dass es nur ein paar Worte sind!

Bogumił seufzt erleichtert, als ich endlich fertig bin, und auch Jan sieht ganz glücklich aus. Dass er gar nicht so gelassen ist, wie er wirkt, zeigt sich, als er versucht, mir den Ring an den Finger zu stecken. Denn diesmal ist er es, der den Tatterich hat: Seine Hand zittert so stark, dass der Ring fast zu Boden fällt – würde Karolina nicht in letzter Sekunde ihre Hand unter seine halten und den Ring fangen. Gelächter aus der Hochzeitsgemeinde – die haben offenbar ihren Spaß. Beim zweiten Anlauf klappt es dann ohne Probleme, und auch ich stecke Jan den Ring an. Ob die Ringe auch aus Omas Budget stammen? Und ob man die nach der ganzen Show zurückgeben kann?

Jan reißt mich aus diesen schnöden kaufmännischen Gedanken: Plötzlich packt er mich, zieht mich an sich und küsst mich. Und zwar mitten auf den Mund. Ich bin so verdutzt, dass ich mich nicht wehre. Es fühlt sich auch nicht schlecht an. Jans Lippen sind ganz weich und sein Kuss hauchzart.

Die Gemeinde jubelt und applaudiert. Ganz offensichtlich sind wir jetzt Mann und Frau. Na, wenn das so ist: Revanche! Und eh er sichs versieht, bekommt Jan nun einen Kuss von mir. Züchtig zwar, aber es ist eindeutig ein Kuss. Jan reißt erstaunt die Augen auf.

Tja. Tine Maria Majewska weiß eben, was sich gehört.

15. Kapitel

Im Restaurant empfängt uns Mateusz mit einem Tablett, auf dem ein Laib Brot und ein Salzfässchen stehen. Dazu spricht er salbungsvoll ein paar Worte, und auch ohne Polnisch zu können, ist mir klar: Hier wünscht uns einer ein langes, glückliches Eheleben. Wenn der wüsste …

Jan nimmt das Brot, bricht es durch und reicht mir ein Stück. Nachdem wir beide abgebissen haben, gibt es für jeden von uns noch eine Prise Salz auf die Hand, die wir pflichtschuldigst abschlecken. Brrr, jetzt hätte ich gern etwas zu trinken. Und da kommt auch schon eine Kellnerin mit einem weiteren Tablett. Auf ihm stehen zwei Sektgläser, die mit einer Schleife miteinander verbunden sind.

Jan erklärt: »Also, das ist ein wichtiger polnischer Hochzeitsbrauch: Wir trinken jetzt gleichzeitig aus den Gläsern – wenn's geht, auf ex. Und dann schmeißen wir sie uns über die Schulter und hoffen, dass sie dabei kaputtgehen.«

»Und wessen Glas zuerst zerbricht, dessen Geschlecht wird das erste Kind haben«, ergänzt Karolina.

Na dann! Ich setze an. Puh, ziemlich süßer Sekt – hoffentlich kriege ich davon kein Sodbrennen. Dann doch lieber Wodka. Weil die Gläser zusammengebunden sind, kommt mir Jan beim Trinken ganz nah, was von unseren Gästen mit verzückten Ausrufen quittiert wird. Noch ein Schluck, dann ist mein Glas leer, Jans ebenfalls. Super Timing! Gleichzeitig werfen wir die Gläser über unsere Schultern, und tatsächlich scheppert es ganz schön. Großes Gejohle und Geklatsche, das Synchron-Gläser-Werfen hätten wir schon mal gemeistert.

Unsere Gäste sind mittlerweile zu Wodka übergegangen, Wojtek läuft mit einer Flasche herum und füllt ihn in ziemlich große Wassergläser. Allgemeines Zugeproste und zufriedenes Schlucken.

»Gorzko!« Wojtek klatscht in die Hände und ruft noch einmal: »Gorzko!« Die anderen Gäste stimmen ein. »Gorzko, Gorzko!«

Jan stuppst mich in die Seite. »Sie wollen, dass wir uns küssen!«

»Ach, Gorzko heißt *Kuss?*«

»Nee, Gorzko heißt *bitter*. Angeblich war der Wodka so bitter, dass wir uns jetzt küssen müssen, um mit der Süße unseres Kusses den schlechten Geschmack zu vertreiben. Dieses Wort wirst du heute Abend noch ziemlich oft hören. Ich hoffe, das ist in Ordnung für dich, ich fürchte, da kommen wir nicht drum herum.«

Och, irgendwie könnte ich mir gerade Schlimmeres vorstellen. Ohne zu zögern, küsse ich Jan. Die Gäste applaudieren.

Die Combo, die schon heute Vormittag bei Tante Małgorzata aufgespielt hat, stimmt jetzt ein sehr schnelles und, wie sich herausstellt, auch sehr kurzes Lied an. Jan nimmt meine Hand. »Komm, jetzt gibt es erst mal etwas zu essen.«

Er führt mich die Treppe in den ersten Stock hinauf. Schon beim ersten Mal war ich beeindruckt von dem mit dunklem

Holz getäfelten Raum mit den hohen Decken. Aber jetzt, festlich eingedeckt für unsere Hochzeit, sieht er noch toller aus. Auf allen Tischen stehen imposante Blumengestecke mit weißen Rosen, die Kerzen brennen und tauchen den ganzen Raum in ein weiches, schönes Licht. Selbst die Scharfrichter, die gestern noch sehr streng von ihren Gemälden schauten, scheinen jetzt zu lächeln.

Als alle sitzen, schlägt Jan mit einem Löffel an sein Glas.

»Drodzy przyjaciele, cieszę się, że tak licznie przybyliście na nasze spontaniczne zaproszenie. Jak dobrze, że nie mieliście widocznie lepszych planów na ten weekend.«

Gelächter. He, ich will auch mitlachen! Ich werfe Karolina, die schräg links von mir sitzt, einen hilflosen Blick zu. Sie versteht und übersetzt flüsternd.

»Liebe Freunde, ich freue mich, dass ihr unserer sehr spontanen Einladung so zahlreich gefolgt seid. Es ist gut, dass ihr an diesem Wochenende offenbar nichts Spannenderes vorhattet.«

Jan fährt fort.

»A teraz pragnę podziękować wszystkim tym, którzy w moim życiu odgrywają najważniejszą rolę. Oczywiście oprócz mojej żony.«

Wieder Gelächter, und Karolina bewährt sich abermals als Flüster-Dolmetscherin: »Ich möchte an dieser Stelle den Menschen danken, die für mich die wichtigsten im Leben sind – natürlich neben meiner Frau.«

Jan steht auf und stellt sich hinter den Stuhl seiner Mutter.

»Po pierwsze jest to oczywiście moja mama. Kochana mamusiu, ty zawsze byłaś przy mnie. Czy jako mały chłopiec, czy też jako dorosły mężczyzna wiedziałem, że zawsze mogę na ciebie liczyć. Pragnę ci za to podziękować. Dziękuję ci również za to, że przyjęłaś moją żonę Tinę z otwartymi ramionami. Tak bardzo bym chciał, by tata mógł być wśród nas i widzieć, jak dziś jesteśmy szczęśliwi.«

Oha, jetzt wischt sich Magda eine Träne von der Wange. Das muss ja ganz was Bewegendes gewesen sein. Ich bin gespannt auf die Übersetzung. Karolina legt los.

»Das ist zum einen natürlich meine Mama. Liebe Mama, du warst immer für mich da. Ob als kleiner Junge oder als erwachsener Mann, ich wusste immer, dass ich jederzeit zu dir kommen kann. Ich danke dir dafür, und ich danke dir, dass du nun meine Frau Tine mit offenen Armen aufnimmst. Und ich wünschte, Papa könnte bei uns sein und sehen, wie glücklich wir heute sind.«

»Ale myślę też o babci Gerdzie. Oma Gerda, auch dir möchte ich danken. Mit dem heutigen Tag bist du auch meine Oma, und das macht mich sehr stolz, denn du bist ein besonderer Mensch. Du hast den heutigen Tag erst möglich gemacht. Ohne dich wäre alles anders gekommen.«

Wie wahr, wie wahr. Ohne Oma wäre wirklich alles anders gekommen. Dann hätte ich so geheiratet wie ursprünglich geplant. Vermutlich unter einer Palme, mit einer Hibiskusblüte im Haar. Dafür ohne polnische Mehlsuppe. Aber komisch: Ich bin eigentlich nicht mehr sauer auf Gerda. Es ist zwar alles ein Riesenschwindel, trotzdem finde ich unsere Hochzeit schön. Ich finde es auch schön, dass Jan etwas so Liebes zu seiner Mutter sagt. Und zu Gerda. Wie anders als Alexander, der unsere Hochzeit von Anfang an ganz allein feiern wollte, weil ihm Familie nichts bedeutet. Andererseits: Wieso habe ich mich nicht durchgesetzt mit meinem Wunsch nach einer Familienfeier? Wieso gibt bei uns beiden eigentlich immer Alexander den Ton an?

Jan steht auf, geht erst zu seiner Mutter und küsst sie, dann ist Gerda dran. Die ist sichtlich gerührt, und ich hoffe nur, dass sie nicht zu einer weitschweifigen Gegenrede ansetzt, in der sie wieder Jan mit Fritz verwechselt oder irgendetwas anderes erzählt, was die hier gerade in voller Blüte stehende deutsch-polnische Freundschaft empfindlich stören könnte.

Aber diese Sorge ist völlig unnötig, denn bevor Gerda irgendetwas sagen kann, steht schon Wojtek mit der Flasche Wodka neben ihr und schenkt ihr Glas randvoll, auf dass sie mit ihrem neu erworbenen Schwiegerenkel mal richtig anstoßen kann. Und natürlich werden jetzt auch alle anderen von Wojtek versorgt, inklusive der Braut. Der Getränkenachschub scheint die vornehmste Pflicht des polnischen Trauzeugen zu sein. Na, dann prost!

Nach diesem Glas habe ich mir genug Mut angetrunken, um auch ein paar Worte an die Festgemeinde zu richten. Ich klopfe an mein Glas und stehe auf.

»Liebe Mutter«, spreche ich Magda an, »liebe Oma«, das geht Richtung Gerda, »liebe Familie und Freunde! Ich danke euch, dass ihr mich so herzlich aufgenommen habt.« Ich mache eine kurze Pause, damit Karolina übersetzen kann. »Letzte Woche noch kannte ich die meisten von euch nicht – und heute gehöre ich zu euch. Das ist wunderschön! Und wunderschön ist auch das Geschenk, das ihr Jan und mir zur Hochzeit gemacht habt: Über die drei Tage Flitterwochen in Misdroy haben wir uns sehr gefreut, danke!«

Die Gäste applaudieren, Gorzko-Rufe werden laut, und schon steht Jan neben mir und küsst mich – oder besser: haucht mir einen Kuss auf die Lippen. Ich ertappe mich bei dem Gedanken, dass ich drei Tage Misdroy allein mit Jan tatsächlich gar nicht schlecht finde. Bevor ich noch tiefsinnig werden und überlegen kann, was Alexander dazu wohl sagen würde, steht schon das nächste Wodka-Glas vor mir. Na zdrowie.

Als endlich etwas Essbares auf den Tisch kommt, ist mir von einem Glas Sekt und zwei Gläsern Wodka schon sehr schummerig. Bevor ich mit Jan ins Tanzgeschehen einsteigen kann, muss ich ganz dringend mal eine solide Grundlage schaffen, sonst kann ich für nichts garantieren. Ich bin auch gerade sehr froh, dass ich kein Polnisch spreche und insofern niemand von mir geistreiche Konversation bei Tisch erwarten kann. Schnell löffele ich die verführerisch duftende und hervorragend schmeckende Mehlsuppe in mich hinein – hm, lecker! Also, kochen können die hier wirklich. Ob ich noch eine zweite Portion bekommen kann?

Mateusz scheint Gedanken lesen zu können – oder aber er hat Angst, dass die Party zu schnell zu Ende ist, wenn die Gäste weiterhin so viel Wodka auf ihre halbleeren Mägen kippen. Jedenfalls stellt er jetzt eine Platte mit etwas Fingerfoodartigem direkt vor meine Nase.

»Das sind kalte Piroggen«, erklärt mir Karolina, »ein kleiner Snack, um die Zeit bis zum nächsten Gang zu vertreiben.« Ein Snack zwischen zwei Gängen – es grenzt an ein Wunder, dass die meisten Polen schlank sind!

Während der nächsten sechs Gänge und Zwischengänge muss ich leider feststellen, dass meine Korsage faktisch wie eine Magenverkleinerung wirkt. Obwohl alles, was vor mir auf dem Teller landet, ausgezeichnet schmeckt – seien es Kohlwickel, Hackfleischbällchen oder als fulminanter Höhepunkt ein Wildschweinbraten mit Moosbeerensauce –, kann ich kaum etwas essen. Ich fühle mich zu eingequetscht. Mittlerweile fällt mir selbst das Atmen schwer. Je länger ich allerdings im Essen herumstochere, desto deutlicher spüre ich die Wirkung des Wodkas: Als wir schließlich aufstehen, um die Tanzfläche zu eröffnen, schwanke ich, glaube ich, schon ganz schön. Praktischerweise haben aber auch alle anderen schon den ein oder anderen kleinen Drink genommen, so dass ich hoffentlich nicht weiter auffalle.

»Alles in Ordnung?«, erkundigt sich Jan.

»Klar, warum?«

»Na, du schwankst ein bisschen.«

Okay. Es fällt doch auf.

»Vielleicht bräuchte ich mal etwas Wasser.«

»Willst du dich frisch machen? Das brauchst du aber nicht, du siehst immer noch toll aus.«

»Zum Trinken, Jan. Ich will Wasser trinken, nicht mich damit waschen!«

Klar, auf so einen exotischen Gedanken kommt hier natürlich keiner. Wasser *trinken* – verrückte Idee!

»Ach so, verstehe. Moment, ich besorge dir etwas. Aber danach wird getanzt, keine Widerrede!«

Und wie getanzt wird! Während auf den deutschen Hochzeiten, die ich bisher besucht habe, eindeutig die Tanzmuffel in der Überzahl waren, wird im *Domek Kata* geschwoft, bis die Sohlen qualmen. Ob Walzer, Polka oder Foxtrott – die meisten Paare sind nicht von der Tanzfläche zu kriegen. Wenn die Band zwischendurch eine kleine Verschnaufpause braucht, spielt sie eine kurze Melodie, und der Sänger schmettert ein fröhliches »A teraz pójdźmy sobie coś wypić, zapraszam na wódeczkę!« in den Saal, was irgendwie bedeuten muss, dass es wieder an der Zeit ist, einen klitzekleinen Wodka zu trinken. Das lässt sich hier natürlich niemand zweimal sagen. Ich schätze, Wojtek hat irgendwo mehrere Kisten mit dem Zeug deponiert, jedenfalls kommt er selbst vor lauter Nachschenken kaum zum Trinken, und so leert sich Flasche um Flasche.

Mittlerweile finde ich übrigens, dass das Zeug gar nicht so schlecht schmeckt. Es ist auch völlig überflüssig, es mit Cola oder Red Bull zu mischen. Pur ist Wodka doch am besten. Wo ist eigentlich mein Glas? Ich winke Wojtek zu, und der versteht sofort. Prost! Und noch ein Tanz mit meinem Gemahl – diesmal ein Walzer. Jan ist ein verdammt guter Tänzer. Weil ich erstaunlicherweise nicht mehr hundert Prozent trittsicher bin, zieht er mich bei jeder Drehung ganz fest an sich. Und das fühlt sich verdammt gut an. Ich schaue Jan tief in die Augen. Ob es am Wodka liegt oder an der ausgelassenen Stimmung – ich würde Jan jetzt sehr gern küssen. Kann nicht mal wieder jemand *Gorzko* rufen?

Aber leider tut mir niemand den Gefallen. Stattdessen erscheint jetzt Onkelchen Bogumił, der auch eine Runde mit der Braut tanzen will. Es zeigt sich schnell, dass Bogumił zwar motiviert bis in die Haarspitzen, aber leider nicht ganz so gut im Training ist. Womöglich hat er auch schon ungefähr so viel Wodka intus wie die Braut. Nach zwei schwungvollen Drehungen trägt es uns jedenfalls so aus der Kurve, dass wir beide sehr unsanft auf dem Allerwertesten landen. Huppila! Elegant geht anders.

Sofort erscheint Schießhund Karolina neben mir. »Tine, was machst du da?«

Ich muss kichern. »Wonach sieht's denn aus?«

»Ich würde sagen, du wälzt dich mit dem Priester auf der Tanzfläche herum. Du solltest besser Wasser oder Cola trinken, Alkohol verträgst du wohl nicht so gut.«

Bitte? Frechheit! Das lass ich mir von der blöden Ziege nicht sagen – schon gar nicht auf meiner eigenen Hochzeit! Ich rapple mich auf und winke ihrem Mann zu, der gerade versucht, Oma Gerda abzufüllen.

»Hallo, Wojtek! Ich brauche noch etwas zu trinken!«

Sofort ist er zur Stelle, offenbar nimmt er seinen Job wirklich sehr ernst. Ich greife mir vom nächsten Tisch ein leeres Glas, das ich ihm hinhalte, und er füllt es randvoll. Guter Mann! Von Karolina kommt ein beleidigtes Schnaufen, das mich nicht davon abhält, das Glas in einem Zug zu leeren. Na zdrowie!

Ich mache mich auf die Suche nach Jan, der mittlerweile mit Oma Gerda tanzt. Okay, das will ich mal gelten lassen. Dann suche ich eben wieder Wojtek mit seinem Wodka. Den muss ich nicht lange bitten, sofort ist er zu Stelle und hat diesmal auch ein eigenes Glas zur Hand.

»Na zdrowie, Tine. Ich freu mich, dass du bist mein Schwägerin! Hat Jan gute Fang gemacht!«

»Danke, Wojtek! Ich hab aber auch einen guten Fang gemacht.«

Karolina kommt dazu und zischt etwas auf Polnisch, was bestimmt *Gib der bloß nichts mehr zu trinken* heißt. Dann zerrt sie ihn samt Flasche von mir weg.

So viel zum Thema »guter Fang«. Vielleicht hätte Wojtek ruhig etwas genauer hinsehen sollen.

Nach drei oder vierzehn weiteren wilden Tänzen – so ganz genau kann ich nicht mehr mitzählen – steht Magda neben mir.

»Komm, gleich ist Mitternacht. Zeit für oczepiny.«

»Ocze … was?«

»Du kommst unter die Haube. Komm!«

Sie zieht mich zu zwei Stühlen, die irgendjemand mitten auf die Tanzfläche gestellt hat. Auf dem einen sitzt bereits Jan, der gerade seinen silberfarbenen Schlips lockert. Magda drückt mich auf den Stuhl neben ihm, dann tritt sie hinter mich und macht sich an meinem Schleier zu schaffen.

»Also, das funktioniert so«, erklärt sie mir gleichzeitig. »Alle unverheirateten Frauen tanzen gleich eine Polonaise um euch herum. Und irgendwann wirfst du den Schleier hinter dich – aber ohne vorher zu gucken! Das Mädchen, das ihn fängt, wird als Nächstes heiraten. Verstanden?«

Ich nicke langsam. »Ja, schon. Aber sagtest du nicht, mein Schleier ist schon über hundert Jahre alt? Das wär doch irgendwie schade.«

Magda lacht. »Na, ich habe hier einen zweiten Schleier. Das ist der, den du wirfst. Den echten nehme ich jetzt mit. Und außerdem bekommst du noch das hier«, sie wedelt mit einem geblümten Tuch, »das ist deine symbolische Haube.«

Mit einem geschickten Griff windet sie das Tuch über meine Hochsteckfrisur. Ich sehe Jan an.

»Na, Schatz, wie sehe ich aus? Stylish, oder?«

Jan sagt nichts, sondern beugt sich schnell zu mir vor und küsst mich auf die Wange.

Ich fange an zu kichern. »Hey, ich habe gar nicht gehört, dass jemand *Gorzko* gerufen hat!«

Die Musik beginnt wieder zu spielen, und der Sänger macht eine kurze Ansage, und sofort bildet sich um uns herum ein Kreis von mindestens fünfzehn Frauen und Mädchen zwischen sechs und sechzig Jahren. Okay, der Hafen der Ehe scheint hier hoch im Kurs zu stehen. Die Damen tanzen um uns herum, einige winken mir zu und werfen Küsschen – aber natürlich lasse ich mich von so platten Anbiederungsversuchen nicht beeinflussen. Ich schließe die Augen. Huch, das dreht sich ja ganz schön, lieber die Augen wieder öffnen! Als die Frauen die dritte Runde um uns herumtanzen, hole ich tief Luft und schmeiße den Schleier beherzt hinter mich.

Sofort bricht ein Tumult aus, es scheint ein heißer Kampf um den Schleier zu entbrennen. Ein spitzer Schrei, dann hat ihn sich Danuta gesichert. Triumphierend schwenkt sie ihn über ihrem Kopf. Gewonnen!

Wieder eine kurze Ansage durch den Sänger. Jetzt stellen sich die Jungs in einen Kreis um uns und beginnen zu tanzen. Jan hat mittlerweile seine Krawatte abgenommen und grinst in die Runde, ab und zu ruft er einem der Tänzer etwas zu. Die Musik wird schneller, Jan schwingt die Krawatte über seinem Kopf wie ein Lasso und wirft. Wieder ein kurzes Gerangel, dann stürmt der Sieger nach vorn. Es ist Kacper, Jans zwölfjähriger Neffe. Danuta schlägt mit gespieltem Entsetzen die Hände vors Gesicht und ruft etwas, das wie *Oh weh, oh weh!* klingt. Fröhliches Gelächter bei allen Gästen.

Der Sänger fordert die beiden mit großer Geste zu einem Tanz auf. Vorher allerdings setzen die Frauen Danuta den Schleier auf, die Männer binden Kacper die Krawatte um. Dann kommen die beiden wieder in die Mitte der Tanzfläche und beginnen zu tanzen – und zwar einen sehr romantischen Hochzeitswalzer, dessen Anblick nur ein wenig durch die Tatsache getrübt wird, dass Danuta ungefähr einen Meter größer ist als Kacper. Großartig! Was für ein Fest!

Wie konnte ich nur jemals auf die bekloppte Idee verfallen, allein, ohne Freunde und Familie, an einem Strand heiraten zu wollen? Und vor allem: ohne Wodka? Wo steckt eigentlich Wojtek?

16. Kapitel

Am Morgen danach bin ich erst einmal völlig orientierungslos. Wo bin ich? Wer bin ich? Was macht dieser schlafende Mann neben mir, dessen Arm bleischwer auf meinem Brustkorb liegt? Nach einem Blick unter die Bettdecke ergibt sich eine weitere Frage: Warum um Himmels willen habe ich nichts an – noch nicht einmal die mintfarbene Modesünde von Tante Małgorzata?

Tante Małgorzata! Stimmt, ich bin bei Tante Małgorzata, im Wohnzimmer, auf der Gästematratze. Ich heiße Tine Samstag – stopp! Ich heiße Tine Maria Majewska, und das schnarchende Etwas, das sich in diesem Moment auf mich wälzt, ist mein mir frisch angetrauter Ehemann.

Das erklärt aber immer noch nicht, warum ich nackt bin. Streng genommen gibt es dafür überhaupt keinen Grund. Denn Jan ist ja gar nicht mein Mann. Und in echt bin ich auch immer noch Tine Samstag und bis heute nicht im sicheren Hafen der Ehe vor Anker gegangen.

Also, was ist hier los?

Ich riskiere einen zweiten Blick unter die Decke. Mein ungutes Gefühl hat mich nicht getrogen: Auch Jan ist nackt. Oh mein Gott! Beziehungsweise: Bitte, lieber Gott, mach, dass das alles ganz harmlos ist und es irgendeine vernünftige

Erklärung dafür gibt. Ich finde nämlich, lieber Gott, ich habe noch einen gut bei dir – nachdem ich so fleißig für den Brautunterricht gebüffelt habe!

Krampfhaft krame ich in meinem Kopf nach irgendwelchen Erinnerungsfetzen, die diese Situation erklären würden. Aber da ist: nichts. Absolut nichts. Filmriss nennt man das wohl. Das letzte Bild, das ich klar vor Augen habe, macht die Sache nicht besser. Da sitze ich nämlich kichernd auf Jans Schoß, während er mir zärtlich in die Halsbeuge pustet und ich das gar nicht unangenehm finde. Und dann: *Cut!*

Mist, Mist, Mist. Es gibt nur einen Weg herauszufinden, was letzte Nacht passiert ist. Ich muss Jan fragen. Wie peinlich. Aber vorher muss ich ihn erst mal wach kriegen. Also stupse ich ihn vorsichtig an. Das hat aber nur zur Folge, dass er extrem zufrieden direkt in mein Ohr grunzt. Ich finde, das geht jetzt wirklich zu weit, und schubse ihn mit Schmackes von mir runter. Benommen öffnet er die Augen und stammelt: »Was? Was denn los?«

Offensichtlich geht es ihm ähnlich wie mir. Verwirrt schaut er sich um, und als er unseren Klamottenhaufen auf dem Boden entdeckt, zieht er hektisch an der verrutschten Decke. Nun ist zwar seine linke Pobacke wieder verhüllt, allerdings liege jetzt ich halb im Freien. Nee, mein Lieber, so haben wir nicht gewettet! Wir kämpfen um die Decke, zerren sie hin und her, bis Jan auf einmal in schallendes Gelächter ausbricht.

»Was ist denn bitte so komisch?«, raunze ich ihn an.

»Alles«, kichert Jan. »Einfach alles. Was machen wir hier eigentlich?«

»Das wollte ich dich auch gerade fragen. Ich weiß es nämlich nicht. Dieser ganze Wodka hat mein Hirn lahmgelegt, ich bin das Zeug ja auch nicht gewohnt …«

»Ich schon«, grinst Jan. »Aber so richtig weiß ich auch nichts mehr. Das Letzte, woran ich mich erinnern kann, ist, dass du in der Kneipe vom Stuhl gekippt bist …«

»Ich bin vom Stuhl gekippt? Oh! Und dann?«

»Dann hab ich dich, glaube ich, nach Hause getragen.«

»Und dann?«

»Keine Ahnung. Dann setzt es bei mir aus.«

Ich ziehe mir die Decke bis unters Kinn und weiß nicht, ob ich heulen oder auch einfach grinsen soll.

»Duhu, Jahan?«, beginne ich vorsichtig.

»Was denn?«

»Es ist doch nichts passiert, oder? Ich meine, wir haben doch nicht … äh, also, du weißt schon, was ich meine …«

»Ach, Quatsch, dafür waren wir viel zu betrunken. Mach dir mal keine Sorgen!«

»Ehrlich?«

»Klar. Obwohl …«, Jan grinst schon wieder, »wär ja nicht so schlimm. Immerhin sind wir verheiratet. Und du konntest gestern Abend kaum die Finger von mir lassen …«

Sehr witzig, wirklich sehr witzig! Bevor ich kontern kann, schält sich Mister Unwiderstehlich schnell aus der Decke, greift sich Tante Małgorzatas Nachthemd und knotet es sich um die Hüften. Dann entschwindet er Richtung Bad. Das gibt mir zumindest die Gelegenheit, in meine Sachen zu schlüpfen. Iiihh, wie müffeln die denn? Der Geruch liegt irgendwo zwischen Kneipe und Kloake. Ich brauche dringend was Frisches zum Anziehen und beschließe, mir von Tante Małgorzata ein paar Klamotten zu leihen. Schließlich gehöre ich jetzt zur Familie, da kann sie schlecht nein sagen.

Das Frühstück nehmen Jan und ich nahezu schweigend

ein, bis Bogumił in die Küche platzt, mir vertraulich zuzwinkert und irgendetwas fragt.

»Onkelchen will wissen, ob du eine schöne Nacht hattest«, übersetzt Jan mit erstaunlich neutralem Gesichtsausdruck.

Ich werde puterrot und stopfe mir schnell ein Stückchen polnische Wurst in den Mund. Damit entfällt eine Antwort. In diesem Moment kommt Karolina mit einer Reisetasche in die Küche.

»Ich hab dir hier mal ein paar Sachen von mir zusammengepackt, aber nur geliehen – Wiedersehen macht Freude.«

»Was für Sachen?«

»Na, was zum Anziehen. Du hast ja weiter nichts dabei. Und so kannst du doch unmöglich im *Stella Maris* absteigen!«

Stella Maris? Ich muss sie angucken wie ein debiles Pferd, denn jetzt sagt sie betont langsam: »*Vil-la Stel-la Ma-ris.* Ihr brecht doch gleich nach Misdroy auf.«

Genau, Misdroy, das hatte ich glatt verdrängt. Heute geht's in die Flitterwochen! Jans Familie hat ja zusammengelegt und uns zur Hochzeit Flitterwochen in einem Luxushotel in Misdroy geschenkt. Also eher Flittertage, wir sind nur zwei Nächte in Misdroy. Wie die Zeit mit Jan wohl werden wird? So richtig zu zweit waren wir schließlich noch nie – entweder wir hatten Oma am Hals oder gefühlte 235 polnische Verwandte. Ein bisschen freue ich mich schon, mal mit ihm allein zu sein. Und dann geht es nach Hause. Komisch, bei dem Gedanken freue ich mich irgendwie nicht ganz so sehr.

Frau Strelow lassen wir während unserer Flittertage in der

Obhut von Małgorzata und Leszek. Jan hat seiner Tante eingeschärft, meine Großmutter nicht eine Sekunde aus den Augen zu lassen und sie rundum zu betüddeln. Außerdem fühlt sich Oma hier sauwohl, der Familienanschluss tut ihr offenbar gut.

Jan und ich sind also einigermaßen beruhigt, als wir nach Misdroy aufbrechen und Małgorzata, Leszek, Karolina, Onkelchen und Gerda uns zum Auto bringen. Magda, meine neue Schwiegermutter, ist schon in aller Herrgottsfrühe abgereist, weil es ihr keine Ruhe ließ, dass Tochter und Enkelkind in Stettin ganz ohne ihre Hilfe sind. Also verabschiedet uns nun der Rest der Familie, ich bekomme viele feuchte Küsse und von Karolina immerhin ein freundliches Schulterklopfen.

Oma Gerda drückt mich ganz fest an sich und flüstert mir ins Ohr: »Viel Spaß, Kindchen. Und mach was draus …«

Hä? Wie meint sie das denn?

Jan startet den Motor, und im Rückspiegel sehen wir seine Sippe winken – Tante Małgorzata hat dafür sogar ein blütenweißes Taschentuch gezückt. Wir verlassen Kolberg und zuckeln über die uns bereits bekannte Landstraße gen Misdroy, immer an der Küste lang.

Es ist ein herrlicher Tag – mit einem knallblauen Himmel und strahlendem Sonnenschein. Unterwegs entdecken wir auf den Feldern ganz viele Störche und halten an, damit Jan mit der Kamera, die ihm Leszek mitgegeben hat, ein paar Fotos machen kann. Irgendwie ist es verrückt, aber ich bin tatsächlich ein wenig in Urlaubsstimmung und freue mich auf die freien Tage. Ein bisschen Erholung und Nichtstun haben wir uns nach dem ganzen Chaos echt verdient!

Am frühen Nachmittag trudeln wir in dem beschaulichen Seebad ein. Das *Stella Maris* haben wir schnell gefunden, es liegt direkt an der Promenade.

»Oh, guck mal! Das ist ja wunderschön!«, rufe ich aus. Ich bin ganz aus dem Häuschen. Das Hotel ist nämlich eine alte Barock-Villa mit einem stilechten Türmchen und sieht von außen einfach zauberhaft aus. Wie ein kleines Märchenschloss.

Von innen ist es fast noch hübscher, denke ich, als wir über knarrende alte Holzdielen zum Empfang gehen, wo eine Dame offensichtlich schon auf uns gewartet hat. »Ah, die Hochzeitsreisenden!«, ruft sie nämlich, als sie uns sieht, und lächelt. Jan erledigt schnell die Formalitäten, unsere Pässe will die Empfangsdame gar nicht erst sehen. Wie sich herausstellt, sind die Besitzer des Hotels mit dem Schwager eines Freundes eines entfernten Cousins von Bogumił bekannt, da erübrigt sich so etwas, wie Jan mir versichert.

Dann führt sie uns in den dritten Stock, öffnet eine große Tür und sagt feierlich: »Bitte sehr, die Piasten-Suite!« Sie zeigt uns alles und klärt uns darüber auf, dass Piasten nichts zu essen sind, sondern ein altes polnisches Königsgeschlecht.

Ich stehe mit heruntergeklappter Kinnlade neben ihr und bringe nur so etwas wie einen Quietschlaut heraus. Die Suite hat ihren Namen wirklich verdient. Es gibt ein großes Wohnzimmer mit frei stehenden Holzbalken, einer winzigen Einbauküche und einer bequem anmutenden Sitzecke.

»Die eine Couch kann man auch zu einem zusätzlichen Bett ausklappen«, erklärt die Rezeptionistin. »Aber das werden Sie ja kaum brauchen.« Sie zwinkert uns leicht anzüglich zu, und ich werde schon wieder rot.

Auch im Schlafzimmer gibt es die schönen alten Holzbalken, außerdem stehen dort zwei Sesselchen und ein großes Bett. Vom hellen, freundlichen Badezimmer können wir direkt auf die Ostsee blicken. Toll! Und hinter einer weiteren Tür verbirgt sich der Clou: ein kleines, schnuckeliges Erkerzimmer, ebenfalls mit Meerblick – das Türmchen, das ich draußen schon bewundert habe, gehört zu unserer Suite! Ich muss schon wieder quietschen, so romantisch ist das hier. Also, sollte ich irgendwann noch mal heiraten, wäre das hier der perfekte Ort für meine Flitterwochen!

Auch Jan ist beeindruckt und pfeift anerkennend. Nach dem kleinen Rundgang deutet die Hotelangestellte noch auf den Wohnzimmertisch und sagt, bevor sie sich diskret zurückzieht: »Ich wünsche Ihnen einen angenehmen Aufenthalt – und: zum Wohl!« Auf dem Tischchen thront ein Sektkühler mit Inhalt, daneben stehen ein Korb mit frischen Früchten und ein Teller mit Konfekt. Herrlich, so kann man's doch aushalten!

Jan denkt offenbar genauso wie ich, denn er grinst ziemlich zufrieden. Mit einem lauten *Plopp* entkorkt er die Flasche, schenkt zwei Gläser voll und reicht mir eines. »So, dann wollen wir mal anstoßen«, sagt er vergnügt. »Also: auf uns, auf ein langes glückliches Leben und auf ein gutes Ende dieser Geschichte!«

Unsere Gläser klirren aneinander, wir trinken einen Schluck, und plötzlich pruste ich den Sekt durch das halbe Zimmer, denn Jan drückt mir unvermutet einen dicken Schmatzer auf die Wange.

»Ach Tine«, seufzt er und lässt sich auf das Sofa plumpsen, »hier haben wir's echt gut getroffen.«

Ich setze mich neben ihn und nippe an meinem Sekt.

»Stimmt, das ist wirklich super hier! Aber irgendwie habe ich auch ein schlechtes Gewissen …«

»Warum das denn?«

»Na, das kostet doch bestimmt eine Stange Geld! Das ist so ein tolles Geschenk von deiner Familie. Ich komme mir vor wie eine Betrügerin!«

»Ach was!« Jan winkt lässig ab. »Wie ich die kenne, haben die knallhart einen Spezialpreis ausgehandelt. Außerdem ist Nebensaison, da kann der Schuppen nicht so teuer sein. Nimm's einfach als Entschädigung für die ganzen Strapazen.«

Wo er recht hat, hat er recht. Also räkele ich mich behaglich in den Kissen und nasche ein paar Weintrauben. »Was machen wir denn gleich noch?«, frage ich träge.

»Bei dem Wetter? Ab zum Strand, würde ich vorschlagen!«, meint Jan.

»Klingt gut.«

Wir trinken die Flasche leer, und als wir Richtung Meer aufbrechen, habe ich schon wieder leichte Schlagseite. Wenn ich zurück in Lübeck bin, muss ich dringend an meinem Alkoholkonsum arbeiten!

Am Strand ist nicht viel los. Wie Jan schon sagte: Nebensaison. Wir lassen uns in den Sand fallen und schweigen behaglich. Ich schließe die Augen und entspanne mich noch mehr.

Als ich sie wieder öffne, ist der Platz neben mir leer. Ich muss wohl ein wenig geschlafen haben. Ich richte mich auf und entdecke Jan unten am Ufer, wo er mit hochgekrempelten Hosenbeinen wie ein Reiher durchs Wasser stakst.

»Was machst'n da?«, rufe ich ihm zu.

»Muscheln sammeln«, brüllt er zurück.

Na klar, was sonst?

Als Jan genug Muscheln hat und ich merke, dass ich mir in der Sonne ein wenig die Nase verbrannt habe, schlendern wir zurück zur *Villa Stella Maris.* An der Rezeption werden wir von unserer netten Empfangsdame begrüßt wie alte Bekannte: »Ah, da sind Sie ja wieder. Ich hoffe, Sie hatten einen schönen Nachmittag! Ziehen Sie es vor, aushäusig zu speisen, oder soll ich schnell noch einen Tisch in unserem Restaurant reservieren?«

Wir entscheiden uns für die hoteleigene Variante.

»Sehr gern«, sagt die Dame beflissen. »In etwa einer Stunde? Sicher möchten Sie sich vorher noch ein wenig frisch machen ...« Schon wieder dieses Augenzwinkern. Nun ist aber mal gut!

Während Jan unter die Dusche hüpft, inspiziere ich erst einmal Karolinas Reisetasche. Sie hat wirklich an alles gedacht: Unterhosen, BHs, eine Jeans, T-Shirts, zwei Pullis und – hui, wie schick – zwei Kleider. Eins ist aus reiner Seide in einem flotten Meergrün und eines aus fließendem Jersey mit Blumendruck. Ganz unten in der Tasche entdecke ich auch Nylonstrümpfe und Pumps. Da wir annähernd die gleiche Größe haben, müsste das tatsächlich alles ungefähr passen. In einer Seitentasche steckt ein Kulturbeutel mit Shampoo, Duschgel, ein paar Schminkutensilien und – Kondomen! Die hat sie doch nicht alle!

Als Jan fertig ist, schlüpfe ich ins Bad. Nach dem Duschen schminke ich mich sorgfältig und entscheide mich für das Teil in Grün. Ich drehe und wende mich vor dem Spiegel – gar nicht so schlecht, Herr Specht! Das Kleid sitzt wie angegossen und macht, nebenbei bemerkt, ein beeindruckendes Dekolleté. Karolinas Pumps sind zwar etwas zu groß, aber für einen Abend wird das schon gehen.

»Wow! Du siehst ja toll aus!« Jan ist sichtlich beeindruckt, als ich hüftenschwingend ins Wohnzimmer schlendere.

Ja, das finde ich auch. Formvollendet reicht er mir seinen Arm, ich hake mich ganz damenhaft unter, und wir stolzieren ins Restaurant. Das trägt den verheißungsvollen Namen *La Spezia,* und wie wir der Speisekarte entnehmen, gibt es hier neben polnischer Küche tatsächlich auch italienische Spezialitäten. Super, nach der ganzen Würstchen- und Fleischfutterei kann ich wirklich mal wieder eine reelle Nudel vertragen.

Mein Tischherr bestellt zum Essen eine Flasche Rotwein, und während wir uns mit Heißhunger über unsere Pasta hermachen, plaudern wir angeregt über Gott und die Welt. Jan unterhält mich mit lustigen Anekdoten aus seiner Studentenzeit, ich erzähle von meinem Job und gebe die Geschichte mit den Wasserbomben zum Besten. Alles in allem amüsieren wir uns prächtig.

Ganz aufgekratzt beschließen wir deshalb nach dem Essen, dass wir unbedingt noch das Nachtleben von Misdroy erobern wollen. An der Rezeption erkundigen wir uns, wo die In-Crowd denn hier so hingeht. Mittlerweile ist unsere reizende Empfangsdame von einem älteren Herrn abgelöst worden, der sich ratlos am Kopf kratzt und brummelnd zum Telefon greift.

»Nebensaison«, erklärt Jan. »Er muss sich erst mal erkundigen, was überhaupt aufhat.«

Richtig groß ist die Auswahl nicht, aber immerhin versorgt er uns mit zwei Adressen, die sogar in unmittelbarer Nähe des *Stella Maris* liegen. Zum Glück, denn ich habe keine Jacke an, und als wir vor die Tür treten, bläst uns ein frischer Ostseewind entgegen. Jan, ganz Gentleman, legt fürsorglich den Arm um meine Schulter und wir marschieren los.

Unsere erste Anlaufstelle, der Club *Scena,* liegt mitten auf der Promenade. Im Sommer steppt hier bestimmt der Bär, aber jetzt ist eher Totentanz angesagt. Uns schallen zwar ohrenbetäubende Techno-Beats entgegen, aber der Schuppen ist fast menschenleer, nur an der Bar sitzen zwei versprengte Gestalten. Wir schauen uns an und machen auf dem Absatz kehrt.

Die zweite Location heißt *Dechy.* »Das bedeutet Holzbrett«, sagt Jan. Holzbrett? Na, das klingt ja nach einer Supersause. Wir finden den Laden unten an der Seebrücke, und als wir den großen Gastraum betreten, erklärt sich sofort der komische Name. Das *Dechy* ist eher rustikal, überall stehen einfache Holztische und -bänke, es gibt Säulen mit Holzschnitzereien, und der Boden ist aus einfachen Brettern gezimmert. Wirklich sehr, sehr rustikal!

»Na, gefällt's dir?«, fragt Jan, während ich mit der Faszination des Grauens zu einer Bühne schaue, auf der ein einsamer Keyboarder sitzt, mit Begeisterung in die Tasten haut und dazu schaurig-schön singt.

»Auf alle Fälle ist hier schon mal mehr los«, antworte ich diplomatisch. Wer weiß, vielleicht haben die Polen ein ganz anderes Verständnis von Nightlife, und ich möchte Jan auf keinen Fall in seiner Nationalehre kränken – da ist er ja eher empfindlich.

Er schiebt mich zu einem der Holztische, an dem noch etwas Platz ist. Bereitwillig rücken die anderen Gäste zusammen, so dass ich mich setzen kann. Dann steuert Jan zielstrebig auf die Holzbar zu und kehrt kurz darauf mit zwei Caipirinhas zurück. O Mann, schon wieder Alkohol!

Mit unseren Tischnachbarn kommen wir schnell ins Gespräch. Besser gesagt: Jan unterhält sich, und ich nicke freundlich dazu, weil ich ja kein Wort verstehe. Plötzlich springen alle auf, reißen ihre Gläser in die Höhe und brüllen etwas. Der Mann, der eben noch neben mir saß, rast zur Bühne und schreit dem Keyboarder etwas ins Ohr. Der unterbricht seinen aktuellen Song, brüllt auch etwas in sein Mikrophon und stimmt den Hochzeitswalzer an. Jetzt ist der ganze Saal auf den Beinen, alle klatschen und zeigen auf Jan und mich.

»Was hast du denen denn erzählt?«, zische ich ihm ins Ohr, während ich krampfhaft weiterlächle. So viel öffentliche Aufmerksamkeit ist irgendwie nichts für mich.

»Nur dass wir in den Flitterwochen sind, mehr nicht«, flüstert Jan unschuldig zurück. »Los, komm, alle wollen, dass wir jetzt tanzen.«

Es bleibt uns wohl nichts anderes übrig. Jan zerrt mich Richtung Tanzfläche, und wir wiegen uns im Takt des Hochzeitswalzers, während sich die anderen Gäste an den Rand der Tanzfläche stellen und frenetisch applaudieren. Dann folgt übergangslos eine wilde Polka, und Jan wirbelt mich so herum, dass mir ganz schwindlig wird. Jetzt rächt es sich, dass mir Karolinas Schuhe nicht wirklich passen. Deshalb ziehe ich sie lieber aus und hüpfe in meinen Nylons herum.

Das nächste Stück ist zum Glück etwas ruhiger, ein bisschen klingt es wie die polnische Version von »Ti amo«. Ich schmiege mich an Jan, er hält mich ganz, ganz fest – etwas fester sogar, als es eigentlich nötig wäre. Der Keyboarder scheint ein Mann mit einem Sinn für Romantik zu sein, denn jetzt kommt ein Schmusesong nach dem anderen. Und Jan und ich lassen keinen Engtanz aus. Ich lege meinen Kopf an seine breite Brust und muss zugeben: Jan ist wirklich ein sehr, sehr guter Tänzer. Und dass er mich so fest hält, fühlt sich auch sehr, sehr gut an. Und irgendwie riecht er so gut. Ich vergrabe meine Nase noch etwas tiefer in seinem Hemd. Mmmhh!

Zwischendurch machen wir nur kurze Pausen, um schnell etwas zu trinken. Als ich einmal zur Toilette husche, blickt mir dort aus dem Spiegel eine fremde Frau entgegen. Okay, sie ähnelt noch stark der alten Tine Samstag. Aber sie strahlt, ihre Augen glänzen, und sie hat richtig rote Wangen. Irgendwie sieht sie so … glücklich aus!

Als wir uns zu vorgerückter Stunde von unseren neuen Freunden verabschieden, müssen wir gefühlte hundert Hände schütteln. Wir taumeln in die Nacht, und Jan nimmt mich erneut schützend in seine Arme. »Nicht dass du dich erkältest«, haucht er mir zu. Genau! Ich drücke mich noch etwas dichter an ihn. Einen Schnupfen kann ich jetzt wirklich nicht gebrauchen.

In der *Villa Stella Maris* ist längst Nachtruhe eingekehrt, sogar der Portier macht hinter seinem Tresen ein kleines Nickerchen. Leise schleichen wir an ihm vorbei und erklimmen Hand in Hand die drei Stockwerke zur Piasten-Suite. Jan räuspert sich verlegen und sagt dann leise: »Also, ich mach mir mal die Schlafcouch fertig.«

Mindestens ebenso verlegen entgegne ich: »Äh ja. Ich hau mich schon mal hin, bin hundemüde.«

Als ich mich in die dicken Kissen kuschele, fühlt sich das große Bett ziemlich leer an. Schade eigentlich, immerhin sind wir ja Mann und Frau …

17. Kapitel

Heute machen wir mal ein bisschen Kultur!« Ich werde davon geweckt, dass Jan mit irgendeinem Prospekt vor meinem Gesicht herumfuchtelt. Er ist schon frisch geduscht, fertig angezogen und macht einen verdammt unternehmungslustigen Eindruck.

»Was ist los?«, frage ich verschlafen und reibe mir die Augen.

»Los, Tine, aufstehen!« Er zieht mir einfach die Decke weg, »Sightseeing! Ich hab da mal eine kleine Tour für uns ausgearbeitet. Wusstest du eigentlich, dass der spätere Kaiser ...«

»Jan!«, unterbreche ich ihn stöhnend. »Darf ich davor noch richtig wach werden? Lass mich doch erst mal einen Kaffee trinken. Vorher bin ich sowieso nicht aufnahmefähig.«

»Okay, okay. Dann aber husch! Wir haben viel vor ...«

Das klingt irgendwie anstrengend! Ich wälze mich aus den Federn und finde Jan nach meiner Morgentoilette im Frühstücksraum wieder. Ich habe mich kaum gesetzt und die erste Dosis Koffein intus, da doziert er auch schon weiter – mit vollem Mund »Alfo, wuffteft du, daff ...«

»Jahan, iss doch in Ruhe auf und erzähl's mir dann.«

»Na gut!«

Nachdem er drei weitere Brötchen vertilgt hat, gibt es für ihn kein Halten mehr. Lang und breit erklärt er mir Misdroys herausragende Stellung als bedeutendes Seebad im neunzehnten Jahrhundert. Und dass sich der eben schon erwähnte spätere deutsche Kaiser Friedrich III. im Jahre 1867 hier mehrere Wochen lang mit seiner Familie zur Sommerfrische aufhielt.

»Wie interessant«, murmele ich.

»Nicht wahr? Also, zuerst gehen wir ins Naturkundemuseum, dann gibt's noch das Wachsfigurenkabinett, wir können auch einen Abstecher ins Kulturhaus machen, dann sollten wir unbedingt den Fischereihafen besichtigen und dann zum *Walk of Fame* ... «

»Zum was?«

»*Walk of Fame*«, sagt Jan mit wichtiger Miene. »In Misdroy finden jedes Jahr Filmfestspiele statt, und es gibt genau wie in Hollywood eine Straße, auf der sich berühmte polnische Schauspieler mit einem Handabdruck aus Bronze verewigen.«

»Berühmte polnische Schauspieler?«, entfährt es mir unvorsichtigerweise mit einem Kichern.

Prompt ist Jan beleidigt. »Natürlich haben wir berühmte Schauspieler! Was denkst du denn! Michał Bajor zum Beispiel! Anna Polony! Olaf Lubaszenko! Oder Izabella Scorupco, die war sogar mal Bond-Girl, in *Goldeneye!*«

»Echt? Toll! Wusste ich gar nicht. Also, dann müssen wir unbedingt zu diesem *Walk of Fame* ... « Ich gebe mich gebührend beeindruckt, damit der Herr sich wieder beruhigt. Einen Augenblick mümmelt er noch etwas verstimmt an einem weiteren Brötchen, dann bessert sich seine Laune wieder.

»Und ganz zum Schluss können wir noch hoch auf den Gosan. Das ist ein Berg, fünfundneunzig Meter hoch, einer der höchsten Gipfel an der polnischen Küste.«

Gipfel? Fünfundneunzig Meter? Hui, hoffentlich bekomme ich da keine Höhenangst! Ich halte aber lieber meinen Mund und spare mir weitere ironische Bemerkungen. Ich will uns beiden ja nicht den Tag versauen. Und da Jan offensichtlich völlig davon beseelt ist, mir mit seinem Kulturprogramm die Schönheit seiner Heimat näherzubringen, füge ich mich in das Unvermeidliche und stapfe nach dem Frühstück tapfer neben ihm her. Von irgendwo hat er sich einen kleinen Rucksack besorgt, in dem es geheimnisvoll klirrt.

»Wegzehrung«, erklärt Jan knapp.

Unser erstes Ziel ist also das Naturkundemuseum, das im Zentrum Misdroys an der Hauptstraße liegt. Wir sind die einzigen Besucher, die durch die Ausstellungsräume schreiten. Seltene Pflanzen hinter Glas, ausgestopfte tote Tiere und jede Menge Bernstein. Nun ja, wer's mag. Ich erfahre von Jan, dass das Museum zum Naturpark Wollin gehört, der ganz in der Nähe liegt. »Da leben sogar Wisente! Wenn du Lust hast, können wir da auch noch hin.«

»Och, weißt du ... Ich glaub, dafür reicht unsere Zeit leider gar nicht.«

»Hast wahrscheinlich recht. Oh, schau mal – eine Gemäldeausstellung ...« Und mit diesen Worten eilt er davon.

Nachdem wir noch die Werke eines heimischen Künstlers – Natur-Bilder, ich würd sagen: sehr, sehr abstrakt – bewundert haben, hetzen wir unserem nächsten kulturellen Höhepunkt entgegen: das Wachsfigurenkabinett an der Strandpromenade. Und dort ist es dann richtig lustig. Klar, wir sind nicht bei Madame Tussauds in London, aber auf immerhin zwei Etagen heißen uns herrlich skurrile und gruselige Figuren willkommen. Die übliche Prominenz ist natürlich auch versammelt. Ich drücke nacheinander dem Papst, Robert De Niro und Arnold Schwarzenegger Küsschen auf, während Jan eifrig Fotos schießt. Wir albern herum und amüsieren uns prächtig.

Da das Kulturhaus in einem Park ganz in der Nähe der Promenade liegt, steuern wir es als Nächstes an. Doch das schöne Gebäude aus dem neunzehnten Jahrhundert ist verrammelt und verriegelt – nix los.

»Och, schade!« Jan ist ganz enttäuscht. Ich bin nicht ganz so traurig, dass dieses kulturelle Highlight entfällt. »Was hältst du davon, wenn wir erst mal irgendwo einen Kaffee trinken?«, schlage ich vor.

Doch der Mann an meiner Seite ist nicht zu bremsen. »Nix da. Weiter geht's. Jetzt ist der Fischereihafen dran, da bekommst du bestimmt auch irgendwo deinen Kaffee. Wusstest du übrigens, dass dort jährlich bis zu tausend Tonnen Hering gefangen werden?«

Nein, das wusste ich noch nicht. Woher auch?

Im Eiltempo scheucht er mich die Promenade entlang zum östlichen Strand. Als hätten wir dort einen Termin und dürften nicht zu spät kommen! Menno, meine Flitterwochen habe ich mir irgendwie anders vorgestellt!

Der Anblick des Hafens entschädigt mich dann für die Hetzerei. Ich habe eigentlich einen Kai erwartet, oder zumindest Stege, an denen Schiffe vertäut liegen. Aber so etwas gibt es hier gar nicht. Es ist gerade Ebbe, und die bunten, schon leicht rostigen Fischerboote liegen direkt auf dem Strand. Das sieht wirklich malerisch aus, ein echtes Postkartenmotiv. Und deshalb muss Jan auch wieder ganz viele Fotos machen: Ich am Strand. Ich vor einem Boot. Ich auf Tauen sitzend.

Wir setzen uns in den Sand und schauen aufs Meer. Jan rückt gerade etwas dichter an mich heran, da grummelt mein Magen ganz fürchterlich. Ich sehe auf die Uhr. Mensch, Mittagszeit ist längst vorbei. Offensichtlich hat sich mein Körper so an die regelmäßige Nahrungsaufnahme gewöhnt, dass er jetzt vehement Nachschub fordert.

»Hunger?«, fragt Jan.

»Und wie! Das muss an der Seeluft liegen, diesen Appetit kenn ich gar nicht von mir«, antworte ich und deute hoffnungsvoll auf seinen Rucksack.

»Nee, nee, das ist für später«, sagt Jan. »Aber guck mal, da hinten. Da steht eine Bude. Vielleicht gibt's dort was zu essen.«

Wir schlendern zu dem Bretterverschlag – und tatsächlich erwarten uns dort jede Menge Köstlichkeiten aus dem Meer. Hier wird nämlich der fangfrische Fisch direkt verkauft und auch geräuchert. Jan ersteht ein riesiges Tablett voll mit leckerem Räucherfisch und etwas Brot, und wir setzen uns an einen der wackeligen Tische. Mann, schmeckt das gut. Wir futtern schweigend, und mir läuft, nicht ganz ladylike, das Fischfett am Kinn herunter. Das findet Jan natürlich urkomisch und zückt schon wieder seine Kamera. »Hrrrmmmpf«, versuche ich ihn mit vollem Mund abzuwehren, habe aber natürlich keine Chance. Wenigstens tupft er mir nach dem Schnappschuss mein fettiges Kinn mit einer Serviette ab.

Nach unserem opulenten Mahl sind wir so richtig schön platt. Außerdem hat das geschlossene Kulturhaus ein Loch in Jans Sightseeing-Programm gerissen, so dass er nichts dagegen hat, noch ein wenig am Fischereihafen zu bleiben und faul im Sand zu liegen. Doch nach knapp zwei Stunden Mittagspause wird er unruhig. Der Berg ruft! Er will unbedingt noch diesen ominösen Hügel erklimmen: »Der Ausblick soll fantastisch sein! Das dürfen wir uns nicht entgehen lassen.«

Vorher bummeln wir noch ein wenig durch die verwinkelten Gassen von Misdroy und bewundern die beeindruckende Bäderarchitektur mit ihren stolzen Jugendstil-Villen. Anschließend werfen wir einen kurzen Blick auf den *Walk of Fame* – der für mich lauter ebenso unbekannte wie unaussprechliche Namen bereithält, die ich aber vorsichtshalber mit bewundernden Ahs und Ohs kommentiere.

Jan wirft einen nervösen Blick auf die Uhr, zückt seinen Stadtplan und drängt zum Aufbruch. »Los, jetzt müssen wir diesen Hügel suchen. Nicht dass wir zu spät kommen!« Zu spät für was? Haben wir etwa irgendeinen Termin?

Wir keuchen einen Weg etwas außerhalb des Städtchens hinauf, es geht über Stock und Stein und durch ein Wäldchen. Völlig außer Atem muss ich feststellen, dass fünfundneunzig Meter ganz schön hoch sein können. Aber als wir endlich am Aussichtspunkt angelangt sind, entfahren mir ganz ehrlich gemeinte Ahs und Ohs. Die Aussicht ist nämlich atemberaubend, der Aufstieg hat sich gelohnt. Unter uns liegen die bewaldete Steilküste und der schneeweiße Strand, vor uns die ruhige Ostsee, über der ein feuerroter Ball schwebt.

»Ha, rechtzeitig geschafft! Ich hatte schon Angst, wir verpassen den Sonnenuntergang«, sagt Jan befriedigt. Dann öffnet er mit einem »Tataaa!« seinen Rucksack und zaubert einen Piccolo nebst Plastikbechern hervor. Dieser Mann ist echt unbezahlbar! Wir setzen uns auf eine Bank, und Jan öffnet die kleine Flasche, die natürlich nach dem ganzen

Gerüttel und Geschüttel überschäumt. Wir prosten uns kichernd zu und genießen dann schweigend das Naturschauspiel.

Jan rückt unauffällig wieder etwas näher. Zum Glück hält mein Magen diesmal die Klappe. Genauso unauffällig lehne ich meinen Kopf an seine Schulter. Leider wird der äußerst romantische Moment dadurch unterbrochen, dass ich aus Versehen aufstoßen muss. Ehrlich gesagt entgleitet mir ein amtlicher Rülpser – der fettige Räucherfisch fordert seinen Tribut. Für einen Augenblick starrt Jan mich fassungslos an, dann müssen wir beide hemmungslos lachen. Dass zwei Erwachsene so albern sein können!

Unsere kleine Flasche ist allzu schnell geleert, die Sonne versinkt im Meer, und wir beginnen den Abstieg. Über uns beginnt es zu grummeln, schlagartig wird es ziemlich dunkel, und ein Platzregen durchnässt uns bis auf die Knochen. Hand in Hand rennen wir wie die Gesengten durch den Regen und entern triefend unsere Hotel-Lobby – zwei begossene Pudel sind nichts gegen uns. Unsere freundliche Empfangsdame schiebt wieder Dienst und bemerkt mit einem leicht pikierten Blick: »Oh, Sie sind ja ganz nass!«

Wir nicken entschuldigend. Jan erklärt: »Wir sind vom Regen überrascht worden. Tut uns leid, wenn wir alles volltropfen.«

Die Dame ist sofort milde gestimmt, ihr Blick wechselt von *Igitt* zu verständnisvoll. »Was halten Sie davon, wenn Sie sich schnell umziehen und ich Ihnen hinten im kleinen Salon den Kachelofen anfeuere?«

Jan und ich sind begeistert. Hach, erst der Sonnenuntergang und jetzt ein behagliches Feuerchen. Mehr geht eigentlich nicht! Also schlüpfen wir schnell in etwas Trockenes und poltern dann Richtung Salon. Dort knistert und bollert der Ofen schon wie versprochen vor sich hin und verbreitet eine behagliche Wärme. Jetzt noch ein heißer Tee, und mein Glück wäre perfekt!

Als könnte sie Gedanken lesen, schiebt unsere Empfangsdame einen quietschenden Servierwagen in das kleine Zimmer, auf dem neben Teller und Tassen leckere Schnittchen, Gebäck und eine dampfende Teekanne stehen.

»Lassen Sie es sich gutgehen«, sagt sie augenzwinkernd und schließt hinter sich diskret die Tür.

Das lassen Jan und ich uns nicht zwei Mal sagen und machen uns über die kredenzten Köstlichkeiten her. Mmmh, wieder alles furchtbar lecker! Wenn ich wieder zu Hause bin, bekomme ich bestimmt Entzugserscheinungen. Gibt es in Lübeck eigentlich ein polnisches Restaurant?

Wir mampfen und mümmeln erst mal schweigend vor uns hin. Dann lehnen wir uns zufrieden seufzend in die dicken Polster unseres Sofas. So eingekuschelt und mit vollem Bauch, werde ich auf einmal ganz schläfrig. Mein Kopf sinkt zur Seite und an Jans Schulter. Ist ja auch kein Wunder! Den ganzen Tag dieses Gerenne an der frischen Ostseeluft, da darf man ja wohl etwas geschafft sein.

»Na, bist du etwa müde?«, flüstert Jan mir ins Ohr.

Ich nicke und gebe eine Art bestätigenden Grunzlaut von mir. Dann schmiege ich mich noch etwas fester an meinen Gemahl. Jan scheint das überhaupt nicht unangenehm zu sein, im Gegenteil, er kuschelt definitiv zurück und legt seinen Arm um mich. Eine Weile sitzen wir einfach nur da und genießen die Ruhe. Der Bollerofen bollert vor sich hin, und draußen prasselt der Regen an die Scheibe.

Die Idylle wird jäh unterbrochen, als unsere Empfangsdame mit Schmackes und ohne anzuklopfen die Tür aufreißt. »Alles in Ordnung bei Ihnen? Brauchen Sie noch etwas?«, fragt sie und blinzelt uns misstrauisch an. Wir waren wohl etwas zu ruhig. Wahrscheinlich ist sie von der Angst getrieben, dass in ihrem anständigen Haus quasi halböffentlich irgendwelche unanständigen Sachen passieren. Als sie sieht, dass wir nur so etwas wie ein verspätetes Mittagsschläfchen halten, ist sie beruhigt. »Soll ich Ihnen noch etwas Tee bringen?«

»Was meinst du?« Jan sieht mich fragend an.

Etwas schwerfällig rappele ich mich auf. »Ach, noch ein bisschen Tee wäre nicht schlecht. Und auch noch ein paar von diesen leckeren Schnittchen. Können wir das auch aufs Zimmer bekommen?« Noch mal lasse ich mich nämlich nicht von unserer Anstandsdame stören.

Also machen wir es uns in unserer Suite gemütlich. Hier gibt es zwar kein lustiges Feuerchen, aber dafür ist das Sofa noch breiter und bequemer. Der Room-Service bringt uns die gewünschten Sachen, und Jan durchstöbert die Minibar.

»Ich finde Tee pur auf Dauer etwas nüchtern«, grinst er mich an und kippt mir irgendeine undefinierbare Flüssigkeit in meine Tasse. Na dann prost!

Trotz der hochprozentigen Unterstützung will sich die kuschelige Stimmung von eben nicht so recht wieder einstellen. Jan breitet zwar fürsorglich eine Decke über mich, verschanzt sich dann aber am anderen Ende des Sofas. Nur unsere Zehenspitzen berühren sich unter dem Wollplaid leicht.

»Und – freust du dich schon auf zu Hause?«, fragt Jan zögerlich.

»Na klar«, sage ich, »was denkst du denn?«

Aber freue ich mich wirklich? Irgendwie habe ich das

dumpfe Gefühl, dass mein Leben in den letzten Tagen völlig aus den Fugen geraten ist. Dass es nicht wieder so sein wird, wie es vorher war. Und dass ich das vielleicht auch gar nicht will.

Okay, wenn ich wieder in Lübeck bin, ist das Ding mit der Geiselnahme schnell aufgeklärt. Auch Alexander wird sich, sobald er die Wahrheit erfährt, beruhigen. Aber was ist eigentlich mit mir? Kann ich meinem Verlobten verzeihen, dass er mir nicht vertraut hat? Schließlich geht Alex die ganze Zeit davon aus, dass ich tatsächlich eine Verbrecherin bin. Und statt sich um mich Sorgen zu machen, sorgt der Blödmann sich einzig und allein um seine Karriere.

Als könnte er in meinen Kopf gucken und meine trüben Gedanken lesen, schubbert Jan jetzt sanft mit seinen Füßen an meinen herum. »Tine, das wird schon alles wieder …«

»Meinst du?«, kommt es von mir ziemlich kläglich zurück.

Jan nickt und schubbert wieder beruhigend. Und das ist irgendwie zu viel für mich. Spontan breche ich in Tränen aus.

»Nihichts wird wiehieder guhut«, heule ich in die Wolldecke.

»Mensch, Tine!« Angesichts meines Gefühlsausbruchs ist Jan ganz erschrocken. Er springt auf, nimmt mich fest in den Arm und streichelt mir sanft über die Wange. Dann kippt er vorsichtshalber noch etwas Schnaps in meinen Tee. Alkohol scheint in Polen eine echte Allzweckwaffe zu sein – hilft sowohl gegen Fußpilz als auch bei seelischen Verstimmungen.

Drei Tassen später habe ich mich einigermaßen beruhigt. Jans Pullover zieren allerdings unschöne Schnodderflecken. »Weißt du was?« Entschlossen zieht er mich hoch. »Ich bring dich jetzt ins Bett. Das war ein anstrengender Tag, und morgen müssen wir ziemlich früh aufstehen.«

Leicht willenlos lasse ich mich von ihm ins Schlafzimmer führen. Wie einem kleinen Kind zieht er mir Hose und Pulli aus und packt mich unter die dicke Daunendecke. Au ja, Zähneputzen lassen wir heute ausfallen! Damit erspare ich mir auch einen Blick in den Spiegel. Ich sehe bestimmt fürchterlich aus – dicke, rote Nase und verquollene Augen.

Jan schlüpft zu mir unter die Decke und nimmt mich wieder in den Arm. Leise beginnt er ein Lied zu summen. Jetzt fühle ich mich tatsächlich wie ein Kind, das gerade von seiner Mami ins Bett gebracht wird. Ein schönes Gefühl. Dann pustet er mir sanft in den Nacken und fängt an, ein bisschen an meinem Hals zu knabbern. Ein noch schöneres Gefühl!

Ich drehe mich zu ihm um, jetzt liegen wir Nase an Nase. Sanft nimmt Jan meinen Kopf zwischen seine Hände und küsst mich. Erst ganz vorsichtig, dann etwas stürmischer. Ich küsse einfach mal zurück, habe ja gerade nichts anderes vor. Und gerade, als ich mir Gedanken mache, ob das wohl die berühmt-berüchtigte Hasenpfote ist, die er in der Hosentasche hat, drückt Jan mir plötzlich einen dicken Schmatzer auf die Stirn und rollt sich auf die andere Seite. »Gute Nacht, Tine. Schlaf schön«, nuschelt er noch in sein Kissen.

Das war's, Ende der Vorstellung.

Hallo? Und jetzt? Polnische Männer sind doch echt irgendwie komisch.

18. Kapitel

Was war das heute Nacht? Einfach ein spontanes Gefühl? Weil die Situation so war, wie sie war? Oder war es mehr? Seit einer Stunde liege ich schon wach und kann nicht mehr einschlafen. Dabei ist es erst halb fünf, der Wecker klingelt erst um neun. Aber in meinem Kopf schwirren die Gedanken durcheinander – an Schlaf ist nicht zu denken. Ich blicke neben mich. Dort liegt Jan und atmet tief und regelmäßig. Friedlich sieht er aus, wie ein kleiner Junge. Irgendwie … niedlich.

Ich bin wirklich der treue Typ. Fremdflirten ist nicht mein Ding, Fremdküssen sowieso nicht, von anderen Dingen, die mit »fremd« anfangen, gar nicht zu reden. Wieso also hatte ich vor ein paar Stunden das dringende Bedürfnis, Jan zu küssen? Ihn zu spüren? Wenn er nicht irgendwann auf die Bremse gestiegen wäre – ich weiß nicht, wie weit wir gegangen wären. Also *wir* im Sinne von *ich*.

Fühle ich mich jetzt schlecht? Ich horche in mich hinein. Nein, kein Stück. Weiowei. Was sagt das denn über mich? Habe ich unterwegs nicht nur meine Traumhochzeit und mein Autochen, sondern auch noch mein Gewissen verloren? Gut, auf der Hochzeitsfeier habe ich Jan auch geküsst, aber das war etwas anderes. Denn erstens gehörte das zu einer gelungenen Inszenierung nun einmal dazu, und zweitens war ich völlig betrunken. Ich hätte vermutlich auch mit Onkelchen Bogumił geknutscht. Oder mit Małgorzata. Gestern Abend aber waren wir allein – kein Schauspiel nötig. Und ich hatte vielleicht einen kleinen Schwips. Mehr aber auch nicht. Ich wusste genau, was ich tat. Und was ich tun wollte.

Ich wälze mich unruhig hin und her. Okay, ich stecke offenbar in einer ernsten Beziehungskrise. Anders ist das alles nicht zu erklären. Klar, Jan ist süß und ein richtig guter Typ. Aber ich habe mich sicher nicht in ihn verliebt. Das kann nicht sein. Jan ist nur das Symptom der Krise, nicht ihre Ursache. Sobald ich wieder in Lübeck bin, muss ich mit Alexander sprechen. Und zwar nicht nur über den Banküberfall. Oder habe ich vielleicht gar keine Beziehung mehr und weiß es nur noch nicht? Alexander klang bei unserem letzten Telefonat nicht gerade so, als sei er mein angehender liebender Ehemann. Er klang eher wie jemand, dem ich gerade ziemlich egal bin. Ich merke, wie mir bei diesem Gedanken wieder die Tränen kommen. Wie konnte sich mein Leben nur in einer Woche so ändern?

»Hey, Tine, alles in Ordnung?«

Mit meinem Rumgewälze habe ich offenbar Jan geweckt. Jedenfalls rappelt er sich jetzt auf und guckt mich ganz verschlafen an.

»Äh, ja, klar. Ich bin nur wach geworden, weil ich so … äh … Durst habe.«

»Sicher?« Jan schaut nachdenklich. »Ich dachte, dass du vielleicht wegen unserer …«

»Ja, sicher«, schneide ich Jan schnell das Wort ab. »Willst du auch was trinken? Dann bringe ich dir ein Glas mit.«

Jan nickt.

Ich wühle mich aus dem Bett und gehe zur Minibar. Ich hoffe, Jan vergisst über einem schönen Glas Mineralwasser, was er mich eigentlich fragen wollte.

Klack, das Licht in der Minibar geht an. Wodka, Gin, Bier, Champagner. Kein Wasser, kein Saft. Na gut, dem unsachgemäßen Verdünnen von kostbarem Alkohol durch Flüssigkeiten ohne Prozente steht man hier offenbar kritisch gegenüber, und eigentlich habe ich ja auch gar keinen Durst. Unverrichteter Dinge ziehe ich von dannen und schlüpfe wieder unter die Bettdecke.

»Hey, Fräulein, ich hatte ein Wasser bestellt«, ruft Jan mit gespielter Empörung.

»Tut mir leid. Wasser ist aus. Wir haben nur noch Champagner«, informiere ich ihn pflichtschuldigst.

Er grinst. »Na dann: Champagner! Aber sofort! Sonst beschwere ich mich bei der Geschäftsleitung!«

»Aber mein Herr! Es ist noch nicht einmal fünf Uhr morgens!«

»Na und? Ich befinde mich in meinen Flitterwochen. Da passt Champagner sowieso besser. Her mit dem Zeug!«

Als ich einfach ungerührt liegen bleibe, springt Jan aus dem Bett. Harrr, nur mit Boxershorts bekleidet, sieht er schon sehr annehmbar aus. Ich konzentriere mich auf die Bettdecke und hoffe, dass Jan nur einen Spaß macht und nicht wirklich im frühen Morgengrauen eine Flasche Schampus köpfen will. In meiner momentanen Gefühlsverfassung sollte ich unbedingt darauf achten, ganz nüchtern zu bleiben. Besser, man führt mich erst gar nicht in Versuchung.

Plopp. Jan macht keinen Spaß. Keine dreißig Sekunden später hält er mir ein volles Glas unter die Nase.

»Jan, es ist vier Uhr neununddreißig. Findest du das nicht ein bisschen früh?«

»Vier Uhr neununddreißig? Nee, das finde ich eher ein bisschen spät! Ich meine, die Nacht ist fast rum, und wir haben noch keinen Champagner getrunken. Das geht ja gar nicht! Also: Na zdrowie!« Seufzend nehme ich ihm das Glas ab, und wir stoßen an. Wo soll das noch enden?

Zwei Gläser später finde ich die Regel, vor achtzehn Uhr keinen Alkohol zu trinken, völlig überholt. Champagner schmeckt wirklich zu jeder Uhrzeit. Mir geht es deutlich besser als noch vor einer halben Stunde, und ich sehe alles lockerer. Es ist einfach so: Alex hat mich schlecht behandelt, und das hat er nun davon. Jawoll! Und im Grunde genommen ist ja auch gar nichts gewesen. Das bisschen Knutschen gestern Abend zählt doch gar nicht. Und es war sooo schön. Wie gut Jan küssen kann – oder habe ich mir das eingebildet?

»Woran denkst du gerade?«, will Jan in diesem Moment von mir wissen.

Ich merke, wie ich rot werde – ob der meine Gedanken lesen kann?

»Äh, ach nichts.«

»Sag doch mal. Du hast gerade so seltsam geguckt.«

»Seltsam?«

»Na ja, irgendwie … verträumt.«

»Wahrscheinlich, weil ich so müde bin. Ich habe gerade gedacht, dass wir hier zwei sehr schöne Tage hatten.«

Jan nickt. »Stimmt. Ich fand es auch sehr schön mit dir. Es war sehr … besonders.«

Er sieht aus, als wolle er noch etwas sagen, lässt es dann aber bleiben. Ich muss gähnen. Mit einem Mal bin ich tatsächlich so müde, dass ich kaum noch die Augen aufhalten kann.

»Hm, ich glaube, ich muss noch ein bisschen schlafen.«

»Gute Idee. Ich auch.«

Ich will mich gerade wieder auf meine Seite legen, da nimmt mich Jan in den Arm und küsst mich. Erst zögerlich, dann entschlossen. Ob es an der Krise mit Alex, dem Champagner oder woran auch immer liegt: Nach einer Schrecksekunde küsse ich ihn auch. Und zwar ziemlich entschlossen. Nein, ich habe es mir nicht eingebildet: Jan kann echt gut küssen, es ist die richtige Mischung zwischen zärtlich-spielerisch und wild. Ich merke, wie ich am ganzen Körper eine Gänsehaut bekomme. Stundenlang könnte ich so weitermachen. Trotzdem bin diesmal ich es, die Jan sanft von sich schiebt.

»Gute Nacht, mein Gemahl. Ich brauche noch ein bisschen Schönheitsschlaf.«

Jan lächelt. Falls er enttäuscht ist, lässt er es sich jedenfalls nicht anmerken.

»Du hast recht, ich könnte auch noch ein wenig Schlaf vertragen.« Bevor er sich allerdings in sein Kissen kuschelt, flüstert er mir noch etwas ins Ohr.

»Tine, du bist eine wahnsinnig tolle Frau. Alexander hat riesiges Glück.«

Auf der Rückfahrt nach Kolberg sind wir beide ungewöhnlich schweigsam. Schon beim Frühstück im *Stella Maris* hatte ich mich gegen meine sonstige Gewohnheit hinter der einzigen deutschen Zeitschrift verschanzt, die an der Rezeption auslag. Jetzt bin ich völlig im Bilde, was die Affären diverser deutscher Schauspieler anbelangt, und auch beim Liebesleben der Hollywoodstars macht mir niemand etwas vor. In meinem eigenen Privatleben ist mir hingegen einiges unklar, aber Klarheit wird wahrscheinlich maßlos überbewertet.

Auch Jan macht nicht den Eindruck, als hätte er gerade großen Klärungsbedarf. Er sieht aus dem Fenster, während links und rechts von uns wieder die Wälder vorbeiziehen. Ist mir gerade sehr recht, ich weiß sowieso nicht, wie ich die letzten vierundzwanzig Stunden erklären könnte. Ihm nicht und erst recht mir selbst nicht. Besser also gar nicht reden.

»Du, Tine«, setzt Jan schließlich doch an. »Das gestern ...«

»Ja?«

»Also, ähm ... dieser Räucherfisch war schon ganz schön lecker.«

Puh. Ich nicke. »Stimmt. Das finde ich auch.«

»Ich mag überhaupt sehr gern Fisch.«

»Hhm, geht mir genauso.«

Wir essen also beide gern Fisch. Dann wäre das ja schon mal geklärt. Ob wir als Nächstes entdecken, dass wir beide ein Faible für Laubsägearbeiten haben? Ich muss kichern.

»Was ist denn so lustig?«, will Jan wissen.

»Ach nix.«

»Sag doch mal!«

»Na gut. Ich musste gerade an Laubsägearbeiten denken.«

»Hä? Was ist das denn?«

»Laubsägearbeiten? Kennst du nicht?«

Aus den Augenwinkeln sehe ich, dass Jan den Kopf schüttelt. »Nein. Das Wort habe ich noch nie gehört.«

»Also, eine Laubsäge ist eine Säge, mit der man aus ganz dünnen Holzbrettern Figuren aussägen kann. Das ist eine Bastelarbeit für Kinder. Sie sägen zum Beispiel ein Pferd oder einen Hund aus und malen das Holz dann an. War in meiner Kindheit sehr beliebt. Mein Vater konnte das stundenlang mit mir machen.«

»Aha. Und wieso musst du da gerade jetzt dran denken?«

»Weil es so belanglos ist. Also, ich meine, weil wir beide gerade versuchen, über etwas Harmloses, Unverfängliches zu reden. Du über Fisch – und dass du den gern magst. Dabei hatte ich das Gefühl, du wolltest eigentlich etwas anderes sagen. Tja, und da habe ich gedacht, dass ich als Nächstes ja mal mit dir über Laubsägearbeiten sprechen könnte.«

Ich riskiere einen Blick über die Schulter. Jan grinst. »Ach so. Aber ich wollte tatsächlich über Fisch mit dir sprechen.« Sein Grinsen wird breiter.

»Wirklich? Na, und mich würde tatsächlich brennend interessieren, ob du in deiner Kindheit gerne mit der Laubsäge gesägt hast.«

Jetzt müssen wir beide laut lachen. Bei mir steigert es sich sogar zu einem echten Lachanfall, der so schlimm wird, dass ich rechts ranfahre und kurz halte. Als wir uns beide wieder beruhigt haben, schüttle ich den Kopf und sehe Jan an. »Es ist schon komisch. Das mit uns, meine ich.«

Er nickt. »Das ist es. Komisch.« Schweigen. Er räuspert sich und blickt mir dann ganz ruhig in die Augen. »Aber vor allem sehr schön.«

Ungefähr eine Minute lang halte ich seinem Blick stand, dann schaue ich verlegen zu Boden, ganz so, als ob sich im Fußraum neben Gas, Bremse und Kupplung noch irgendetwas wahnsinnig Interessantes verbergen könnte.

»Ja, also, dann woll'n wir mal wieder, nicht?«

Ich fädele mich wieder in den Verkehr ein und versuche, einen möglichst lockeren und entspannten Gesichtsausdruck aufzulegen. Jan fummelt am Knopf des Uralt-Radios und findet irgendeine polnische Popwelle, deren Musikchef auch bei Radio Schleswig-Holstein arbeiten könnte – die 90er, 2000er und das Beste von heute. Gähn.

Für die nächste halbe Stunde meiden wir Gespräche über Fischgerichte, Laubsägearbeiten und unser Leben an sich. Als ich schließlich vor Tante Małgorzatas Platte parke, bin ich froh, aus dem Auto zu kommen. Und langsam packt mich auch die Freude darauf, schnell meine Siebensachen zusammenzuraffen und endlich wieder nach Hause zu fahren.

Wobei »schnell« natürlich relativ ist, wenn man sich von der polnischen Verwandtschaft verabschiedet: Schon im Treppenhaus riecht es sehr appetitlich, und ich werde das Gefühl nicht los, dass Tante Małgorzata etwas damit zu tun hat. Richtig getippt. Im Wohnungsflur duftet es verführerisch nach Braten, und an der Anzahl der dort abgestellten Schuhe sehe ich, dass sich ein größerer Trupp eingefunden hat, um die Frischvermählten vor der Abreise nach Deutschland ein letztes Mal zu sehen.

»Tine! Janusz!« Onkel Leszek kommt aus dem Wohnzimmer getrabt und begrüßt uns euphorisch. Ich kann zwar nicht verstehen, was er sagt, nehme aber stark an, dass er wissen will, wie es uns in Misdroy gefallen hat. Also setze ich ein strahlendes Lächeln auf und berichte.

»Hach, Misdroy war ganz toll! Ein echtes Luxushotel, das *Stella Maris,* und überhaupt ist der ganze Ort so schön!«

Jan übersetzt schnell. Leszek nickt zufrieden, Oma strahlt.

»Nicht wahr, ein ganz zauberhafter Ort ist das! Wie oft habe ich mit meinem Heinzi dort am Strand gesessen oder ein Café besucht. Ich freue mich, dass es euch so gut gefallen hat. Es ist einfach der richtige Platz für Verliebte.«

Dafür, dass Oma weiß, dass wir mitnichten verliebt sind und Leszek sie sowieso nicht versteht, trägt sie ganz schön dick auf. Oder glaubt sie diese Räuberpistole mittlerweile selbst? Egal, Hauptsache, sie ist wieder klar, wenn wir in Lübeck in der Polizeiwache stehen. Alles andere ist mir mittlerweile wumpe.

Jetzt kommen auch die anderen in den Flur, selbst Wojtek hat sich offensichtlich in der Klinik freigenommen, um seinen Schwager zu verabschieden, bevor der wieder nach Deutschland fährt.

»Na, wie fühlt an so verheiratet?«, will er von mir wissen.

»Großartig, danke! Die beste Entscheidung meines Lebens!« Wenn schon Schauspiel, dann richtig!

Das scheint auch Jans Motto zu sein, denn er nimmt mich in den Arm, drückt mich und küsst mich auf den Scheitel. Dann ruft er etwas auf Polnisch, was zur allgemeinen Erheiterung beiträgt.

»Ich habe ihnen gesagt, dass ich mich mit meiner neuen Chefin schon sehr gut verstehe.«

Sehr lustig, haha. Meine Eltern hätten wahrscheinlich auch drüber gelacht, mein Vater beantwortet Fragen nach der eigenen Wochenendplanung auch immer gerne mit einem freundlichen »Muss ich erst die Chefin fragen«.

Małgorzata schaut von der Küche in den Flur: »Zapraszam teraz wszystkich do stołu! Bo obiad będzie zimny!«

Vermutlich will sie uns alle an den Esstisch scheuchen. Sehr schön, es duftet nämlich dermaßen gut, dass ich kurz davor bin, loszusabbern.

Als wir alle sitzen, bringen Małgorzata und Karolina Platten und Schüsseln aus der Küche und stellen sie auf den Tisch. Braten mit dunkler Soße, Erbsen, Möhren, Knödel –

lecker! Wojtek füllt etwas in unsere Gläser, was schon wieder verdächtig nach Wodka aussieht. Offensichtlich konnte er sich von seiner Trauzeugenrolle noch nicht ganz lösen. Ich beschließe, meine Finger davon zu lassen und höchstens zu nippen, schließlich liegen noch fast vierhundert Kilometerchen vor mir, die Hälfte davon auf polnischen Landstraßen.

Karolina setzt sich neben mich. »Na, meine liebe Schwägerin? Hattet ihr eine schöne Zeit?«

Ich nicke. »Ja, es war fantastisch. Vielen Dank noch mal für das tolle Geschenk!«

Bevor ich ausführlicher schildern kann, was mir besonders gut gefallen hat, klopft Onkel Leszek mit seiner Gabel an ein Glas und räuspert sich. »Liebe Tine, du bist nun Majewska und freut uns sehr!«

Ui. Eine Rede auf Deutsch! Das muss Leszek extra einstudiert haben, denn ich bin mir ziemlich sicher, dass er eigentlich kein Wort Deutsch spricht.

»Wir haben kennengelernt dich und lieben dich sehr. Janusz hat große Glück, und wir mit ihm. Wir wünschen euch lange, gute Ehe – ob in Deutschland oder Polen, egal.« Dann überlegt er kurz und zwinkert mir zu: »Aber am liebsten Polen. Hat dir gut gefallen, oder? Passt du auch gut zu uns!«

Ich bin so gerührt, dass ich mir schnell ein Tränchen aus dem Augenwinkel wischen muss. Gern würde ich jetzt auf Polnisch antworten, aber leider war ich in den letzten beiden Tagen ja mit anderen Dingen beschäftigt. Wobei – was heißt eigentlich leider … Ich merke, wie sich in meinem Hals ein Kloß bildet, denn neben Rührung spüre ich auch sehr deutlich mein schlechtes Gewissen. Diese Leute nehmen mich auf wie eine Tochter, und ich schwindele sie an. Ich beschließe, mich nur kurz zu bedanken. Ich will nicht noch mehr lügen, auch wenn das Gefühl von Freundschaft und Verbundenheit, das ich tatsächlich mittlerweile für Jans Familie empfinde, echt ist.

»Lieber Leszek, liebe Małgorzata«, erwidere ich, »vielen Dank, dass ihr mich so herzlich aufgenommen und mit mir eine so schöne Hochzeit gefeiert habt. Ja, ich finde auch, dass ich hier gut hinpasse. Wenn Jan und ich wieder in Deutschland sind, werden wir sicher sehr oft an euch denken.«

Okay, nicht besonders emotional, aber sollte die ganze Geschichte jemals rauskommen, möchte ich nicht auch noch die Frau sein, die hier eine großartige Rede gehalten hat, von der offensichtlich kein Wort stimmte. Jan übersetzt schnell, alle nicken zufrieden. Sehr schön, scheint also ausnahmsweise auch mal ohne Pathos zu gehen.

Wer es mal wieder genauer wissen will, ist natürlich Karolina. Noch bevor ich meinen ersten Knödel verspeist habe, nimmt sie mich in die Mangel.

»Sag mal, wie geht denn das jetzt weiter bei euch in Lübeck? Als was will Jan denn da arbeiten? Ich meine, Altenpfleger kann es für einen studierten Germanisten doch auf Dauer nicht sein.«

Tja, eine gute Frage, über die ich mir naturgemäß noch nie Gedanken gemacht habe.

»Ach, irgendwas werden wir schon finden«, antworte ich daher ausweichend. »Mit einem EU-Pass kann Jan in Deutschland doch alles Mögliche machen.«

Karolina zieht die Augenbrauen hoch. »Es sollte aber schon etwas sein, mit dem man auch eine Familie ernähren kann, oder? Ihr wollt doch Kinder, nicht wahr?«

»Kinder? Ja klar, irgendwann mal.«

»Irgendwann mal?« Karolina schüttelt verständnislos den Kopf. »Du bist doch schon dreißig. Wie lange wollt ihr denn noch warten?«

Paff, das sitzt.

»Na hör mal, so alt ist das nun auch wieder nicht. In Deutschland ist das ein völlig normales Alter für das erste Kind!«

Obwohl das hier genau genommen nur ein Scheingespräch ist, bin ich jetzt wirklich angefasst. Karolina tut ja geradezu so, als wären meine Eierstöcke schon so gut wie hinüber. Blöde Kuh!

Die Kuh hebt entschuldigend die Hände. »Tut mir leid, ich wollte dir nicht zu nahe treten. Natürlich kann man auch später Kinder bekommen. Müsst ihr selbst wissen. Mein Bruder ist eben echt kinderlieb, aber das weißt du ja. Ich glaube, er hätte bestimmt gern eine Familie – na ja, entschuldige meine Neugier.«

»Du, ich hätte auch gern mal eine Familie. Aber erst möchte ich mal die Zeit zu zweit genießen.«

Karolina nickt verständnisvoll. »Natürlich. So lange kennt ihr euch nun auch wieder nicht.«

Genau. Wenn sie wüsste, wie recht sie damit hat.

»Insofern ist es natürlich gut, wenn Jan sich erst mal in Ruhe eine richtige Arbeit sucht. Oder habt ihr schon mal daran gedacht, dass du auch in Polen arbeiten könntest? Du bist doch Deutschlehrerin. Als Muttersprachlerin hast du hier bestimmt gute Chancen, eine Stelle an einer Schule oder an der Universität zu finden.«

Ich schüttle den Kopf. »Nein, auf den Gedanken bin ich noch nie gekommen. Eigentlich gefällt's mir an meiner Schule ganz gut, und ich verdiene auch nicht schlecht.«

»Klar, ich sag ja auch nicht, dass du alles hinschmeißen sollst. Nur … vielleicht würde es sich lohnen, mal darüber nachzudenken.«

»Aber ich spreche kein Wort Polnisch.«

Karolina zuckt mit den Schultern. »Kann man alles lernen. Ist bestimmt für einen Deutschen nicht schwieriger, Polnisch zu lernen, als für einen Polen Deutsch. Ihr habt nämlich auch eine ziemlich schwierige Sprache, und trotzdem haben Jan und ich es doch ganz gut geschafft. Ich könnte dir Unterricht geben.«

Genau. Ein Träumchen – Polnischunterricht bei Dr. Karolina. Schlimmer geht's nimmer. Aber ich brauche mich überhaupt nicht reinsteigern, denn wie mir gerade wieder einfällt, bin ich ja gar nicht mit Jan verheiratet, es gibt also überhaupt keinen Grund, nach Polen zu ziehen, und demzufolge auch keinen, Polnisch zu lernen. Ich nicke also nur höflich.

»Danke. Ich komme drauf zurück, wenn es so weit ist.« Am Sankt-Nimmerleins-Tag nämlich. Ich denke kurz nach und komme zu dem Ergebnis, dass man mit einem kleinen Wodka im Blut wahrscheinlich doch noch ganz gut Trabbi fahren kann, proste Karolina zu und kippe das Gesöff hinunter. Na zdrowie.

Nach dem Essen folgt die wort- und tränenreiche Verabschiedung. Tante Małgorzata drückt mich ununterbrochen an ihren wogenden Busen, und man muss wirklich kein Polnisch verstehen, um zu begreifen, was sie mir alles sagen will. Bogumił hat mir sogar noch ein Abschiedsgeschenk mitgebracht. Der Form nach ist es ein Buch, und zwar ein ziemlich dickes. Der wird mir alter Atheistin doch nicht die Bibel unterjubeln? Seinem Grinsen nach zu urteilen liege ich mit meinem Verdacht richtig. Ist aber irgendwie niedlich. Ich bedanke mich artig mit einem Küsschen links und rechts auf seine Wange, und Bogumił wird ganz rot.

»Hier«, sagt Karolina und gibt mir ein Lunchpaket. »Da ist auch etwas zu trinken drin. Ihr müsst darauf achten, dass Oma regelmäßig trinkt, dann hat sie auch weniger Aussetzer.«

Ich verkneife mir die Frage, ob Karolina eigentlich nicht nur Gymnasiallehrerin, sondern auch examinierte Krankenschwester ist. Aber wahrscheinlich hat sie recht. Gerda jedenfalls freut sich über das Paket und will gleich mal hineinschauen – die Bemerkung mit den Aussetzern hat sie glücklicherweise nicht gehört.

Als wir sie, das ganze Gepäck und uns selbst endlich im Trabbi verstaut haben, bin ich einerseits heilfroh, andererseits auch wehmütig. Vermutlich werde ich den Majewski-Clan so schnell nicht wiedersehen. Vielleicht auch nie wieder. Ich merke, dass mir dieser Gedanke einen Stich versetzt.

»Hey, alles klar bei dir?«, will Jan wissen. »Du guckst so komisch.«

Ich schüttle den Kopf. »Alles gut. Dann mal los. Nimmst du mal?« Ich drücke ihm meine Handtasche in die Hand, aus der noch Bogumiłs Geschenk rausragt.

»Was ist das denn?«

»Ein Abschiedsgeschenk von Bogumił. Ich glaube, die Bibel.«

Jan grinst. »Echt? Darf ich mal gucken?«

Ich nicke. Er reißt das Geschenkpapier auf und lacht. Es ist nicht die Bibel, sondern ein anderes Buch, das ich schon einmal bei Bogumił gesehen habe: *SEKS*.

19. Kapitel

Heiter geht es weiter. Auf der Fahrt unterhält Oma uns mit Kolberger Geschichten. Haarklein erzählt sie uns, was während unserer Abwesenheit alles passiert ist. Sehr blumig fällt ihre Schilderung davon aus, wie Karolinas Zwillinge versuchten, Onkelchen Bogumiłs Bart anzuzünden, als der Gute sich nach erhöhtem Wodka-Genuss zu einem Nickerchen zurückgezogen hatte. Jan und ich können uns vor Lachen kaum auf den Sitzen halten. Ja, ja, meine Schwägerin hat ihre Jungs wirklich im Griff!

Wir passieren Misdroy, und ich schaue etwas wehmütig aus dem Fenster. Schön war's hier mit Jan. Der Ort ist sowieso einfach zauberhaft, und ich beschließe insgeheim, für einen Wochenend-Trip noch einmal wiederzukommen. Vielleicht mit einer Freundin, denn ob ich noch einen Mann habe, weiß ich gar nicht so genau. Auch Jan hängt anscheinend seinen Gedanken nach. Jedenfalls ist er abrupt verstummt und starrt so vor sich hin. Was wohl gerade in ihm vorgeht?

Gerda beschließt, dass jetzt nicht die Zeit ist, um Trübsal zu blasen, und stimmt fröhliche Volkslieder an. Gemeinsam versuchen wir, Jan norddeutsches Liedgut näherzubringen, und schmettern »Wir lagen vor Madagaskar«. Das klingt zwar schaurig, hebt aber die Stimmung. Bestens gelaunt erreicht unsere kleine Reisegruppe die Fähre in Swinemünde, wo wir beschließen, erst einmal ein Picknick zu machen.

Wir machen uns über Karolinas Lunchpaket her, das nichts zu wünschen übrig lässt. Es gibt frisch gebackenes Brot, dazu die obligatorischen Würste, Käse und Kuchen. Sogar einen kleinen Flachmann hat sie in weiser Voraussicht eingepackt. Diese polnische Lebensart werde ich wirklich vermissen. Wir langen ordentlich zu, aber als Gerda nach dem Flachmann greift, schreien Jan und ich unisono: »Nein!«

»Warum denn nicht?«, will Gerda wissen.

»Oma, du sollst heute noch eine Aussage bei der Polizei machen und Tine entlasten. Du musst wirklich ganz, ganz klar bleiben, okay?«, erklärt Jan.

»Ihr gönnt mir auch gar nichts«, murmelt Gerda verschnupft.

Nach der Stärkung entern wir die Fähre und passieren nach der Überfahrt problemlos die deutsch-polnische Grenze. Oma winkt durchs Rückfenster und ruft: »Tschüss, Heinzi! Mach dir keine Sorgen, ich bin bald wieder da.« Jan und ich lächeln uns verstohlen an.

Der Trabbi gibt noch einmal alles, was er hat. Mit aberwitzigen fünfundsiebzig Stundenkilometern preschen wir durch Meck-Pomm.

»Tine, ras nicht so«, ermahnt mich Jan. »Erstens werden wir von der Polizei gesucht, und zweitens sehen die Dörfer irgendwie alle gleich aus. Nicht dass wir Kevins Hof verpassen! Wir müssen noch den Golf abholen.«

Ach ja, da war doch noch was! Hoffentlich hat der Mechaniker unseres Vertrauens die Karre inzwischen wieder flottgekriegt. Ansonsten muss der Trabbi es eben bis Lübeck schaffen. Wir fahren durch einen Wald, der mir irgendwie bekannt vorkommt. Richtig, hier muss doch irgendwo das schöne *Waldschlösschen* liegen. Und genau in dem Moment, als uns das *Tabledance*-Schild verheißungsvoll entgegenblinkt, sagt Oma Gerda: »Ich muss mal.«

Ohne viel Federlesens kurve ich die Auffahrt zur Bar hoch und parke. Schließlich sind wir mittlerweile ein eingespieltes Team.

»Wald oder Puff?«, frage ich Gerda. Die möchte lieber auf eine richtige Toilette – wer weiß denn schon, ob die polnischen Wölfe nicht längst ihr Revier erweitert haben? Energisch klopft sie an die Tür unserer alten Herberge. Diesmal dauert es nur ein paar Sekunden, bis sie geöffnet wird und wir der uns bereits bekannten Herbergsmutter gegenüberstehen.

Als sie uns sieht, reißt sie erschrocken die Augen auf, stößt einen gedämpften Schrei aus und zerrt uns nach drinnen. Dann schließt sie hastig die Tür und schiebt sogar einen schweren Riegel davor. Was hat die nur? Ob sie das Geld nicht gefunden hat, das ich ihr in die Küche gelegt habe?

»Wat macht ihr denn hier? Seid ihr total bekloppt? Dat is doch jefährlich!«

Hä? Wat?

Konspirativ linst sie mit einem Auge durch den Tür-Spion und zischt: »Verdammt, der Wagen muss wech! Schlüssel!«

Verdattert drücke ich ihr den Autoschlüssel in die Hand, und schon flitzt Madame wie von der Tarantel gestochen mit wehendem Negligé nach draußen, springt in den Trabbi und fährt ihn hinters Haus. Dann sprintet sie zurück zu uns und schließt schwer atmend die Tür hinter sich.

Wir schauen sie völlig perplex an, während sie keuchend am Türrahmen lehnt.

»Dürfte ich wohl mal Ihre Toilette benutzen?«, meldet sich Gerda schüchtern zu Wort.

»Wat? Meine Toalettä? Ihr habt se doch nich alle!«

»Aber ich muss mal. Dringend«, piepst Gerda verzagt.

»Flur runter und links«, blafft die Puffmutti, stemmt die Hände in die Hüften und wendet sich Jan und mir zu. Oma Gerda macht, dass sie Land gewinnt, und verschwindet im dunklen Flur.

»Ihr traut euch wat! Und ick komm in Teufels Küche, wenn se euch hier erwischen tun ...«

Jan hat seine Sprache wieder gefunden und unterbricht ihren Ausbruch mit einem mutigen: »Gute Frau, was ist denn passiert?«

»Jute Frau? Ick geb dir gleich mal jute Frau, du Lümmel!« Drohend rückt sie ein Stückchen näher an Jan ran, der einen Hopser nach hinten macht und in Deckung geht. Ich beschließe, dass es an der Zeit ist, mich einzuschalten, bevor diese absurde Situation noch eskaliert.

»Ruhe!«, brülle ich. »Was ist hier überhaupt los, verdammt noch mal?«

»Wat los is? Die Bullen suchen euch, und dat schon seit Taagn, dat is los. Die ham mir hier die janze Bude aufn Kopp jestellt! Und Kevin ham se einkassiert, wegen Fluchthelfer und so wat!«

»O Gott, der Ärmste!«, entfährt es mir.

»Ach wat, er is ja schon wieder draußen. Aber mächtig Schiss hatter jehabt.«

»Äh, können Sie uns das vielleicht noch mal in Ruhe und von vorn erzählen?«, bittet Jan.

»Okay, Lagebesprechung!«, befiehlt die Puffmutti und marschiert voran in Richtung Küche.

Auch Gerda stößt wieder zu uns, und wir setzen uns an den großen, schäbigen Tisch und lauschen gebannt ihrem Bericht: Einen Tag nach unserer Abfahrt schraubte Kevin gerade fröhlich pfeifend an unserem Schrott-Golf herum, als zehn Polizisten seinen Hof stürmten, ihn erst zu Boden warfen, dann Handschellen anlegten und ihn anschließend aufs nächste Revier schleppten. Kurz darauf umstellte eine Einheit des SEK das *Waldschlösschen* und forderte per Megaphon alle Anwesenden auf, doch bitte schön mit erhobenen Händen das Haus zu verlassen. Der Bitte kam man unverzüglich nach, nur ein afrikanischer Schwarzarbeiter wagte die Flucht aus dem Toilettenfenster, allerdings ohne Erfolg. Nach stundenlangen Verhören stellte man jedoch enttäuscht fest, dass weder Kevin noch die Bewohner des *Waldschlösschens* in irgendeiner Art und Weise in die Lübecker Geiselnahme verstrickt waren. Für Verwirrung sorgten außerdem die übereinstimmenden Aussagen der Beteiligten, dass Gerda Strelow nicht wirklich den Eindruck machte, sie sei entführt worden. Vielmehr hätte man geglaubt, es handele sich um einen Familienausflug mit der Oma.

»Das ist ja ein dolles Ding«, sagt Oma Gerda, nachdem unsere Gastgeberin umständlich zum Ende ihrer Geschichte kommt.

»Wow!«, stimmt Jan ihr zu. »Hat denn auch der Schwager von Kevin Ärger bekommen? Immerhin hat er uns den Trabbi geliehen, ohne unsere Papiere zu sehen.«

»Nä«, sagt die Puffmutti zufrieden, »den Trabbi ham wa einfach als jestohlen jemeldet. Die Bullen müssen ja nich alles wissen.«

Das ist wirklich ein dolles Ding, da hat Gerda völlig recht. Im Gegenzug sind nun wir dran mit Geschichtenerzählen und erklären unserer Komplizin, was es mit der angeblichen Geiselnahme tatsächlich auf sich hat. Sie nickt verständnisvoll und glaubt uns tatsächlich jedes Wort. Wahrscheinlich hat sie in ihrem bewegten Leben schon ganz andere Storys gehört und ist durch nichts mehr zu erschüttern.

»Aber wie kommen wir denn jetzt bloß nach Lübeck?«, fragt Jan. »Der Golf ist immer noch nicht wieder fahrtüchtig, und mit dem Trabbi können wir wohl auch kaum weiterfahren, wenn der als gestohlen gemeldet wurde.«

»Wie wär's, wenn wir einfach von hier aus die Polizei anrufen und uns stellen?«, schlage ich vor.

»Keine Bullen in meinem Haus«, entscheidet die Puffmutti. »Dat verschreckt die Kundschaft.« Und nach kurzem Nachdenken fügt sie hinzu: »Ich mach euch jetzt erst ma Würstchen warm. Und dann sehn wa weiter. Mir fällt schon wat ein.«

Genau, erst mal was essen! Das halten wir alle für eine super Idee. Und so gibt es kurz darauf heiße Bockwürstchen mit Senf und dazu eiskaltes Bier. Während wir vor uns hin mümmeln, führt Madame im Hintergrund mehrere Telefongespräche.

»So, allet klar«, sagt sie schließlich. »Mein Kumpel Dieter leiht euch 'ne Karre. Er bringt sie heute Nacht irgendwann vorbei. Und ihr sollt se dann vors *Paradise* in Lübeck stellen und den Schlüssel anner Bar abgeben.«

»Heute Nacht erst?«, hake ich enttäuscht nach.

»Liebelein, auf einen Tach mehr oder weniger kommt's bei euch doch jetzt nich mehr an, oder?«

Stimmt auch wieder. Schließlich ist es mittlerweile schon

wieder früher Abend, und die Aussicht, im Dunkeln nach Lübeck zurückzufahren, finde ich nicht wirklich verlockend. Irgendwie scheint es mir besser, wenn ich meinem unausweichlichen Schicksal bei Tageslicht begegne.

Wir beziehen also die uns bereits bekannten Zimmer und setzen uns dann noch ein wenig an die Bar. Aber da die Techno-Beats eine Unterhaltung auch heute unmöglich machen und uns allen die Anstrengungen der letzten Woche in den Knochen stecken, gehen wir alle früh in die Heia.

Diesmal hält mich das blinkende Neonlicht tatsächlich vom Schlafen ab. Unruhig wälze ich mich auf der quietschenden Matratze hin und her, tausend Gedanken schießen mir durch den Kopf. Morgen gehe ich zur Polizei. Morgen sehe ich Alexander wieder. Merkwürdig – ich habe weniger Angst, mich zu stellen, als davor, meinem Verlobten zu begegnen.

Ich beschließe, noch ein wenig frische Luft zu schnappen. Das soll ja bekanntlich den Kopf wieder klar machen. Also schleiche ich durch das stille Haus, öffne die Tür und gehe hinaus, Richtung Wald.

Hmm, ob das so eine gute Idee war? Es ist stockdunkel, ich kann kaum die Hand vor Augen sehen, und um mich herum knackt und rauscht es ziemlich unheimlich. Da! Direkt vor mir raschelt irgendetwas!

»Jan?«, flüstere ich, »bist du das?«

Ein Hüsteln, dann: »Kindchen, ich bin's, Gerda. Kannst du auch nicht schlafen?«

Langsam gewöhnen sich meine Augen an die Dunkelheit, und ich erkenne Oma Strelow, die am Wegesrand auf einem Baumstamm sitzt und auffordernd auf den freien Platz neben sich klopft.

»Ich bin zwar hundemüde, aber das Geblinke von dem Schild nervt total«, erwidere ich, als ich mich neben sie setze.

»Geht mir genauso, Kindchen.«

Wir schweigen uns einen Augenblick an und lauschen den Geräuschen der Nacht. So Seite an Seite mit Oma ist alles schon weniger unheimlich. Plötzlich nimmt Gerda meine Hand und drückt sie sanft. »Danke, Tine«, sagt sie leise.

»Wofür?«

»Für die Fahrt nach Kolberg. Dass Heinzi jetzt wieder zu Hause ist, bedeutet wirklich alles für mich. Und ohne dich hätte ich das nie geschafft!«

»Gern geschehen, es war mir ein Vergnügen!« Und das meine ich sogar ernst. Denn trotz der widrigen Umstände hatte ich irgendwie auch jede Menge Spaß.

»Und mach dir keine Sorgen, Tine. Wenn wir zu Hause sind, kläre ich den ganzen Schlamassel auf. Du kannst dich auf mich verlassen!«

»Das will ich auch schwer hoffen …«

Jetzt kichert Oma plötzlich.

»Was ist denn so lustig?«, will ich wissen.

»Nicht lustig, sondern schön. Eure Hochzeit, meine ich. Das war wirklich ein rauschendes Fest!«

»Stimmt, das war es.«

»Ihr wart so ein schönes Paar. Wie füreinander gemacht. Ich finde sowieso, dass ihr gut zueinander passt, du und Jan. Auch im echten Leben! Dein komischer Alexander hat sich ja nicht gerade mit Ruhm bekleckert. Da solltest du mal drüber nachdenken …«

Abrupt stehe ich auf. Nein, ich möchte jetzt nicht mit Oma über mein verworrenes Liebesleben sprechen. Falsche Zeit, falscher Ort, falsches Thema.

»Komm, Gerda, wir gehen schlafen.« Und mit diesen Worten führe ich sie ins Haus zurück.

»Donnerlüttchen!« Oma ist beeindruckt, als wir am nächsten Morgen auf dem Parkplatz das Gefährt für unsere letzte Etappe in Augenschein nehmen. Vor dem *Waldschlösschen* steht ein veritabler mattschwarzer Hummer mit viel blinkendem Chrom und extra dicken Puschen. Eine Ludenschleuder, wie sie im Buche steht – und im Gegensatz zu unserem Trabbi ein echtes Großraumwunder. »Was der Dieter wohl so beruflich macht?«, raune ich Jan zu, als wir unser Gepäck verstauen. Der grinst nur vielsagend.

Mit dem Versprechen, den Wagen auch wirklich und möglichst bald am verabredeten Ort abzugeben, verabschieden wir uns von unserer Puffmutti, die Jan mit einem »Dat du mir gut auf deine Mädels aufpasst!« kräftig auf die Schulter haut. Im Rückspiegel sehe ich, wie sie in ihrem Nachthemd vor dem Haus steht und uns nachwinkt.

Die Fahrt nach Lübeck verläuft ungewöhnlich still. Jan rutscht auf seinem Sitz hin und her, und Gerda knibbelt auf der Rückbank an ihren Nägeln. Ich merke, wie auch ich immer nervöser werde. Was ich jetzt vor mir habe, wird kein Kindergeburtstag. Aber wird schon irgendwie gutgehen, versuche ich mich selbst zu beruhigen. In Wahrheit bin ich schließlich völlig unschuldig,

Als wir endlich die Hansestadt erreichen, kurven wir mit unserem Mördergeschoss etwas ziellos durch die engen Straßen.

»Auf welches Revier fahren wir denn jetzt?«, fragt Jan.

»Weiß ich auch nicht«, antworte ich und fahre einfach noch ein bisschen weiter. Schließlich steuere ich die Polizeidirektion am Berliner Platz an. Geiselnahme ist schließlich Chefsache, finde ich. Es ist gar nicht so einfach, mit dem Hummer einen Parkplatz zu finden. Nachdem wir drei Mal um den Block gefahren sind, stelle ich das Auto einfach auf den Mitarbeiter-Parkplatz. Ein Knöllchen macht den Kohl jetzt auch nicht mehr fett.

Jan und ich nehmen Oma in unsere Mitte, haken sie fest unter und marschieren in die Höhle des Löwen. In der großen Eingangshalle herrscht emsiges Treiben. Viele vielbeschäftigte Menschen hetzen an uns vorbei.

»Entschuldigung«, wendet sich Jan an einen vorbeieilenden Mann, »könnten Sie uns sagen, wo …«

»Info-Counter da hinten«, knurrt der Typ und geht einfach weiter.

Etwas zögerlich gehen wir zur Information. Hinter dem Tresen sitzt eine Beamtin und tippt gelangweilt etwas in ihren Computer.

»Äh, hallo«, sage ich unsicher.

»Ja? Was kann ich für Sie tun?« Die Frau schaut noch nicht mal auf.

»Ich möchte gern etwas aussagen. Also, äh, vielmehr: etwas richtigstellen.«

»Ja? Und?« Die guckt mich immer noch nicht an.

»Äh, also, das ist so, eigentlich will Gerda Ihnen etwas sagen«, stottere ich.

»Was denn nun?« Jetzt blickt die Polizistin endlich auf und sieht dabei ziemlich genervt aus.

Ich fasse mir ein Herz und sage entschlossen: »Mein Name ist Tine Samstag. Ich werde wegen einer Geiselnahme gesucht. Aber das ist alles ein Missverständnis und …«

Weiter komme ich nicht, denn nun schreckt die Beamtin

aus ihrer Lethargie auf, drückt unter ihrem Schreibtisch irgendeinen Knopf, springt mit einem Satz hinter ihrem Tresen hervor und zückt eine Waffe.

»Auf den Boden!«, brüllt sie uns an. »Sofort auf den Boden und Hände hinter den Kopf!«

Wie vom Donner gerührt stehen Gerda, Jan und ich da.

»Auf den Boden! SOFORT!« Die Dame klingt nun leicht
hysterisch.

»Meine Liebe, dafür bin ich nun wirklich zu alt«, entgegnet Oma konsterniert.

»Sie doch nicht! Aber Sie und Sie!« Die Polizistin fuchtelt
so wild mit ihrer Knarre in der Gegend rum, dass nicht klar
ist, wen sie eigentlich meint. Ziemlich scharfsinnig folgern
Jan und ich jedoch gleichzeitig, dass wir beide die armen
Sünder sein müssen, und legen uns vorsichtshalber hin. Jetzt
stürmen auch schon von allen Seiten andere bewaffnete Be-
amte auf uns zu, ziehen Oma aus dem Schussfeld und bilden
um uns einen Ring. Zwei ganz Mutige legen Jan und mir
Handschellen an und zerren uns wieder auf die Beine.

»Was denn nun?«, protestiere ich. »Runter oder hoch?«

»Schnauze!«, herrscht mich einer an.

»Ich weiß gar nicht, was Sie wollen. Ich bin doch freiwillig
hier. Wenn mir mal einer zuhören würde, könnte ich Ihnen
erklären …«

»SCHNAU-ZE!«

Dieses ganze Geschrei ist eindeutig zu viel für Oma Strelow. Aus den Augenwinkeln sehe ich, wie sie nach Luft
schnappt. Dann schreit sie verzweifelt: »Fritz, die Russen
kommen!«

O nein, bitte nicht jetzt!

»Gerda, reiß dich zusammen«, rufe ich ihr verzweifelt zu.

Dann werden Jan und ich auch schon äußerst unsanft abgeführt, und zwar jeder in eine andere Richtung.

»Geeerdaaa«, schreie ich, woraufhin mir jemand in den Rücken knufft. »Geeerdaa, sag alles, was du weißt. Und ruf Alexander an. Ich glaub, wir brauchen einen Anwalt!«

Eskortiert von drei Beamten, werde ich durch endlose Gänge geschleift, Treppen hoch und Treppen runter. Irgendwann weiß ich gar nicht mehr, in welchem Stockwerk ich mich befinde. Wir passieren eine Art Sicherheitsschleuse und landen in einem Flur mit lauter Stahltüren. Einer der Polizisten zückt einen riesigen Schlüsselbund und öffnet eine der Türen. Ach du Scheiße, das ist ja eine Zelle!

Bevor ich fragen kann, ob das wirklich nötig ist, werde ich auch schon in einen fensterlosen Raum geschubst, in dem zwei Pritschen stehen, und die Tür fällt krachend hinter mir zu. Auf einem der Betten kauert eine Frau unbestimmbaren Alters, bleich, mit strähnigen Haaren. Aus blutunterlaufenen Augen starrt sie mich an.

»Ich bin Mandy. Versuchter Totschlag«, krächzt sie, »und du?«

»Tine«, stelle ich mich vor. »Unschuldig.«

»Har, har, har!« Mandy lacht dreckig und wird dabei von einem bösen Raucherhusten geschüttelt. »Das sagen sie am Anfang alle.«

In den folgenden Stunden darf ich mir in epischer Breite Mandys Lebensgeschichte anhören. Dass sie es ja nie leicht hatte. Schon als Kind nicht. Und später erst recht nicht. Aber dass sie sich auch gar nicht beklagen möchte. Aber dass der Kalli sie angezeigt hat, das sei wirklich eine Schweinerei. Eine himmelschreiende Ungerechtigkeit! Denn die Sache mit dem Baseballschläger sei ja eigentlich nicht so gemeint gewesen. Sie hätte dem Kalli nur ein bisschen Angst einjagen wollen. Das mit der Schädelfraktur täte ihr total leid. Echt. Voll leid. Denn streng genommen würde sie den Kalli ja immer noch lieben. Am Ende ihrer Beichte bricht sie schluchzend zusammen, und ich nehme sie tröstend in den Arm. Die Welt ist wirklich ungerecht. Da kann ich der Mandy in diesem Augenblick nur zustimmen.

20. Kapitel

Eisiges Schweigen. Ich sitze auf einer ziemlich unbequemen Bank in einem Zimmer der Polizeidirektion und warte auf meinen Anwalt. Neben mir sitzt Alexander. Er hat noch kein Wort gesagt, seitdem er hier aufgetaucht ist. Also, jedenfalls zu mir nicht. Und mit jedem Moment, den ich länger neben Alex sitze, wird mir klarer, wie zutreffend dieser Ausdruck doch ist. Eisiges Schweigen. Alexanders Schweigen fühlt sich wirklich unglaublich kalt an, ich friere regelrecht neben ihm. Oder ist es lediglich die Übermüdung, die mir in den Knochen steckt? Und die auch dazu führt, dass ich mir Alexanders Kälte schlicht einbilde? Ich starte einen Gesprächsversuch, um es herauszufinden.

»Danke, dass du gleich gekommen bist. Und natürlich, dass du den Anwalt besorgt hast.«

Alexander wirft mir einen kurzen Blick zu, dann spricht er, ohne mich weiter anzuschauen.

»Dreihundert Euro die Stunde. Plus Mehrwertsteuer.«

»Bitte?« Was genau meint er jetzt damit?

»Das Honorar von Dr. Steinmüller. Pro Stunde dreihundert Euro, also eigentlich dreihundertsiebenundfünfzig. Und das alles nur, weil du offenbar auf einmal den Verstand verloren hast. Aber umso wichtiger ist natürlich ein guter

Anwalt, der das alles wieder hinbiegt. Und sei es für fast vierhundert Euro die Stunde.«

Er gibt ein meckerndes Geräusch von sich, halb Lachen, halb Wehklagen. Ich spüre, wie mir noch kälter wird – und das liegt jetzt definitiv nicht an meiner Müdigkeit.

»Ich weiß ja, dass das auf dich alles etwas seltsam wirken muss, aber bitte glaub mir: Ich habe keine Bank überfallen, und ich habe auch keine Geisel genommen.«

»Ja, ja, schon klar. Und der Wagen, mit dem ihr hier aufgekreuzt seid, gehört auch keinem stadtbekannten Zuhälter, sondern in Wirklichkeit einem Mitglied des Kirchenvorstands von St. Katharinen.« Alexander schnaubt verächtlich.

»Okay, dass der Dieter Zuhälter ist, habe ich mir schon gedacht, aber irgendwie mussten wir schließlich wieder nach Lübeck kommen, der Trabbi war ja schon als gestohlen gemeldet. Dabei haben wir ihn lediglich gemietet. Und gleich bar bezahlt.«

»Ja, mit dem Geld aus dem Banküberfall. Ich weiß. Das hat dein polnischer Autodieb ja schon erzählt.«

Ich merke, wie ich langsam wütend werde. »Nein, du weißt eben gar nichts. Das versuche ich dir ja die ganze Zeit zu erklären! Ich wollte lediglich Devisen für unsere Hochzeitsreise abholen. Nur deswegen bin ich in die Bank gegangen. Und alles, was dann kam, lag an einem ganz dummen Zufall. Hätte ich Jan-Ole nicht seine blöde Spielzeugpistole weggenommen, und hättest du mich nicht genau in dem Moment angerufen, als ich am Schalter stand, wäre das alles nicht passiert.«

Alexander schnappt nach Luft. »Ach, jetzt bin ich auch noch an allem schuld, oder was?«

»Das habe ich nicht gesagt. Ich versuche nur, dir zu erklären, was wirklich geschehen ist.«

»Tine, hast du eigentlich eine Vorstellung davon, was für Probleme ich deinetwegen habe?«

Alexander scheint nicht hören zu wollen, was ich ihm zu erzählen habe. Trotzdem mache ich noch einen Anlauf.

»Es tut mir wirklich leid, dass du meinetwegen so viel Ärger hattest. Aber es ist nicht meine Schuld. Und ich verstehe auch nicht, wie du ernsthaft glauben kannst, ich sei Bankräuberin.«

»Ganz einfach: weil die Geschichte, die du mir hier auftischen willst, total verrückt ist.«

»Falsch: Die Geschichte *ist* nicht verrückt, sie *klingt* verrückt. Aber sie ist wahr. Und wenn es umgekehrt wäre, würde ich dir immer glauben.«

»Und was hat es überhaupt mit deinem Komplizen auf sich, diesem Polen? Habt ihr das gemeinsam geplant? Woher kennst du den? Ich frage mich langsam, ob du die ganze Zeit ein Doppelleben geführt hast. Vielleicht ist der Typ sogar dein Liebhaber. Ein polnischer Autoknacker mit Kontakten ins Milieu. Ich fasse es einfach nicht.«

Mit einem Schlag ist mir nicht mehr kalt, sondern ziemlich heiß. »Spinnst du jetzt völlig? Jan ist weder mein Komplize noch mein Liebhaber. Und ein Krimineller schon gleich gar nicht! Du hingegen bist so unglaublich borniert, dass es kracht.«

Ich habe angefangen, zu schreien. Und Alexander schreit zurück.

»Ich, borniert? Was fällt dir ein! Nur weil ich deine neue Vorliebe für zwielichtige Gestalten nicht teile, heißt das noch lange nicht …«

»Siehst du«, schneide ich ihm das Wort ab. »Genau das meine ich. *Zwielichtige Gestalten.* Das ist unverschämt! Jan hat mir wenigstens geholfen, während du die ganze Zeit nur darüber nachdenkst, ob das jetzt alles schlecht für deine Karriere ist.«

Theatralisch bricht Alexander in schallendes Gelächter aus. »Richtig. Und ich helfe dir natürlich gar nicht. Ich gebe nur eben mal ein paar tausend Euro für den besten Strafverteidiger aus, den man für Geld kriegen kann. Aber das ist ja nichts im Vergleich zu dem, was dein polnischer Freund offenbar alles für dich getan hat.«

»Da hast du ausnahmsweise mal völlig recht: Geld ist nämlich nicht alles. Und du kannst mit Geld nicht alles regeln. Ich brauche dich als Mensch, nicht als Geldautomat«, schreie ich ihn an.

»Ja? Das ist ja mal ganz was Neues! Bisher hat dich doch mein Geld nicht gestört. Von der kleinen Lehrerin zur Frau Direktor – kein schlechter Aufstieg, würde ich sagen.«

Was? Das hat er jetzt nicht wirklich gesagt, oder? Fassungslos starre ich ihn an.

»Wie meinst du das?«

»Genauso, wie ich es gesagt habe. Ich kann es gern noch einmal wiederholen: Bisher hat dich mein Geld nicht gestört. Meine Eltern sind sogar der Meinung, dass es das ist, was du an mir besonders attraktiv findest.«

Ich fühle mich, als hätte Alexander mich geohrfeigt. Mein Gesicht brennt regelrecht.

»Denkst du das auch?«

»Was?«

»Dass ich mich in dein Geld verliebt habe, nicht in dich?«

Alexander zuckt mit den Schultern.

»Ich weiß nicht mehr, was ich denken soll.«

Am liebsten würde ich jetzt aufstehen und gehen. In diesem Moment allerdings wird die Tür geöffnet, und ein älterer, sehr distinguiert aussehender Herr mit Aktentasche betritt den Raum. Das wird wohl mein neuer Anwalt sein, Herr Dr. Steinmüller. Der beste, den man für Alexanders Geld bekommen kann. Und der nun für den Herrn Direktor eine kleine Lehrerin retten wird. So ist das nämlich.

»Und Sie konnten Frau Strelow nicht dazu bewegen, eine Aussage zu machen, weil sie erst noch die Asche von Opa Heinzi in die Ostsee streuen musste?«

Ich nicke.

Der Untersuchungsrichter kratzt sich am Kopf. »Und wieso genau hat sie das nicht einfach mit ihren Kindern gemacht? Dann wäre doch dieses ganze Entführungsszenario völlig überflüssig gewesen.«

Mein neuer Anwalt mischt sich ein. »Darum geht es hier ja nicht. Ob die Beweggründe von Frau Strelow aus unserer Sicht nachvollziehbar, gar logisch sind, ist für die Tatsache, dass meine Mandantin sich keinesfalls einer Straftat nach 239 b StGB schuldig gemacht hat, unerheblich. Ich würde also vorschlagen …«

»Herr Anwalt«, unterbricht ihn der Richter sanft. »Ich will's doch nur verstehen. Wir haben hier Überwachungsvideos aus der Bank plus die Aussagen mehrerer Zeugen, die in der Tat sowohl einen Bankraub als auch eine anschließende Geiselnahme durch Ihre Mandantin nahelegen. Auf diesem Tatvorwurf beruht auch der Haftbefehl, über den wir uns gerade unterhalten. Und dann haben wir die Aussage einer neunundachtzigjährigen Dame, die nun eine ganz andere Geschichte erzählt. Eine Geschichte, die – und das werden Sie wohl zugeben – nicht ganz leicht nachzuvollziehen ist. Und nichts anderes versuche ich hier gerade. Also, Frau Samstag, was war denn jetzt mit Opa Heinzi? Der war doch schon toter als tot – hätte die Seebestattung da nicht warten können, bis Frau Strelow ihre Aussage gemacht hat? Wieso kommen Sie mit dieser Geschichte so spät?«

Ich zucke mit den Schultern. »Ich weiß, dass das ein wenig unglaubwürdig klingt …«

Dr. Steinmüller schnappt nach Luft.

Okay, *unglaubwürdig* war nicht das richtige Wort.

»Äh … ich meine, schwer nachzuvollziehen, aber so war es. Frau Strelow hatte Angst, ihre Kinder könnten sie für verrückt erklären, wenn sie sie dabei erwischen, wie sie mit Heinzis Asche auf dem Weg nach Kolberg ist. Und Frau Strelow lebt nun mal in der Furcht, ihre Kinder wollten sie entmündigen – ob die begründet ist, weiß ich nicht, aber jedenfalls hat sie Angst davor. Und deshalb kam sie in der Bank wohl plötzlich auf die Idee, das Ganze als Geiselnahme zu tarnen.«

»Gut, aber von Lübeck nach Kolberg und wieder zurück – dafür brauche ich inklusive Seebestattung maximal einen Tag. Tatsächlich verschwunden waren Sie aber fast zwei Wochen. Verstehen Sie – Sie hatten genug Zeit, Frau Strelow einer Art Gehirnwäsche zu unterziehen und sie zu einer entlastenden Aussage zu bringen.«

Ich seufze. »Ja, aber …«

»Stopp. Bevor Frau Samstag mit ihrer Aussage fortfährt, möchte ich kurz unter vier Augen mit ihr sprechen. Ich habe meine Mandantin heute erst kennengelernt – für das notwendige ausführliche Gespräch war noch keine Zeit, ich muss also darauf bestehen.«

Hui, Steinmüller kann ja richtig energisch werden!

Der Richter nickt ergeben. »Von mir aus. Zehn Minuten.

Ich hole mir so lange einen Kaffee.« Er steht auf und verlässt den Raum.

Herr Dr. Steinmüller rückt ein wenig näher an mich heran. Ob er fürchtet, dass wir hier abgehört werden?

»Frau Samstag, die Lage ist ernst. Wir haben zwar zwei entlastende Aussagen – eine von Frau Strelow, die andere von Herrn Majewski –, aber in der Tat erklärt diese ganze Urnengeschichte nicht, wo Sie sich so lange herumgetrieben haben und warum eigentlich das ganze Geld weg ist. Wenn ich Ihnen helfen soll, muss ich jetzt die Wahrheit erfahren. Und zwar schnell!«

Soll ich wirklich? Die Geschichte mit der Urne ist die eine Sache, aber wenn Alexander mitkriegt, dass ich unterwegs quasi aus Versehen so etwas Ähnliches wie geheiratet habe, inklusive Flitterwochen, wird das seine schlechte Laune vermutlich nicht verbessern. Ich sehe mich vorsichtig um, was natürlich Quatsch ist, dann frage ich zögerlich:

»Sagen Sie … alles, was ich Ihnen erzähle, wird doch vertraulich behandelt, oder?«

Steinmüller nickt. »Natürlich. Anwaltsgeheimnis.«

»Und Sie erzählen es niemandem? Also auch nicht meinem Verlobten? Obwohl der Ihre Rechnung bezahlt?«

Steinmüller schüttelt energisch den Kopf. »Auf keinen Fall. Was immer Sie mir erzählen, ist bei mir absolut sicher. Also, schießen Sie los. Haben Sie die alte Strelow etwa doch entführt?«

Jetzt bin ich es, die den Kopf schüttelt. »Nein.«

»Aber warum waren Sie so lange verschwunden? Was haben Sie wirklich gemacht?«

»Also, es war so: Erstens haben wir nach Kolberg viel länger gebraucht, weil uns der Sultani mit dem Auto beschissen hat. Da mussten wir dann in diesem Tabledance-Schuppen übernachten –«

»Tabledance-Schuppen«, echot Steinmüller.

»Richtig. Und dann war Oma in Kolberg auf einmal verschwunden. Ihr war aber Gott sei Dank nichts zugestoßen, sie war nur bei Fräulein Agnieszka, im Seniorenstift.«

»Fräulein Agnieszka.«

»Genau. In der Zwischenzeit dachte die Familie von Jan aber, also von Herrn Majewski, wir hätten geheiratet. Und zwar nur standesamtlich. Und deswegen musste Onkel Bogumił uns erst mal kirchlich trauen. Alles andere hätte uns Jans Mutter nie verziehen. Die ist nämlich sehr katholisch.«

»Aha.«

»Und die Hochzeitsvorbereitungen haben natürlich ein bisschen gedauert, auch wenn wir sehr schnell waren. Dank Omas Geld.«

»Natürlich.«

»Tja, und dann kamen noch die Flitterwochen.«

»Klar, die dürfen nicht fehlen.«

Täusche ich mich, oder klingt Steinmüller sarkastisch? »Sie glauben mir nicht, oder?«

»Äh, nein. Das an sich ist kein Problem, aber wenn ich Ihnen schon nicht glaube, dann wird Ihnen der Richter dieses Märchen auf keinen Fall abkaufen.«

»Es ist aber wahr!«, protestiere ich.

»Frau Samstag, in fünf Minuten steht der Richter hier wieder auf der Matte. Bis dahin brauchen wir eine klare, stringente Erklärung dafür, warum Sie so lange verschwunden waren. Sonst wird er den Haftbefehl garantiert nicht aufheben. So weit klar?«

Klar wie Kloßbrühe. Ich nicke ergeben.

»Also wenn Sie nichts Besseres im Angebot haben, dann sollten wir uns auf die Punkte konzentrieren, die für einen deutschen Kriminalbeamten halbwegs nachvollziehbar sind – und den ganzen Rest lassen Sie weg.«

»Okay, also wie wäre es mit: Oma hat sich spontan in ein polnisches Altenheim verliebt, weil sie ihren Lebensabend gern in der alten Heimat verbringen will. Das Geld hat sie schon mal als Kaution bei Fräulein Agnieszka gelassen. Wir konnten sie nur mit Mühe davon überzeugen, wieder mitzukommen und ihrer Staatsbürgerpflicht durch eine Aussage Genüge zu tun. Das hat eben ein paar Tage gedauert, sie ist ja ziemlich stur.«

Steinmüller legt den Kopf schief. »Ja, klingt schon besser. Können die anderen Zeugen das bestätigen?«

»Das werden sie. Es ist zumindest nicht wirklich gelogen. Also, es ist sogar fast die Wahrheit.«

Nur halt nicht die alleinige, füge ich in Gedanken hinzu.

Falls Alexander glücklich ist, dass ich aus der U-Haft entlassen wurde, weiß er es jedenfalls geschickt zu verbergen. Schweigend fährt er mich nach Hause, wortlos lässt er mich in die Wohnung. Während ich mich ausziehe, um unter die Dusche zu gehen, schaltet er im Wohnzimmer den Fernseher ein.

Läuft ja großartig hier.

Ich werfe einen Blick in den Badezimmerspiegel. Blass bin ich, ganz schön abgekämpft. Das ist natürlich kein Wunder, schließlich waren die letzten Stunden nicht gerade ein Wellness-Trip ins Beauty-Spa. Jetzt eine Ladung heißes Wasser und dann schlafen, nur noch schlafen. Vielleicht ist Alexanders Schweigsamkeit auch nicht so schlecht, wie sie sich gerade anfühlt. Für ein Problemgespräch bin ich jedenfalls viel zu gerädert.

Bevor ich den Wasserhahn aufdrehe, bleibt mein Blick am Regal mit den Cremes hängen. Da steht sie: eine Riesenflasche Sun-Blocker, Lichtschutzfaktor 50, eigens für die Seychellen eingekauft. Wer will die Flitterwochen schon auf dem Bauch liegend verbringen, den Rücken mit Joghurt oder Speisequark eingeschmiert, weil man sich den Sonnenbrand des Jahrhunderts eingefangen hat? Ich nehme die Flasche in die Hand, öffne sie und schnuppere. Ein süßlicher Geruch, vermischt mit einem Hauch Zitrone. Als ich sie gekauft habe, konnte ich mir genau vorstellen, wie mir Alexander den Rücken damit eincremt. Der Gedanke jagte mir einen angenehmen Schauer über den Rücken. Keine zwei Wochen ist das her – und heute ist nichts mehr, wie es war.

Ich drehe den Wasserhahn wieder zu, gehe zurück ins Schlafzimmer und ziehe mich an. Jeans und T-Shirt reichen, auf Schönheit kommt es jetzt nicht an. Eher auf Wahrheit. Wobei: Einmal die Haare durchbürsten kann trotzdem nicht schaden. Schnell binde ich mir noch einen Pferdeschwanz – fertig. Bevor ich die Wohnung verlasse, mache ich einen Umweg über das Wohnzimmer.

»Alex, ich muss noch mal kurz weg.«

Er schaut nur kurz auf, sagt aber immer noch nichts. Ist mir auch recht. Ich greife mir meinen Fahrradschlüssel vom Bord an der Haustür und mache mich auf den Weg. Zum Haus von Gerda in der Wakenitzstraße werde ich ungefähr zehn Minuten brauchen. Ich hoffe, ich habe mir die richtige Hausnummer gemerkt.

21. Kapitel

Tine!« Wenigstens Gerda freut sich, mich wiederzusehen. Das ist doch mal was. Sie nimmt mich sogar in den Arm und fragt dann besorgt: »Ist irgendwas passiert? Wie geht es dir?«

»Also mir geht's ganz gut, und nein, es ist nichts passiert. Was soll denn jetzt noch groß passieren?« Mein anschließendes Lachen klingt anscheinend etwas verbittert, denn Oma schaut mich stirnrunzelnd an. Um weitere Fragen zu verhindern, schiebe ich ein schnelles »Hast du schon was von Jan gehört?« nach.

»Nein, und das macht mich ganz hibbelig! Ist der arme Junge denn immer noch bei der Polizei? Ich hab doch alles erzählt. Es gibt also gar keinen Grund, ihn weiter festzuhalten.« Oma schnauft empört.

In mir macht sich Enttäuschung breit. Natürlich bin ich davon ausgegangen, dass Jan längst wieder bei Gerda ist. Klar, ich will auch wissen, wie Oma Strelow alles überstanden hat, aber hauptsächlich bin ich gekommen, um Jan zu sehen. Wo steckt der nur? Die Hauptbeschuldigte war schließlich ich, und mich haben sie schon vor Stunden laufenlassen.

Mit hängenden Schultern stehe ich vor Gerda. Die seufzt

279

tief. »Na, komm erst mal rein. Ich mach uns einen Tee, und dann sehen wir weiter.«

Müde schlurfe ich durch den Flur hinter ihr her und folge ihr in die Küche. Trotz meines desolaten Zustands registriere ich die wunderschönen alten Delfter Kacheln an der Wand und das auf Hochglanz polierte Fischgrätparkett. Die alte Jugendstil-Villa ist wirklich zauberhaft – von innen wie von außen. Und tipptopp in Schuss. Eine echte Lübecker Perle. Wenn Oma tatsächlich plant, den Schuppen zu verkaufen, hat sie ausgesorgt.

Gerda brüht den Tee auf und kredenzt ihn mir ganz stilecht mit Kandis und Sahne. Währenddessen erzähle ich ihr, was mir auf der Polizeidirektion widerfahren ist. Meine Begegnung mit Mandy scheint ihr besonders gut zu gefallen, denn sie hört gar nicht mehr auf zu kichern und wischt sich schließlich sogar Lachtränen aus dem Gesicht. Dann wird sie wieder ernst. »Kindchen, wie war denn das Wiedersehen mit deinem Alexander? Hat er sich bei dir für sein schlechtes Benehmen entschuldigt?«

»Na ja, äh, also … entschuldigt hat er sich jetzt nicht direkt«, stammle ich. »Aber er hat mir einen ganz tollen Anwalt besorgt, den besten, den es in Lübeck gibt: Herr Dr. Steinmüller.«

»So, so, einen tollen Anwalt … Und was ist nun mit eurer Hochzeit? Wann wollt ihr die nachholen?«

»Ähm, wir hatten noch gar keine Zeit, darüber zu sprechen. Apropos Anwalt …«, versuche ich, geschickt das Thema zu wechseln. »Vielleicht sollten wir langsam mal einen guten Anwalt für Jan besorgen. Das kann doch nicht sein, dass der immer noch nicht draußen ist!«

Oma hievt sich von ihrem Küchenstuhl hoch, holt das

Telefon und drückt es mir in die Hand. »Dann ruf doch mal deinen Superanwalt an.«

Während ich in meiner Handtasche nach der Visitenkarte von Dr. Steinmüller krame, hören wir, wie die Haustür klappt und etwas durch den Flur poltert. Keine drei Sekunden später taumelt das Etwas in die Küche: Jan. In äußerst derangiertem Zustand. Sein Pulli wirkt, als trüge er ihn seit drei Wochen, die Jeans sieht nicht besser aus. Er hat dunkle Schatten unter den Augen und jede Menge Bartstoppeln am Kinn. Doch als er mich sieht, strahlt er übers ganze Gesicht. »Tine! Was machst du denn hier? Das ist ja schön!« Stürmisch reißt er mich in seine Arme, dann erst scheint ihm bewusst zu werden, was er da gerade macht, und verlegen lässt er mich wieder los. Ich finde diese Art von Begrüßung eigentlich ganz prima, bin aber mindestens ebenso verlegen wie er.

Im Hintergrund macht sich Oma Gerda ganz geschäftig am Küchenschrank zu schaffen und kramt umständlich eine weitere Tasse hervor. »Setz dich doch erst einmal, mein Junge. Und dann erzähl!«

Genau das macht Jan. Und so erfahren Oma und ich, dass der Richter auch mit ihm ein Einsehen hatte, ganz ohne anwaltlichen Beistand. Aber immerhin lagen ja schon die Aussage von Oma und meine Einlassungen zum Thema vor, da gab es wirklich keinen triftigen Grund, ihn weiterhin einzubuchten.

»Aber warum hat das denn bei dir so lange gedauert?«, will ich wissen.

»Na ja, erstens war der Richter ja zuerst mit dir beschäftigt. Und zweitens bin ich Pole. Uns steht man bei euch prinzipiell erst mal misstrauisch gegenüber. Ihr wisst doch: Heute gestohlen …«

»… morgen in Polen!«, antworten Gerda und ich im Chor.

Jan rührt bedächtig in seiner Teetasse und guckt mich dann ein bisschen schief von unten her an. »Und, Tine? Wie ist es mit Alexander gelaufen? Alles wieder okay bei euch?«

Ich suche noch nach einer unverfänglichen oder zumindest neutralen Antwort, da hüstelt Oma. »Ich muss jetzt unbedingt mal in den Keller, nach der Wäsche schauen. Ihr zwei kommt ja auch einen Augenblick ohne mich zurecht.« Und dann verschwindet sie ganz diskret.

»Also, wie war's?« Jan schaut mich auffordernd an.

Jetzt fange ich an, hektisch in meiner Tasse zu rühren, obwohl es da gar nichts mehr zu rühren gibt. »Na ja«, druckse ich herum, »irgendwie hat Alexander das dann schon eingesehen, dass es falsch war, mich zu verdächtigen …«

»Und eure Hochzeit?«

»Ja, ja, die Hochzeit … Äh, die müssen wir ja jetzt wieder ganz neu planen …«

Ich weiß selber nicht, warum ich Jan nicht die Wahrheit sage. Dass eine Hochzeit momentan überhaupt nicht mehr zur Debatte steht. Weil Alexander eher gar nichts eingesehen hat, sondern mir jetzt auch noch unterstellt, ich sei nur auf sein Geld scharf. Irgendwie habe ich Angst, dass ich Jan nach so einer Beichte total leidtun würde. Und irgendwie will ich gerade alles von ihm, nur kein Mitleid. Deshalb wage ich erneut einen abrupten Themenwechsel.

»Sag mal, was machen wir denn jetzt mit dem Auto von Dieter? Das müssen wir schließlich noch zurückbringen.«

»Mist, die Karre! Die hatte ich total vergessen. Aber hat die Polizei den Wagen nicht beschlagnahmt?«

»Nö, der ist schon wieder freigegeben. Wollen wir das mal schnell erledigen, was meinst du?«

Jan hält das für eine gute Idee. Wir sagen kurz Oma, was wir vorhaben, und die schlägt vor, dass wir uns nach erfolgreicher Rückgabe wieder bei ihr einfinden – zum Abendbrot. Noch eine gute Idee.

Der Hummer steht noch genauso auf dem Mitarbeiter-Parkplatz, wie wir ihn verlassen haben. Zum Glück hat das Ding ein Navi, so dass wir das *Paradise* problemlos finden. Das Etablissement ist in einer schicken alten Villa untergebracht. Wir klingeln, ein Summer ertönt, und mit einem leisen Schmatzen springt die Tür auf. Drinnen sieht es genauso aus, wie ich mir einen Puff der gehobenen Preisklasse immer vorgestellt habe: viel Gold, viel Holz, viel Rot, funkelnde Kronleuchter. Um diese Uhrzeit ist hier natürlich noch nichts los. Nur an der Bar sitzt ein einsames Männchen und starrt in seinen Drink.

»Hallo«, sagt Jan. »Wir bringen Dieters Wagen vorbei.«

Das Männchen wendet uns sein müdes Gesicht zu und zeigt wortlos auf eine Tür im hinteren Teil der Bar.

»Weißt du was?«, zische ich Jan zu. »Ich glaub, den Typen kenne ich!«

»Woher kennst du denn solche Typen?«, fragt Jan erstaunt.

»Mensch, das ist doch René Schweller!«

»Wer?«

»René Schweller! Der war früher mal ein berühmter Boxer.«

»Boxer? Der Kerl ist doch höchstens einen Meter sechzig groß und ein extrem schmales Hemd …«

»Eben, genau wie René Schweller.«

»Tine, du spinnst!«

Jan stößt resolut die Tür auf, und wir stehen in einem kleinen Büro. Hinter einem kleinen Schreibtisch hockt ein blonder Hüne, der mindestens so breit wie hoch ist, also das absolute Gegenprogramm zu unserem Empfangskomitee an der Bar. Offensichtlich ist er ein bisschen erschrocken, als wir so plötzlich vor ihm auftauchen. Jedenfalls beginnt er, hektisch die Geldbündel, die sich vor ihm türmen, in eine Schublade zu stopfen.

»Wer seid ihr denn?«, raunzt er uns an.

»Entschuldigung, wir wollen gar nicht groß stören«, antwortet Jan. »Wir bringen nur Dieters Wagen vorbei. Der Dieter war so nett, uns den zu leihen.«

»Ah, das wird aber auch Zeit! Alles in Ordnung mit dem Hummer?«

»Alles in allerbester Ordnung«, versichere ich.

»Dann ist ja gut. Was anderes will ich euch auch nicht geraten haben. Der Dieter versteht da keinen Spaß …«

Das glaube ich sofort, auch ohne den Dieter zu kennen.

»Kein Kratzer dran, gar nichts. Wenn Sie dem Dieter dann noch danke schön von uns sagen würden …«, füge ich eilfertig hinzu.

»Ja, ja, schon gut. Und jetzt raus mit euch«, blafft Mr. Bodybuilding.

Das lassen wir uns nicht zwei Mal sagen und treten den geordneten Rückzug an. Als wir an der Bar vorbeihasten, sage ich ganz frech: »Tschüss, René!« Sofort hellt sich das Gesicht des Männchens auf. Es lächelt verschmitzt und deutet einen rechten Haken an.

Wusst ich's doch!

Oma wartet schon mit dem Essen auf uns. »Kommt, wir machen es uns in der guten Stube gemütlich!« Dort hat sie mittlerweile den Tisch gedeckt, und wir machen uns über den riesigen Schnittchenteller her und vertilgen die üppig belegten Stullen nebst Käsewürfeln und selbst eingelegten Gürkchen. Herrlich – wie bei Mutti.

»Wifft ihr, waf ich heute fon allef erledigt habe …«, nuschelt Oma mit vollem Mund.

»Nee, waff denn?«, antwortet Jan.

»Aaalfo«, Oma kaut und schluckt. »Ich habe einen Makler gebeten, das Haus für mich zu verkaufen. Und dann habe ich eben, als ihr unterwegs wart, mit diesem Anwalt telefoniert, dem Dr. Steinmüller, und ihm das Problem mit meinen Kindern geschildert. Der nimmt sich der Sache jetzt an und besorgt mir irgendeinen Wisch, dass ich im Oberstübchen noch alle beisammen habe und voll geschäftsfähig bin, oder wie das heißt. Tja, ist also nix mit Entmündigen. Die machen mir keinen Strich durch die Rechnung!« Gerda sieht sehr zufrieden aus.

»Hast du dir das auch wirklich gut überlegt?«, fragt Jan. »Du kennst doch in Kolberg niemanden mehr. Nicht dass du da vor lauter Einsamkeit eingehst wie eine Primel!«

»I wo! Fräulein Agnieszka wird sich ganz rührend um mich kümmern. Und dann ist da ja auch noch dieser nette ältere Herr. Außerdem hat deine Tante gesagt, sie besteht darauf, dass ich jeden Sonntag zum Essen vorbeikomme. Einsam werde ich bestimmt nicht sein!«

Omas Plan hat Hand und Fuß, finde ich. Das hätte ich der alten Dame gar nicht zugetraut. Aber sie ist noch gar nicht fertig, sondern setzt noch einen obendrauf: »Und dann habe ich mir noch überlegt, wenn ich jetzt nach Kolberg ziehe, ist deine Mutter ja plötzlich arbeitslos, Jan. Und ich weiß, dass sie das Geld dringend braucht. Also werde ich mit Fräulein Agnieszka sprechen und sie bitten, Magda als Pflegerin einzustellen. Damit schlage ich gleich drei Fliegen mit einer Klappe, ist das nicht wunderbar? Deine Mutter hat einen festen Job, sie muss nicht mehr so weit fahren, *und* ich habe sie in meiner Nähe!« Gerda strahlt über alle vier Backen.

Das hat sie sich aber wirklich fein ausgedacht. Jan ist so begeistert, dass er ihr mehrere dicke Schmatzer aufdrückt. »Ach Gerda, du bist einfach die Beste!«

»Ich weiß, ich weiß«, sagt Oma vergnügt. »Aber Jan, sag mal, wie lange bleibst du denn jetzt noch in Lübeck?«

»Ähm, nicht mehr so lange. Morgen früh wollte ich nach Hause fahren.« Jetzt sieht Jan gar nicht mehr so froh aus, eher ein bisschen traurig. Und mir wird auf einmal ganz schwer ums Herz. Weil: Morgen früh, das ist ja schon bald.

»Na!« Oma erhebt sich mit Schwung. »Dann müssen wir heute ja noch Abschied feiern. Ich hol mal eine Flasche Sekt. Tine, du bleibst doch noch – oder wartet Alexander auf dich?«

»Nee, nee, der musste zu einem wichtigen beruflichen Termin, äh, nach Wuppertal«, lüge ich. »Natürlich bleibe ich!«

Wir verleben ein paar schöne Stunden zu dritt. Oma köpft sogar noch eine zweite Flasche, und wir lassen in aller Ausführlichkeit unseren Abenteuerurlaub Revue passieren. Es wird viel gelacht, wir haben ja auch die unglaublichsten Sachen erlebt, trotzdem schwebt ein Hauch von Wehmut über dem Abend. Gegen Mitternacht ist Gerda kurz davor, auf dem Sofa einzuschlafen.

»Oma, du gehörst ins Bett«, sagt Jan. Und an mich gewandt: »Soll ich dir ein Taxi rufen?«

Wie, Taxi? Ich will aber gar nicht nach Hause! Da hockt der doofe Alexander und wartet auf mich. Oder auch nicht. Besonders zu vermissen scheint er mich nämlich nicht, immerhin bin ich schon seit Stunden abgängig, und er hat nicht einmal angerufen, um zu fragen, wo ich denn bleibe.

»Ooomaaa?«, frage ich deshalb. »Kann ich vielleicht auch bei dir schlafen? Zu Hause ist ja keiner, und ich mag jetzt irgendwie nicht allein sein ...«

»Natürlich, Kindchen, das ist überhaupt kein Problem. Ich hab schließlich genug Platz. Du kannst das Gästezimmer neben Jan haben.« Gerda zwinkert mir unauffällig zu.

Der kann ich aber auch gar nichts vormachen.

Und so beziehe ich wieder ein neues Zimmer und schicke mich an, die Nacht erneut in einem fremden Bett zu verbringen. Pflichtschuldigst schreibe ich Alexander noch schnell eine SMS. *Schlafe bei einer Freundin.* Das ist streng genommen nicht mal gelogen. Immerhin ist mir Oma Strelow richtig ans Herz gewachsen. Dann schalte ich das Handy entschlossen aus, krieche unter die dicke Daunendecke und lausche in die Dunkelheit, ob ich irgendetwas aus dem Zimmer nebenan höre. Nix. Totenstille. Wahrscheinlich ist Jan – völlig erledigt von seinem Knastaufenthalt – sofort eingeschlafen. Als auch ich gerade die Augen schließen will, klopft es zaghaft an meine Tür, und Jan steckt vorsichtig seinen Kopf herein.

»Tine«, flüstert er, »bist du noch wach?«

»Ja«, flüstere ich zurück, »komm ruhig rein.«

Er tappt barfuß und nur mit Boxershorts bekleidet durch den Raum und setzt sich ans Fußende meines Bettes.

»Ich kann irgendwie nicht schlafen, obwohl ich hundemüde bin«, erklärt er mir seine nächtliche Stippvisite.

»Geht mir genauso. Wahrscheinlich sind wir alle etwas überdreht.«

»Oma nicht. Die hab ich eben schnarchen gehört!«

Wir müssen beide kichern. Dann senkt sich verlegenes Schweigen auf uns herab.

»Duhu, Tine«, beginnt Jan schließlich. »Die letzte Woche, also, hm, die war total schön – trotz der widrigen Umstände.«

»Finde ich auch. Wir haben ganz schön viel Spaß gehabt.«

»Genau! Und irgendwie haben wir uns richtig gut verstanden. So als würden wir uns schon ewig kennen.«

»Stimmt.«

»Du bist sowieso eine ganz tolle Frau!«, bricht es jetzt aus Jan heraus. Er rückt ein Stückchen näher und nimmt meine Hand. »Eine ganz, ganz tolle Frau!«

»Echt? Dabei war ich unterwegs doch manchmal richtig zickig …«

»Ach was!« Im Dunkeln kann ich Jans wegwerfende Handbewegung nur erahnen. »Aber dafür hattest du ja auch allen Grund. Nee, nee, Tine, glaub mir: Alexander ist ein echter Glückspilz!«

»Hmm, hmm …«

»Du bist klug, du bist witzig und spontan, du hast ein gutes Herz, und mit dir kann man echt Pferde stehlen!«

»So, so, Pferde stehlen … ein prima Kumpel, also.«

»Quatsch! Für einen Kumpel bist du viel zu sexy … Es ist echt schade, dass wir uns nicht schon früher kennengelernt haben.«

»Wie, früher?«

»Na ja, bevor du dich in Alexander verliebt hast …«

»Ja, aber wie sollte das denn gehen? Du in Polen, ich hier in Deutschland …«, sage ich ganz leise und mehr zu mir selbst.

Jan seufzt. Dann robbt er schnell zu mir herüber, gibt mir einen zärtlichen Kuss auf die Stirn, murmelt leise »Schlaf schön«, und schwups weg ist er.

Na, das habe ich ja super hinbekommen! Warum habe ich bloß nicht gesagt, dass meine Beziehung zu Alexander so gut wie am Ende ist? Und dass ich Jan mindestens genauso toll finde wie er mich? Ich bin nicht nur manchmal zickig, ich bin manchmal auch richtig dämlich.

Am nächsten Morgen geht dann alles ganz schnell. Als ich völlig verschlafen die Treppe hinuntertaumele, ist Jan schon fix und fertig angezogen, seine Habseligkeiten stehen gepackt im Flur.

»Willst du etwa schon los?«, frage ich und hoffe, dass ich nicht zu entsetzt klinge.

»Jep, mein Zug fährt um zehn nach zehn«, erklärt Jan kurz angebunden.

»Oh, ich dachte, wir frühstücken noch gemeinsam …«

»Das wird leider nichts. Oma hat mir vor fünf Minuten ein Taxi gerufen.«

In diesem Moment klingelt es auch schon an der Tür. Gerda eilt herbei, und wir bringen Jan zum Wagen, dessen Fahrer ungeduldig mit den Fingern aufs Lenkrad trommelt. Jan nimmt Oma liebevoll in den Arm und drückt sie ganz fest. »Tschüss, Gerda, wir sehen uns bald wieder!«

»Das machen wir, mein Junge. Entweder kommst du noch mal nach Lübeck, oder wir treffen uns spätestens in Kolberg bei deiner Tante!«

Jan dreht sich zu mir und haut mir betont kameradschaftlich auf die Schulter. »Tine, mach's gut. Bis irgendwann. Kannst dich ja melden, wenn du mal wieder in Polen bist.« Er grinst schief, und bevor ich irgendetwas sagen kann, hüpft er auch schon ins Auto, die Tür klappt, und das Taxi biegt um die nächste Ecke.

Oma nimmt meine Hand und drückt sie, und das ist das endgültige Signal für mich, spontan in Tränen auszubrechen.

»Kindchen, Kindchen, du machst aber auch Sachen«, Oma schüttelt den Kopf. »Nu lass uns mal wieder reingehen. Ich glaub wir können jetzt beide einen Schnaps vertragen.«

»Gerda, es ist erst Viertel vor zehn, und ich hab noch nicht mal gefrühstückt«, schniefe ich.

»Eben. Dann schmeckt er doch am besten!«

22. Kapitel

Taschentuch?«

Oma Gerda drückt mich auf die Küchenbank und reicht mir ein Tempo. Das Taschentuch nehme ich gern, den Schnaps lasse ich aber doch lieber stehen. Dafür ist es definitiv noch zu früh. Außerdem ist mein Magen zu leer, der sich jetzt mit einem unüberhörbaren Knurren zu Wort meldet.

»Ich glaube, ich schmier dir erst mal ein Brötchen. Bevor du mir hier noch von der Bank kippst …«

Ich nicke ergeben, mümmele dann aber nur halbherzig an meinem Frühstück herum. Jans Abschied hat mir ganz offensichtlich den Appetit verdorben.

»Kindchen, was ist denn los mit dir?«

»Ach Oma«, sage ich matt, »ich habe gerade das Gefühl, dass mein ganzes Leben den Bach runtergeht!«

Gerda greift nach meiner Hand und guckt mich auffordernd an. »Wieso das denn? Du bist wieder zu Hause, die Sache mit der Geiselnahme ist vom Tisch, und mit deinem Alexander renkt sich schon alles wieder ein. So klang das jedenfalls … Es müsste also alles in allerbester Ordnung sein. Oder?«

»Na ja, nicht ganz …« Und dann erzähle ich Oma alles. Dass sich mit Alexander mitnichten alles wieder einrenkt, sondern dass mein Verlobter und ich uns gerade nicht so gut verstehen. Besser gesagt: Wir verstehen uns gar nicht. Überhaupt gar nicht. Zwischen uns ist die Luft raus. Der Funke erloschen. *Rien ne va plus,* wie der Franzose sagt. Denn: Wir passen nicht zusammen. Und wir haben nie zusammengepasst. Das mit Alexander und mir war ein großer Irrtum. »Der Fehler meines Lebens«, sage ich abschließend und muss schon wieder heulen.

Oma wiegt bedächtig den Kopf hin und her. »Ach Kindchen, auch wenn du das jetzt vielleicht nicht hören willst: Dann hatte unsere Reise nach Kolberg auch für dich einen Sinn. Ich weiß ja nicht, ob du an den lieben Gott glaubst oder an höhere Mächte. Aber ich glaube, da hatte jemand seine Finger im Spiel. Es war kein Zufall, dass wir uns begegnet sind, es war Schicksal.«

»Wie meinst du das?«

»Stell dir vor, du hättest in der Bank nicht hinter mir in der Schlange gestanden, dann wärst du jetzt mit Alexander verheiratet …«

»Genau! Und glücklich!«

»Kindchen, Kindchen, das stimmt doch nicht. Und wenn du mal ehrlich bist, weißt du das auch. Vielleicht wäre es ein paar Jahre gutgegangen mit euch beiden. Aber glücklich wärst du nicht geworden. Du und Alexander, das klingt eher nach Feuer und Wasser. Jetzt guck mich nicht so an, das hast du doch eben selbst gesagt. Und deshalb hat das Schicksal dich nach Kolberg geführt. Um das zu erkennen.«

Ich schnaube geräuschvoll in mein Taschentuch, damit ich nichts sagen muss. Aber wirklich unrecht hat Oma Gerda nicht. Ohne ihr komisches Schicksal wäre ich jetzt zwar Frau Weltenstein … aber in ein paar Jahren wäre ich wahrscheinlich die geschiedene Frau Weltenstein. Wie hätte das auch gut gehen sollen mit Alexander und mir? Der erfolgreiche Banker mit seinem Jetset-Leben und die kleine Lehrerin, die mit ihren bescheidenen Hobbys von seinen reichen Freunden und der snobistischen Familie belächelt wird. Ich trompete noch einmal herzhaft in das mittlerweile recht zerfledderte Tempo und nicke genauso bedächtig wie Gerda. Aber Oma ist noch längst nicht fertig mit mir.

»Was ist denn nun eigentlich mit Jan, Kindchen?«

»Wieso? Was soll mit Jan sein?«

»Wann seht ihr euch denn wieder?«

»Wir sehen uns nicht wieder. Dafür gibt es ja auch gar keinen Grund.«

»Sooo?« Oma zieht die Augenbrauen bis zum Anschlag hoch und guckt jetzt ziemlich streng. Ich versuche mich mit einem erneuten Trompetenstoß zu retten, aber so leicht macht sie es mir nicht: »Tine, ich habe zwar manchmal meine Aussetzer, bin aber sonst noch ziemlich klar im Kopf. Vor allem funktionieren meine Augen noch ganz ausgezeichnet. Und die haben da etwas anderes beobachtet!«

»Was denn?«

»Jetzt tu mal nicht so. Das muss dir doch nicht peinlich sein! Du hast dich in Jan verliebt, so einfach ist das.«

»Ach, Oma«, seufze ich. »Selbst wenn du recht hast, dann mag das ja vieles sein, aber *einfach* ist es nun wirklich nicht! Wie soll das denn funktionieren mit Jan und mir? Ich lebe in Lübeck, er in Stettin. Und ich spreche kein Wort Polnisch.«

»Na und? Sprachen kann man doch lernen. Du tust gerade so, als käme Jan aus den unwirtlichen Gegenden des Himalaya.«

»Trotzdem, nur weil wir uns mal eine Woche ganz gut verstanden haben, heißt das doch noch lange nicht, dass wir auch im stinknormalen Alltag miteinander klarkommen. Im Grunde genommen kenne ich Jan doch überhaupt nicht. Vielleicht haben wir uns auch nur so gut verstanden, weil wir in einer Extremsituation waren. So ähnlich wie beim Stockholm-Syndrom, weißt du? Wo sich die Geisel in den Entführer verliebt?« Wobei mir nicht ganz klar ist, wer hier die Geisel ist und wer der Entführer.

»Meine Güte!« Oma Gerda haut so resolut auf den Tisch, dass mein angeknabbertes Brötchen einen erschreckten Hopser macht. »So einen ausgemachten Unsinn habe ich lange nicht mehr gehört! Stockholm-Syndrom! Du hast dich in Jan verliebt. Und er sich in dich. Punkt. Das sieht doch ein Blinder mit Krückstock. Und wenn da nicht wahre Gefühle zwischen euch gewesen wären, dann hätte Jans Familie euch die Geschichte mit der Hochzeit doch gar nicht abgenommen. Das sah nicht nur echt aus, das fühlte sich auch echt an. Ich bin mir ganz sicher.«

»Wirklich? Jan ist verliebt in mich?« Jetzt macht mein Herz einen kleinen Hopser.

»Natürlich, Kindchen. Das war ja nun wirklich nicht zu übersehen. Regelrecht angehimmelt hat er dich. Und du ihn!«

»Oh …« Dass das so offensichtlich war, ist mir nun doch ein wenig unangenehm.

»Tine, hör auf dein Herz. Schau mal, es ist doch ganz einfach: Jedes Töpfchen hat sein Deckelchen. Und dein Deckelchen scheint Jan zu sein.«

»Wie war das eigentlich damals bei dir und Heinzi? Wann wusstest du denn, dass er der Richtige für dich ist?«

»Das wusste ich sofort! In dem Moment, als er den Hof

meiner Eltern betreten hat, war mir klar: Das ist mein Mann, mit dem werde ich durchs Leben gehen!«

»Ehrlich? Aber wie konntest du dir da so sicher sein?«

»Ganz einfach, Kindchen: Ich habe auf mein Herz gehört. Und wie sich dann herausgestellt hat, habe ich mich ja auch nicht geirrt.«

»Und Heinzi? Hat der sich auch Hals über Kopf in dich verliebt?«

»Tja, da musste ich ein wenig nachhelfen.« Oma schmunzelt. »Heinzi war sehr schüchtern. Ich wusste schon, dass er mich mag. Das habe ich an seinen Blicken gesehen. Aber er hat sich nicht so recht getraut. Deshalb habe ich ihn unter einem Vorwand nachts zum Kirschbaum gelockt und dort verführt.«

»Oma!«

»Ach, weißt du, Tine, manchmal muss man als Frau auch einfach die Initiative ergreifen …« Oma kichert und wird ein wenig rot.

»Wart ihr denn immer glücklich? Habt ihr euch nie gestritten?«

»Ach, natürlich haben wir uns auch gestritten! Immer glücklich sein, das geht ja gar nicht. Und darauf kommt es ja auch nicht an.«

»Worauf denn dann?«

»Dass man den anderen achtet und respektiert. Dass man ihn so sein lässt, wie er ist – mit seinen ganzen Macken und Fehlern. Und dass man ihm vertraut, zur Seite steht und bei Problemen nicht sofort ausbüxt. Aber das funktioniert eben nur, wenn das Deckelchen auch wirklich aufs Töpfchen passt.«

»Wie lange wart ihr eigentlich verheiratet?«

»Vierundsechzig Jahre.«

»Wow, das ist echt lange!«

»Ja, und ich möchte keinen einzigen Tag davon missen. Auch wenn wir wirklich schwere Zeiten miteinander durchlebt haben – der Krieg, die Flucht, der Neuanfang. Aber im Nachhinein ist es ein gutes Gefühl, zu wissen, dass man alles gemeinsam gemeistert hat. Dass man all dies mit einem anderen Menschen geteilt hat. Auch wenn einer von uns dann seinen letzten Weg erst einmal alleine antreten musste …«

Verstohlen wische ich mir eine Träne aus den Augenwinkeln. Das hätte ich auch gern! Jemanden, der an meiner Seite steht und mit mir durchs Leben geht, egal, was kommt. Ob ich so etwas auch noch erleben darf – so eine große, wahre Liebe?

Als könnte sie Gedanken lesen, sagt Oma noch einmal: »Kindchen, hör einfach auf dein Herz.«

»Kann ich ja mal versuchen. Zumindest werde ich darüber nachdenken«, antworte ich und stehe auf. »Aber vorher muss ich noch etwas erledigen …«

»Was genau liebst du an mir?«

Alexander schaut mich erstaunt an. Die Frage überrascht ihn offenbar. »Wie meinst du das?«

»So wie ich es sage: Was ist es, das du an mir liebst? Oder von mir aus auch: in das du dich zuerst verliebt hast?«

»Wie kommst du auf diese Frage?«

»Ganz einfach: Du hast gesagt, deine Familie denkt, ich liebe vor allem dein Geld, und da wollte ich …«

»Nein«, unterbricht Alexander mich, »das habe ich so nicht gesagt. Und falls es so rübergekommen ist, tut es mir leid, weil das natürlich Unsinn ist. Bitte lege nicht jedes

Wort, das ich in den letzten Tagen gesagt habe, auf die Goldwaage. Für mich war das alles auch nicht leicht.«

Ich nicke. »Das glaube ich dir. Trotzdem habe ich mich gefragt, was genau es eigentlich ist, was wir aneinander lieben. Was verbindet uns als Paar? Und reicht das eigentlich aus, um die nächsten vierzig, fünfzig Jahre miteinander zu verbringen?«

Alexander starrt mich erstaunt an. »Vierzig, fünfzig Jahre? Mein Gott, Tine, in was für Dimensionen denkst du denn? Wäre es nicht ausreichend, wenn man erst einmal versucht, die nächsten fünf Jahre gut über die Bühne zu bringen?«

Ich merke schon: Alexander und ich denken tatsächlich in unterschiedlichen Dimensionen. *Think big* trifft *Geht's auch 'ne Nummer kleiner?* Auweia, da kommen wir schon mal nicht zusammen. Aber wir müssen hier jetzt ein paar grundsätzliche Fragen klären. Deshalb bin ich von Oma aus auch schnurstracks nach Hause gefahren, um mit Alexander zu sprechen. Und gerade finde ich, dass er mir irgendwie ausweicht. So nicht, mein Lieber!

»Du hast meine Frage nicht beantwortet.«

»Welche Frage noch mal?«

»Was genau du eigentlich an mir liebst! Oder ist das für dich so schwer zu beantworten?«

»Natürlich nicht!« Alexander schnaubt empört und holt tief Luft, so als würde er zu einem längeren Vortrag ansetzen. »Also, du siehst gut aus …«, beginnt er und sieht mich erwartungsvoll an.

Na toll. Ich sehe gut aus. Was sucht der eigentlich – ein Model oder eine Ehefrau? Und war's das etwa schon?

»Alex, äh, danke für das Kompliment. Aber ich meinte

jetzt auch irgendwie innere Werte. Was verbindet dich mit mir?«

»Du bist Akademikerin. Okay, nur Grundschullehrerin, aber immerhin. Uni ist Uni.«

»Bitte?«

»Also, ich finde, das Bildungsniveau muss schon irgendwie stimmen. Sonst kann man sich ja nicht unterhalten, und das würde auf Dauer langweilig werden. Außerdem kann ein Mann in meiner Position sich gar keine dumme Frau leisten.«

»Aha.«

»Genau!« Triumphierend hebt Alexander jetzt seinen Zeigefinger. »Und du kommst aus einem guten Elternhaus und weißt dich zu benehmen. Das finde ich auch sehr, sehr wichtig. Stell dir mal vor, wir sind zu einem Geschäftsessen eingeladen, und du kannst die Hummerzange nicht vom Buttermesser unterscheiden ...«

Stimmt, das wäre ein echtes Drama! Ich schüttele den Kopf. »Alex, ich habe das Gefühl, du verstehst überhaupt nicht, was ich meine.«

»Was willst du eigentlich von mir, Tine? Du verschwindest einen Tag vor unserer Hochzeit, lässt mich hier hängen und außerdem auch noch in dem Glauben, du hättest eine Bank überfallen. Dann tauchst du urplötzlich wieder auf, nur um sofort erneut zu verschwinden und die Nacht bei irgendeiner Freundin zu verbringen. Und jetzt stehst du hier und brichst eine absurde Grundsatzdiskussion vom Zaun! Entschuldige bitte, wenn ich dir da nicht ganz folgen kann!«

»Ich will doch nur wissen, warum du mich eigentlich liebst. Also, warum gerade mich? Und ob ich dein Deckelchen bin und du mein Töpfchen?«, sage ich leise und wohl sehr kläglich. Denn nun kommt Alexander auf mich zu und nimmt mich in den Arm.

»Deckelchen, Töpfchen, was für ein Unfug! Schatz, ich liebe dich. Warum, ist doch völlig egal. Das muss doch auch so reichen – ohne großartige Begründung. Gefühle kann man halt nicht immer erklären.«

Vorsichtig löse ich mich wieder aus seinen Armen. »Alexander, es tut mir wirklich leid. Aber ich glaube, das reicht mir nicht.«

»Wie meinst du das jetzt?«

Auf einmal sieht der Arme ganz verwirrt aus. Kein Wunder! Alexander ist wohl davon ausgegangen, dass er mir einmal ordentlich die Leviten liest und wir dann wieder zum Tagesgeschäft übergehen, als wäre nichts gewesen. Stattdessen steckt er hier im allerschönsten Problemgespräch.

»Alex, wir wollten heiraten! Unser Leben miteinander verbringen! Und ich weiß noch nicht einmal, ob du mal eine Familie gründen willst, ob du Kinder magst?«

»Solange es nicht die eigenen sind«, versucht er einen müden Scherz.

»Haha, sehr witzig. Mal im Ernst: Du spielst Golf, ich gehe im Park joggen. Du segelst, ich werde auf einem Boot sofort seekrank. Du agierst als Global Player auf internationalem Parkett, ich schlage mich damit herum, dass die kleine Luisa schon wieder ihre Hausaufgaben nicht gemacht hat.«

»Ach, Tine, du kennst doch den Spruch: Gegensätze ziehen sich an. Ich finde es gut, dass du auch noch deine eigenen Interessen hast.«

»Alex, es geht hier doch nicht nur um unterschiedliche Hobbys. Kennst du den Spruch: Gleich und Gleich gesellt sich gern?«

»Was willst du damit sagen?« Alexander sieht nun etwas blässlich um die Nase aus. Und natürlich tut er mir sofort leid. Aber es nützt nichts, da muss er jetzt durch. Und ich auch.

»Alex, sei mir nicht böse. Wir passen einfach nicht zueinander. Die Zeit mit dir war wirklich schön. Und ich war auch wirklich verliebt in dich. Aber nur Verliebtsein reicht nicht, um eine Ehe zu führen. Ich glaube einfach, dass das mit uns auf Dauer nicht gutgeht. Dass wir viel zu unterschiedlich sind. Das ist mir in den letzten Tagen irgendwie klargeworden.«

Dass ich mich außerdem in einen anderen Mann verguckt habe, verschweige ich lieber. Ich finde, das tut hier auch nichts zur Sache. Auch ohne Jan passen Alex und ich nicht zusammen. Jan ist sozusagen nur das Symptom und nicht die Ursache.

»Bitte?«, krächzt Alexander. »Heißt das etwa, du verlässt mich?«

Ich nehme all meinen Mut zusammen. »Ja, genau das heißt es. Tut mir leid, es geht einfach nicht mehr.«

»Aber unsere Hochzeit! Wie soll ich das meinen Eltern erklären? Was sollen denn die Leute denken? Meine Geschäftspartner, unsere Freunde?«

Unsere Freunde? Er meint wohl eher seine Freunde. Aber das reibe ich ihm jetzt nicht auch noch unter die Nase.

»Alex, es ist meine Schuld. Du kannst nichts dafür«, sage ich, obwohl ich das eigentlich anders sehe. Aber ich hoffe, dass das in dieser Situation hilft und er sich vielleicht etwas weniger schlecht fühlt.

Kurz steht er mit hängenden Schultern vor mir, dann strafft er sich. »Du hast wahrscheinlich recht. Es passt wirklich nicht. Im Grunde sollte ich dir dankbar sein. So bleibt mir zumindest eine teure Scheidung erspart!«

Zum Abschied drücke ich ihn noch einmal. »Mach es gut. Ich wünsche dir wirklich nur das Beste. Und vor allem, dass du irgendwann dein passendes Deckelchen findest ...«

Und dann gehe ich einfach.

23. Kapitel

Guck mal, Frau Samstag, das hab ich für dich gebastelt.«
Jan-Ole hält mir ein kleines Buch entgegen, eine Art
Fotoalbum. »Mama hat gesagt, damit kannst du jetzt bestimmt gar nix mehr anfangen, aber ich dachte, vielleicht
willst du es trotzdem haben. Ich hab mir nämlich echt Mühe
gegeben. Weil ich so doof war vor den Ferien.«

Ich nehme das Buch und betrachte es genau. Den vorde-
ren Buchdeckel ziert ein Foto von mir, umrahmt von lauter
Herzchen, die wiederum ein großes Herz formen. Außerdem gibt es noch ein paar weiße Tauben, die ihre Schnäbel
aneinanderreiben, und ein Bild von einem Marzipanbraut-
paar auf einer Hochzeitstorte. Es ist also eine ziemlich
monothematische Bastelarbeit, die Jan-Ole da gefertigt hat.
Ich schlage das Buch auf. Die erste Seite trägt eine Widmung
in krakeliger Schrift:

»Für meine liebe Lehrerin Frau Weltenstein – hier kannst Du
alle Fotos von Deiner Hochzeit reinkleben. Dann hast Du sie
immer bei Dir.«

Ich muss schlucken. In meinem Hals steckt auf einmal ein
riesiger Kloß.

»Danke, Jan-Ole! Das ist wirklich ganz lieb von dir. Das kann ich bestimmt gut gebrauchen.« Irgendwann …

Jan-Ole strahlt, und ich gebe mir Mühe, vor den Kindern nicht in Tränen auszubrechen. Abrupt drehe ich mich zur Tafel und schreibe in großen Buchstaben *Ferien* an. Dann wende ich mich wieder der Klasse zu, in der Hoffnung, eine feste Stimme zu haben.

»So, die Ferien sind zu Ende. Und ich möchte von euch wissen: Was habt ihr Schönes gemacht? Schreibt mir das auf. Ihr könnt auch etwas dazu malen, wenn ihr wollt.«

Das sollte für mindestens zwanzig Minuten Ruhe sorgen. Pädagogisch zwar nicht besonders wertvoll, aber ich muss mich mal einen Moment sammeln. Heute ist definitiv nicht mein Tag – auch wenn ich vorher schon wusste, dass er mit Sicherheit kein Highlight werden würde. Die *Lübecker Nachrichten* haben zwar freundlicherweise meinen vollen Namen nicht erwähnt, trotzdem wissen garantiert alle an der Schule, dass ich meine Osterferien doch nicht auf den Seychellen verbracht habe. Und demzufolge auch noch nicht verheiratet bin. Worüber ich mittlerweile froh bin – aber gleichzeitig auch traurig.

Im Lehrerzimmer herrschte heute Morgen verdächtiges Schweigen. Nicht mal die Kinder haben etwas gesagt. Ob sie von ihren Eltern eingenordet wurden, keine peinlichen Fragen zu stellen? Sehr hanseatisch – und sehr seltsam bei Kindern in diesem Alter. Jan-Ole ist tatsächlich der Einzige, der mich auf die Hochzeit angesprochen hat. Immerhin sagt auch niemand etwas zum Bankraub, und alle Kinder sind brav zum Unterricht erschienen. Offenbar glauben die Eltern also an meine Unschuld – einer Schwerverbrecherin würden sie ihre lieben Kleinen wohl kaum anvertrauen. Luisa meldet sich.

»Ja, bitte?«

»Wenn wir Ihnen etwas von unseren Ferien erzählen, erzählen Sie uns dann auch etwas von Ihren?«

Nachtigall, ick hör dir trapsen. Da siegt bestimmt gerade Neugier über vornehme Zurückhaltung. Ich seufze.

»Okay, was willst du wissen?«

Erst lächelt Luisa etwas verlegen, aber dann zielt sie ins Schwarze.

»Wieso heißen Sie denn jetzt doch nicht Weltenstein? Wir haben vor den Ferien bei Frau Goldmann im Kunstunterricht extra ein Schild gemalt, auf dem »Willkommen, Frau Weltenstein« stand. Aber gestern hat Frau Goldmann dann bei uns zu Hause angerufen und Bescheid gesagt, dass wir das Schild heute nicht aufhängen sollen. Mama hat mir dann erklärt, dass Sie immer noch Samstag heißen und deswegen bestimmt traurig sind. Sind Sie traurig?«

»Oh, das sind ja gleich zwei Fragen. Also erstens: Ich heiße immer noch Tine Samstag, weil ich nicht Herrn Weltenstein geheiratet habe. Und zweitens: Ich bin nicht traurig. Na ja, ein bisschen schon. Aber nicht so sehr.«

Die Kinder schauen mich erstaunt an. Jan-Ole wagt sich wieder vor.

»Du bist nicht traurig? Aber man heiratet doch, weil man sich ganz doll liebt und für immer zusammen sein will, das sagt jedenfalls meine große Schwester. Und du wolltest heiraten, also liebst du Herrn Weltenstein sehr. Dann musst du doch traurig sein, wenn das jetzt nicht geklappt hat.«

Kinder bringen es doch irgendwie auf den Punkt.

»Also, ich bin traurig, weil ich mir gewünscht hätte, dass es klappt. Aber in den letzten Tagen habe ich gemerkt, dass es vielleicht doch nicht so gut ist, wenn ich für immer mit

Herrn Weltenstein zusammen bin. Und deswegen war es besser, nicht zu heiraten.«

Betretenes Schweigen. Gut, vielleicht war das nicht ganz altersgerecht. Ich versuche es noch einmal anders.

»Manchmal wünscht man sich etwas sehr, was aber eigentlich nicht gut zu einem passt. Also nehmen wir mal an, Jan-Ole will furchtbar gern Kapitän werden. Deswegen machen seine Eltern mit ihm Urlaub auf einem Schiff. Unterwegs stellt Jan-Ole aber fest, dass er ziemlich schnell seekrank wird und es ihm so lange auf einem Schiff gar nicht gefällt. Dann ist er bestimmt ein bisschen traurig, dass er nicht Kapitän wird, aber auch froh, dass er nicht mehr auf See ist.«

Luisa nickt heftig. »Okay, dann waren Sie also froh, von dem Schiff wieder runter zu sein.«

Ich muss lachen.

»Ja, das kann man so sagen. Ich bin jetzt wieder an Land und eigentlich ganz froh darüber.«

»Woran hast du denn gemerkt, dass du mit Herrn Weltenstein seekrank wirst? Und wieso hast du das überhaupt so spät gemerkt? Normalerweise wird einem doch gleich schlecht«, will Lukas wissen.

Himmel, vielleicht hätte ich doch einen anderen Vergleich bemühen sollen. »Na gut, aber Liebe und Seefahrt sind ja auch nicht das Gleiche. Bei der Liebe merkt man manchmal erst etwas später, ob es passt oder nicht. Oder mit wem es passt.«

Luisa seufzt. »Dann wünsche ich Ihnen, dass Sie bald jemanden finden, der gut passt. Und das dann auch schneller merken als dieses Mal. Nicht dass Sie den Richtigen noch verpassen, wenn Sie so langsam sind wie beim letzten Mal.«

Könnte es sein, dass eine Zehnjährige hier schlauer ist als ich?

»Und bist du jetzt tatsächlich schon ausgezogen?«

Svea schaut ungläubig, als ich sie auf den neusten Stand in Sachen *Beziehungsstatus Tine Samstag* bringe. Wir haben uns nach Unterrichtsschluss in das kleine italienische Café verzogen, in dem es mittags auch immer ein Pastagericht und ein Glas Vino gibt. Eine gute Gelegenheit, ihr das ganze Drama in Ruhe zu erzählen.

»Halbwegs. Ich wohne momentan bei Oma Strelow. Die verkauft gerade ihr Haus – ich kann bleiben, bis die neuen Besitzer einziehen wollen. Oma selbst zieht nächste Woche schon in ein Altenheim nach Kolberg, dann habe ich da so viel Platz und Ruhe wie wahrscheinlich nie wieder in meinem Leben. Wenn ich eine eigene Wohnung gefunden habe, hole ich meine Sachen bei Alexander ab.«

»Wer in aller Welt ist Oma Strelow?«

»Die ältere Dame, die ich angeblich als Geisel genommen hatte.«

»Bei der wohnst du? Nach all dem Ärger, den du ihretwegen hattest? Ich meine, immerhin ist deine Verlobung wegen der blöden Kuh in die Brüche gegangen. Du musst doch einen tierischen Hals auf die haben!«

Ich schüttle den Kopf. »Nein. Eigentlich bin ich ihr dankbar. Das mit Alexander und mir wäre nicht besonders lange gutgegangen. So ist es besser. Das habe ich gerade noch rechtzeitig gemerkt.«

»Ja? Woran denn? Alex war doch gar nicht mit.«

Ich zögere einen Moment. So richtig ausgesprochen habe ich es noch nie.

»He, Tine, nun sag schon! Oder ist das irgendwie ein Geheimnis?«

»Nein. Ist es nicht. Ich habe mich in einen anderen Mann verliebt. Daran habe ich es gemerkt.«

Jetzt ist es raus. Und es fühlt sich überraschend gut an, es zu sagen. Svea steht der Mund offen.

»Ein anderer Mann? Wo kommt der denn auf einmal her? Einen Tag vor deiner Hochzeit?«

»Der Pfleger von Oma Strelow. Er hat uns auf der Flucht nach Polen begleitet, er ist selbst Pole.«

»Du tauschst einen hanseatischen Finanzhai gegen einen polnischen Krankenpfleger? Donnerwetter, das nenne ich mal Idealismus.« Svea kichert, und ich merke, wie ich richtig sauer werde.

»Ich habe Alex nicht ausgetauscht. Ich bin mit Jan schließlich gar nicht zusammen. Und was für eine Rolle spielt sein Pass bei der Sache? Ich habe mich in ihn verliebt, und das hat mir klargemacht, dass ich Alexander offensichtlich nicht richtig liebe. Sonst wäre das nicht passiert. Deswegen war eine Trennung richtig.«

Beschwichtigend hebt Svea die Hände. »Ist ja gut – ich wollte dir nicht zu nahe treten. Aber ich habe das ja alles nicht mitbekommen. Entschuldige, dass ich so blöd frage.«

»Schon gut. Ist nur gerade nicht mein Lieblingsthema. Ich wünschte auch, es wäre anders gekommen und ich wäre nicht seekrank geworden.«

»Seekrank?«

Ich lächle. »Ach, vergiss es.«

Sveas Nase kräuselt sich, so dass ihre Sommersprossen in kleinen Kratern verschwinden. »Und wie geht es jetzt weiter?«

»Weiter? Gar nicht. Jan ist in Polen, und ich bin hier. Ende der Geschichte. Erst mal jedenfalls.«

»Habe ich was verpasst? Gibt's den Eisernen Vorhang wieder? Seit wann bist du denn so zögerlich?«

Schulterzucken meinerseits. »Weiß nicht. Als wir uns das letzte Mal gesehen haben, war Jan auch nicht gerade wild entschlossen.«

»Hat er denn mitbekommen, dass ihr euch getrennt habt, Alexander und du?«

»Ich glaube nicht.«

»Tja, dann bist du leider darauf angewiesen, dass er eine Kristallkugel hat. Oder aber, du sagst es ihm.«

Später, als ich in meinem kuscheligen Gästezimmer auf dem Bett liege, geht mir wieder durch den Kopf, was Svea gesagt hat: Jan bräuchte tatsächlich eine Kristallkugel, um zu wissen, was bei mir gerade los ist. Aber was ist, wenn es für ihn gar nichts ändern würde? Gut, wir hatten es unterwegs sehr schön miteinander. Nur heißt das leider noch nicht, dass es im Alltag genauso wäre. Er hat seinen Job in Stettin, ich meinen in Lübeck – so richtig zusammen kämen wir da nicht. Andererseits … was hat Luisa gesagt? *Nicht dass Sie den Richtigen verpassen.*

Es klopft an die Tür, kurz darauf steckt Gerda ihren Kopf ins Zimmer. »Ich koche mir einen Kaffee, Butterkuchen habe ich auch noch. Möchtest du auch etwas?«

»Danke, nein. Mir ist gerade nicht so nach Kuchen.«

Gerda kommt herein und setzt sich neben mich auf die Bettkante. »Das Herz?«

Ich nicke. »Irgendwie schon. Was ist, wenn ich Jan gerade verpasst habe?«

Gerda sagt erst nichts, dann nickt sie bedächtig. »Wie ich darüber denke, weißt du ja. Du musst etwas tun.«

Erst Luisa, dann Svea, und Oma sagt es ja sowieso schon die ganze Zeit: Heute scheinen sich alle einig zu sein.

»Oma?«

»Ja?«

»Hast du seine Adresse?«

24. Kapitel

It's my party and I'll cry if I want to! Lesley Gore. Ein echt doofes Lied und ihr einziger Hit, aber mir geht es gerade nicht mehr aus dem Kopf. Genauso fühle ich mich nämlich. Zum Heulen.

Ich feiere meine Einweihungsparty, und alle, die ich eingeladen habe, sind auch gekommen. Trotzdem fühle ich mich schlecht. Unglücklich. Von mir aus auch einsam. Wobei das unter schätzungsweise sechzig Gästen in einer Zwei-Zimmer-Wohnung gar nicht so einfach ist. Es ist nämlich ziemlich eng. Und ziemlich laut. Und außer mir sind alle ziemlich gut gelaunt. Mist. Wieso feiere ich ein Fest, wenn ich doch am liebsten allein wäre?

Mit einem Bier in der Hand verziehe ich mich auf den Balkon. Hier habe ich wenigstens meine Ruhe, auch wenn ich mich damit als grauenhafte Gastgeberin oute. Ich nehme einen kräftigen Schluck und starre in die einsetzende Dämmerung. Erstaunlich, wie lange es im Mai hell bleibt.

»Alles in Ordnung bei dir?«

Vor Schreck fahre ich zusammen – ich dachte, ich sei allein. Tatsächlich aber sitzt mein Kollege Albert auf einem Stuhl neben der Balkontür und raucht eine Zigarette.

»Klar. Alles in Ordnung. Ist doch meine Party.«

»Na, dann ist ja gut. Du sahst nur eben so traurig aus. Und jetzt stehst du hier allein – da dachte ich, ich frag mal nach.«

»Nee, alles gut bei mir. Mir war nur so warm da drinnen.«

»Tja, ist ja auch ganz schön voll. Nett von dir, dass du alle Kollegen eingeladen hast. Selbst den Alten – sehr lustig! Ich glaube, der hat schon einen Kleinen genommen. Ist auf einmal total locker, wo er doch sonst immer 'nen Stock im Arsch hat.«

»Pfui, Albert!« Ich muss kichern.

»So gefällst du mir schon besser.« Albert drückt seine Zigarette aus und nimmt die Bierflasche vom Boden. Wir prosten uns zu.

»Darf ich dich mal was fragen?«

»Klar.«

»Ist der Typ, den du heiraten wolltest, eigentlich auch da?«

Ich muss schlucken. »Nein. Ist er nicht.«

»Das war ja schon eine ... äh ... wilde Geschichte. Hätte ich dir gar nicht zugetraut. Also, nicht böse sein – ich meine das positiv. Irgendwie ganz schön coole Aktion.«

Super. Wenn es auch für sonst nix gut war: Immerhin hält mich Albert jetzt für eine coole Socke. Das tröstet mich ein bisschen. Schließlich haben die letzten Wochen sonst wenig Erfreuliches gebracht – wenn man von der neuen Wohnung mal absieht.

Immerhin: Mein endgültiger Auszug bei Alexander ist friedlich verlaufen. Es gab auch nicht vieles, um das man sich hätte streiten können – fast alles in der Wohnung gehört ihm, einschließlich der Wohnung selbst. Er hat mir geholfen, meine Kartons in den VW-Bus zu laden, den ich mir von Sveas

Eltern geliehen hatte, dann ein kurzer Kuss auf die Wange, und damit war das Kapitel »Alexander Weltenstein« beendet. Das war der Abschied von dem Mann, den ich noch vor drei Monaten unbedingt heiraten wollte.

Von dem Mann, mit dem der ganze Schlamassel zusammenhängt, habe ich nichts mehr gehört. Als mir Oma Jans Adresse gegeben hatte, habe ich ihm gleich geschrieben. Auf diesen Brief hat er sich aber leider nicht gemeldet. Heißt wohl, dass er die Geschichte so sieht, wie man sie vielleicht auch sehen muss: als Ferienflirt. Wobei es natürlich eigentlich gar keine Ferien waren – aber so was in der Art.

Manchmal ertappe ich mich bei dem Gedanken, wie es wäre, einfach ins Auto zu steigen und nach Kolberg zu fahren. Aber wenn ich dort ohne Jan aufkreuze, werden sich natürlich alle wundern. Jan wird sicher ein paar Monate verstreichen lassen, bis er mit der Nachricht von unserer überraschenden Trennung um die Ecke kommt. Jetzt, wo seine Mutter auch in Kolberg wohnt, dürfte sein fröhliches Singleleben in Stettin ja nicht weiter auffallen.

Der Gedanke, dass Jan ebendieses Leben führt, versetzt mir einen Stich. Mist. Wenn Albert mich nicht auf Alexander angesprochen hätte, hätte ich vielleicht nicht angefangen, wieder an Jan zu denken. Nun fühle ich mich noch einsamer. Falls das überhaupt möglich ist. Sozusagen *einsamerer*.

Albert räuspert sich. »Du, ich geh dann mal wieder rein.«

Klar, gibt wahrscheinlich Besseres, als hier von der Gastgeberin angeschwiegen zu werden. Sehr unhöflich von mir, aber zu Smalltalk kann ich mich momentan einfach nicht aufraffen. Wie bin ich bloß auf die Idee gekommen, in dieser Verfassung eine Party zu feiern?

Kaum ist Albert wieder nach drinnen gegangen, gesellt sich Svea zu mir.

»Komm, Süße, ich hab dir noch was zu trinken mitgebracht. Du siehst leider aus, als würdest du es brauchen.«

Tatsächlich habe ich meine Flasche schon ausgetrunken. Wer Sorgen hat, hat auch Likör. Oder eben Jever. Ich nehme Svea die neue Flasche ab.

»Tut mir leid. Warum muss ich gerade heute so schlecht drauf sein? Ist mir total peinlich vor meinen Gästen.«

»Ach, keine Sorge. Die meisten merken das doch gar nicht. Jetzt trinkst du einfach noch drei bis fünfzehn Bier, dann geht es dir bestimmt besser.«

»Alkohol ist keine Lösung.«

»Wasser aber auch nicht.«

Wir prosten uns zu und setzen uns auf die beiden Stühle.

»Hat er sich immer noch nicht gemeldet?«

Ich schüttle den Kopf. »Nein. Da kommt wohl auch nichts mehr. Ist ja schon sechs Wochen her, dass ich ihm geschrieben habe.«

»Hm. Was genau hast du denn geschrieben?«

»Na, dass die Woche in Polen mit ihm sehr schön war.«

»Und dass du ihn vermisst, oder?«

»Na ja, das bedeutet es doch.«

Svea verzieht den Mund. »Hallo? Der Typ ist ein Mann! Mit der Metaebene kommst du da nicht weit. Soll das heißen, du hast ihm gar nicht geschrieben, dass du ihn wiedersehen willst?«

»Na ja, nicht so direkt.«

»Himmel – warum denn nicht?«

»Wenn er mich auch so vermisst wie ich ihn, dann kann er da doch von allein draufkommen.«

»Ja, oder er denkt, du wolltest ihm einen netten Abschiedsbrief schreiben. Und dass du dich von Alex getrennt hast – weiß er das denn jetzt?«

»Das fand ich nun zu platt. Das kann ich doch nicht einfach so schreiben. Dann denkt der doch, ich will was von ihm.«

»Ah, Tine!!!« Mit einem Schrei springt Svea auf. »Du willst ja auch was von ihm! Das darfst du ruhig zugeben, auch wenn du eine Frau bist, du dumme Nuss!«

»Aber ich …«

»Kein Aber! Wahrscheinlich sitzt Jan ganz traurig in Polen. Und dann schreibst du ihm – aber nur, dass die Woche schön war. Nicht mehr. Also denkt er natürlich nach wie vor, dass du mit Alexander zusammen bist. Wie soll der arme Mann denn da wissen, was du von ihm willst?«

Schulterzucken meinerseits.

»Du schreibst ihm jetzt sofort noch mal! Warte, ich hole Papier von drinnen. Und dann bringe ich den Brief zum nächsten Briefkasten.«

Sie stürmt vom Balkon und kehrt nach ungefähr dreißig Sekunden mit einem Zettel und einem Stift wieder.

»So, bitte sehr. Und jetzt schreibst du Folgendes: *Lieber Jan, ich vermisse Dich wahnsinnig. Von Alexander habe ich mich getrennt. Bitte melde Dich bei mir. Alles Liebe, Deine Tine.*«

»Das kann ich nicht, das ist so direkt!«, beschwere ich mich.

»Ich wiederhole mich: Du schreibst an einen Mann. Bitte keine Botschaften, die man nur zwischen den Zeilen findet. Los. Schreib!«

Ich seufze, dann fange ich tatsächlich an zu schreiben. Als

ich fertig bin, reißt mir Svea den Brief regelrecht aus den Händen.

»Hast du einen Umschlag und Briefmarken?«

»Keine Ahnung, irgendwo bestimmt. Das kann ich aber auch noch morgen erledigen.«

»Nee, das machen wir jetzt. Sonst wird das doch wieder nichts. Also, hol mal den Umschlag.«

Wenn Svea so ist, ist sie durch nichts zu bremsen. Ich gehe also rein und mache mich auf die Suche. Auf meinem Schreibtisch werde ich schneller fündig als erwartet. Hätte ich nicht schon drei Bier getrunken, würde ich mich auf diese Geschichte niemals einlassen. Aber so stecke ich brav den Brief in den Umschlag und adressiere ihn. Die Adresse von Jan kann ich auswendig, so oft habe ich sie mir angeschaut, bevor ich den letzten Brief abgeschickt habe.

»Sehr schön.« Svea lächelt zufrieden. »Den nehme ich mit und stecke ihn auf dem Rückweg gleich in den Briefkasten. Und dann werden wir ja sehen, ob der Herr wirklich nicht interessiert ist.«

Ich nicke ergeben. Zu mehr bin ich gerade nicht in der Lage. Direktor Schubert steuert auf mich zu, offensichtlich schon im Gehen begriffen.

»Liebe Frau Samstag, danke noch einmal für die nette Einladung! Ich muss leider morgen früh raus, mein Sohn hat ein Fußballspiel in Norderstedt. Also, Ihnen noch einen schönen Abend.« Er schüttelt mir die Hand. »Ach, das hätte ich jetzt fast vergessen – das war heute noch in der Schulpost für Sie. Sie waren schon weg, aber es sah so ungewöhnlich aus, dass ich es Ihnen mitgebracht habe.«

Er greift in seine Manteltasche, zieht einen kleinen braunen Umschlag heraus und gibt ihn mir. Ich drehe ihn hin und her – es scheint etwas Kleines, Hartes darin zu stecken. Dann fällt mein Blick auf den Absender. *Jan Majewski.* Meine Hand zuckt, als ob ich einen Stromschlag erhalten hätte, und der Brief fällt zu Boden. Schubert, ganz Gentleman, bückt sich und hebt ihn für mich auf.

»Bitte sehr! So, ich werde dann mal. Ihnen noch viel Spaß!« Er winkt in die Runde und geht. Svea steht sofort neben mir.

»Von wem ist der?« Scheinheilige Else – sie hat den Absender doch längst gesehen, solche Stielaugen hat sie gemacht. »Los, mach auf!«

Ich schüttle den Kopf. »Jetzt nicht. Ich will mir das in Ruhe ansehen.«

Svea stöhnt. »Du willst doch nicht etwa warten, bis die Gäste gegangen sind! Das kannst du mir jetzt nicht antun. Ich meine, ich laber hier rum, von wegen Männer verstehen keine Metaebene und so – dabei hat der Typ längst geschrieben! Ich MUSS wissen, was in dem Brief steht!«

Ich lächle. »Keine Sorge, das erfährst du schon rechtzeitig. Aber ich will allein sein, wenn ich das lese. Falls es wirklich ein Brief ist. Da ist etwas Hartes in dem Umschlag.«

Ich halte die nächsten zwei Stunden tatsächlich durch. Als letzten Gast schiebe ich Svea durch die Tür, die nicht den Eindruck macht, als würde sie irgendwann freiwillig gehen.

»Aber du musst mich gleich anrufen, wenn es Neuigkeiten gibt! Sonst schicke ich deinen Brief ab!«

Oha. Eine finstere Drohung.

»Ja. Mach ich.«

Als sie weg ist, setze ich mich zwischen lauter leeren Bier- und Weinflaschen vor mein Sofa auf den Fußboden und öffne den Umschlag. Heraus fallen ein Blatt Papier und ein kleines Vorhängeschloss. Ich nehme den Zettel und beginne, den kurzen Text zu lesen.

Liebe Tine!

Vielen Dank für Deinen Brief! Ich habe mich total gefreut, denn ich fand die Woche mit Dir auch wunderschön! Ich würde Dich unglaublich gern wiedersehen. Deswegen wäre es ganz praktisch gewesen, wenn Du schon Deine neue Adresse aufgeschrieben hättest. Mein erster Brief, den ich noch an Oma geschickt habe, kam zurück. Ich hoffe, dieser kommt an. Oma war sich nicht ganz sicher, an welcher Schule du arbeitest. Als Nächstes muss ich wohl an den Schulminister schreiben …
Ich habe übrigens eine Idee, was Du in Deinen nächsten Ferien machen könntest: Im Kulturhaus in Misdroy gibt es im Sommer einen Polnischkurs für Anfänger. Der ist vielleicht gar nicht schlecht, falls Deine Wahrsagerin doch recht hatte … Denn dann hättest du an Ostern ja Deinen Traummann geheiratet. Der ist zufälligerweise polnischer Muttersprachler. Ein ganz netter Kerl übrigens.
Und in Deiner Pause gehen wir zur Seebrücke. Ich habe dafür schon etwas besorgt.
Alles Liebe
Jan

Ich nehme das kleine Schloss in die Hand. Als ich es genauer betrachte, sehe ich, dass etwas eingraviert ist.

Tine & Jan

Dank an:

- Als Erstes Erika Scheunemann, geborene Bonow, für die Geschichte. Wir denken an dich, wenn wir mit dir nach Kolberg fahren.
- Alle Kolbergerinnen und Kolberger, die uns auf der Recherchereise geduldig ihre schöne Stadt gezeigt und unsere blöden Fragen zum Thema »Heiraten auf Polnisch« beantwortet haben. Den Belgardern und Misdroyern danken wir natürlich aus den gleichen Gründen.
- Unsere Lektorin Dr. Nicole Seifert – es fällt wahrscheinlich unter Selbstausbeutung, aber dass sie das Manuskript mit in einen Urlaub mit dem Liebsten genommen hat, fanden wir dann doch sehr ehrenwert.
- Das Team von Droemer Knaur, allen voran Dr. Andrea Müller und Sabine Ley. Hier kann man wirklich von Frauenpower sprechen
- Alexandra Fröhlich – die absolute Osteuropa-Expertin. Wobei Polen natürlich zu Westeuropa gehört. Aber Wodka gab's trotzdem. Na zdrowie.
- Małgorzata Maria Kuszak für die Übersetzungen ins Polnische und die guten Tipps, was die Sprache ihrer Landsleute anbelangt.

- Unsere Agentinnen Dr. Petra Eggers und Bettina Keil. Für ihren Beistand und ihren Einsatz.
- Hans-Peter. Für vieles.
- Bernd und Peter. Für alles.